Rosemarie Forstmaier
Schicksal am Rotwandkar

Rosemarie Forstmaier

Schicksal am Rotwandkar

Roman

rosenheimer

2. Auflage 1997

Satz: Leingärtner, Nabburg
Titelfoto: Michael Wolf, München
Druck und Bindung: Wiener Verlag, Himberg

ISBN 3-475-52625-5

Auf der Wildbachalm, über der sattgrünen Almmulde, im steilaufstrebenden nackten Gewänd, geisterte – anders ließ sich dieses irrwischartige, koboldhafte Verhalten nicht bezeichnen – schon seit geraumer Zeit ein weißer Gamsbock umher.

Nun war dieser „Weiße" keine Abnormität, kein Albino. Es war vielmehr einer jener in unserer Zeit äußerst selten gewordenen Uralten, deren Haarkleid im Laufe der Jahre ergraut, fast silbern geworden war.

Wieviel List und Schläue, man kann ruhig sagen, Klugheit dazugehört, sein begehrtes „Fell" vor den weittragenden Büchsen, den Zielfernrohren erfahrener Jäger zu retten, sich zudem Jahr für Jahr als unbesiegter Herrscher über ein eigenes Rudel zu behaupten, mag nur ermessen, wer mit der Hochgebirgsjagd vertraut ist. So einen Uralten, Gewieften und Gerissenen auszumachen, ihn in seinem Revier zu wissen, gehört zu den Sternstunden in einem Jägerleben. Um auf solch rares Wild Jagd machen zu dürfen, dafür würde wohl so mancher ein kleines Vermögen hergeben.

Grenzen zwischen Privat- und Staatsjagden sind zumeist etwas heikle Angelegenheiten, nicht selten Anlaß zu mehr oder weniger dramatischen Ereignissen und Auseinandersetzungen. Denn das Wild hat nun einmal die Gewohnheit, sich an keine Grenze zu halten. Doch mit ein wenig Toleranz auf beiden Seiten – und dem Jagdgesetz – lassen sich auftretende Konflikte doch meistens gütlich bereinigen.

Freilich, wirklich problematisch wird es jedoch dann, wenn ein besonders seltenes oder edles Sück Wild, wie eben der Uralte, zum Abschuß freigegeben, von einem Revier ins andere wechselt. Natürlich gibt es auch für diesen gar nicht so seltenen Fall präzise Paragraphen im Jagdgesetz, an deren buchstabengetreuer Auslegung nicht zu rütteln ist. Aber welcher ehrgeizige Waidmann hält sich schon noch so genau an Vorschriften, wenn es sich um einen Fetzenbock oder um einen Prügelhirsch handelt? Da gilt halt auch die sattsam bekannte Regel: Der G'schwinder, der G'sünder! Oder man hält sich ans elfte Gebot: Du sollt dich nicht erwischen lassen! Da jedoch in derlei speziellen Fällen einer auf den anderen wie ein Haftelmacher aufpaßt, wird zumeist dem Gesetz von ganz allein Genüge getan.

In eine ähnliche, aber noch um etliches haarigere Situation war man auch auf der Wildbachalm geraten. Hier waren die damit verbundenen Probleme vielschichtiger, denn persönliche Emotionen, Dünkel, Ehrgeiz und noch einiges mehr spielten dabei eine Rolle.

Noch lag Stille über der Wildbachalm, war nur das leise Surren des Bergwindes zu hören, der von den firnbedeckten Gipfeln herab durchs ausgeaperte Kar strich, das von einem silberhellen, vom Schmelzwasser hochgehenden Wildbach getrennt und durchzogen wurde. Und noch lagen die zwei Sennhütten, die sich den Almgrund teilten, verwaist in der sanftansteigenden Mulde. Es würde gewiß Juni werden, ehe der Pointner-Bauer und der Ropfen-Hias, dem der höher gelegene Kaser zur Linken des Wildbaches gehörte, ihr Vieh auftrieben. Dann würde es für einen kurzen Almsommer vorbei sein mit der paradiesischen Ruhe hier heroben, bis zum Herbst.

Aber dann würde die Gamspirsch aufgehen, war die

Schonzeit für den Uralten wieder vorbei. Und das Einander-Ausspionieren und Auflauern, das Rennen und Hasten begannen erneut. Ob er diesen Hochgebirgsherbst noch einmal überleben würde? Ob es ihm noch einmal gelang, allen Nachstellungen zu entkommen, die ihm aus beiden, hier aneinandergrenzenden Revieren drohten?

Man sah lediglich die roten Ziegeldächer aus dem weißen Spitzenblust blühender Kirsch- und Birnbäume hervorlugen, von dem die beiden nur auf Rufweite entfernten stattlichen Anwesen umschäumt wurden. Und doch gab es kein nachbarliches Hin und Her, schon gar kein gegenseitiges Aushelfen, ein sich Hie- und Da-Beistehen; eine unüberwindliche Mauer langjähriger Feindschaft trennte die Höfe.

Warum man einmal miteinander übers Kreuz gekommen war, das wußte heute keiner mehr so genau, trotzdem wurde diese gegenseitige Abneigung gewissenhaft gepflegt und unerbittlich fortgeführt. Dies lag zu einem Gutteil an den Bäuerinnen, denn sowohl die Pfaffingerin wie auch die Voglsamer-Thekla, beides tüchtige, resolute Weiberleute, waren als scharfzüngig bekannt.

„Wissen möch' ich, was es da drent zu sehen gibt?" raunzte die Voglsamer-Thekla ihre Magd an, die so selbstvergessen aus dem Fenster starrte.

Ertappt prallte das junge, etwas mollige Madl zurück und murmelte: „Nixn, Bäuerin, g'wiß net. Ich hab halt grad so aus'm Fenster . . ."

„Schau lieber, daß du zu deiner Arbeit kommst! Fürs Außischauen kann ich net zahlen. Man weiß ja so bald nimmer, wo man das Geld für einen Dienstbot hernehmen soll, mit allem, was man heutigentags alles an Krankenkasse und Versicherungen zahlen muß. – Man kommt sich ja eh schon wie ein Wohlfahrtsinstitut oder wie ein Herrenbauer vor, bloß weil man sich noch eine Dirn leistet."

Die Annamirl, sie begann wieder hastig die Scheiben zu putzen, kannte diesen Sermon, wußte, worauf ihre Bäuerin hinauswollte. Und sie hatte Angst davor. Jetzt mußte sie sich halt in ihrer Not ganz fest auf ihn, den Steff, verlassen.

Auch im Voglsamerhof hatte man die Zeichen der Zeit erkannt, konnte man nicht länger gegen den Strom schwimmen. Es hieß jetzt überall: Rationalisieren! Menschen wurden gegen Maschinen ausgetauscht; Dienstboten wurden unbezahlbar. Der neue Bulldog, der draußen in der Hofreut stand, schaffte mehr als das beste Gespann Rösser.

Aber das alles kostete Geld, mußte bezahlt werden. Und diese Neuerungen, die damit verbundenen Sorgen, beschäftigten die Voglsamer-Thekla seit geraumer Zeit, so daß ihrem ansonsten scharfen Habichtsblick etliches entgangen war, das ihr ganz und gar nicht gefallen hätte.

Weder sie noch sonst jemand ahnte etwas von dem heimlichen Grenzverkehr zwischen den verfeindeten Höfen, der die Annamirl allerdings in eine recht schlimme Lage gebracht hatte; in eine Situation, die sich gefährlich zuspitzte. Aber sie, in ihrem unerschütterlichen Glauben an Liebe und Treue, verließ sich noch immer auf das, war ihr der Pfaffinger-Steff so hoch und heilig versprochen und geschworen hatte.

Denn dieses anständige und kreuzbrave Madl hatte ihr Herz an einen Nachbarssohn, den jüngsten, verloren; einen feschen, schneidigen Jäger. Eine Liebschaft, für deren glücklichen Ausgang keiner, der mit den Gegebenheiten auch nur halbwegs vertraut war, nur einen Pfifferling gegeben hätte. Aber die Annamirl in ihrem blinden Vertrauen hoffte noch immer drauf, daß sie der Steff nicht im Stich lassen würde.

Sie wußte ja selber, daß es nicht leicht für ihn sein würde, von seiner Mutter die Zustimmung zur Heirat zu kriegen. Es ließ sich leicht denken, daß sich die Pfaffingerin eine andere Schwiegertochter wünschte als eine arme Magd, die nicht einmal wußte, wer ihr Vater gewesen war. Da mußte sie dem Steff schon einige Zeit einräumen, bis er den entscheidenden Zeitpunkt bei seiner Mutter abpaßte und erwischte, um mit ihr darüber reden zu können.

Sogar die Notwendigkeit sah sie ein, daß man jetzt ganz besonders vorsichtig sein mußte, auch wenn ihr das immer häufigere vergebliche Warten schwerfiel. Schließlich hatte er ja seinen Beruf auch noch, der ihn jetzt, im Frühjahr, vollauf beschäftigte. Da war's halt kein Wunder, wenn er nur noch ab und zu heimkam, die meiste Zeit im Revier des Herrn Barons sein und in einsamen Jagdhütten nächtigen und hausen mußte. Er war eh nicht zu beneiden, um nicht zu sagen zu derbarmen, mit seinem strengen Dienst.

Ob der Pfaffinger-Steff soviel ehrliche Derbarmnis verdiente, mußte dahingestellt bleiben. Als es ihn wieder einmal zu seiner Mutter in den elterlichen Hof heimzog und damit auch in die Nähe der Annamirl, hatte das seinen ganz bestimmten Grund. Seine Lebensmittelvorräte gingen zur Neige, und von irgendwas muß der Mensch schließlich leben. Am billigsten versorgte man sich immer noch daheim, schon gleich gar, wenn man es – so wie er – verstand, die Mutter um den kleinen Finger zu wickeln, ihr Herzbinkerl war.

Ohne sich um die mißgünstig lauernden Blicke seines

älteren Bruders und Hoferben zu kümmern, ließ sich der Steff seinen Rucksack randvoll mit allem packen, was gut und nahrhaft war. Und die Mutter gab mit vollen Händen, und sie gab gern, denn der Bub mußte bei all den Strapazen seines schweren Berufes anständig essen.

All diese Fürsorge hinderte den Steff jedoch nicht, sich sogleich, nachdem er alles eingepackt hatte, zu verabschieden und wieder auf den Weg zu machen. „Ein andermal hab ich mehra Zeit, Mutter", versprach er leichthin.

„Wann kommt er denn wieder, dein Herr Baron?" wollte die Pfaffingerin wissen, dabei musterte sie ihren gutgewachsenen Sohn voller Stolz.

„So bald wohl kaum, denn er ist halt nimmer der Jüngste."

„Und sein Sohn . . .?" versuchte sie ihn in ein doch etwas ausführlicheres Gespräch zu verwickeln.

Aber hastig erklärte er: „Du weißt doch, daß er Junge für die Jagerei nix oder kaum etwas übrig hat." Er hatte sich zum Gehen gewandt, es brannte ihm noch etwas auf den Nägeln.

„Meinst, du verlierst deine schöne Stellung, wenn der Alte einmal nimmer ist und der Junge am Ende alles verkauft?"

Schon halb aus der Tür rief er unbekümmert lachend zurück: „Kimmt der Tag, bringt der Tag! – Servus, bis zum naxtenmal, Mutter!" Damit war er auch schon fort.

Der Pfaffinger-Steff hatte sich nicht getäuscht. Natürlich hatte ihn die Annamirl beim Heimkommen erspäht und wartete nun fröstelnd im Schatten des Heustadels, ihrem heimlichen Treffpunkt.

Als sie ihn aus der Dunkelheit auftauchen sah, entfuhr ihr ein erleichtertes: „Gott sein Dank! Ich hab schon gefürchtet . . ."

Vorschnell und ungeduldig unterbrach er sie: „Wie geht's dir denn? Weißt schon was G'wisses jetzt?" Das Grüßen schien er vergessen zu haben, statt dessen nahm er sie in den Arm, zog sie an sich.

Sich eng an ihn schmiegend, gab sie kleinlaut zu: „Da gibt's schon lang keinen Zweifel nimmer. Und meine größte Sorg ist, daß die Bäuerin was g'spannt. Sie ist imstand und jagt mich von heut auf morgen 'naus. Sie redet ja eh schon von nix anderm mehr, als daß man sich heutigentags keinen Dienstboten nimmer leisten kann. Ich weiß ja auch warum, kenn mich schon aus: Unsere Walli kommt heuer aus der Schul, ist eine vollwertige Arbeitskraft, und da braucht man mich nimmer."

„Arbeit gibt's doch überall."

„Nimmer für eine Bauerndirn. Und was anders hab ich halt net g'lernt. – Jessas, Steff, wir werden doch rechtzeitig heiraten?" Ihre Stimme hatte vor Angst ganz dünn geklungen.

Es war zu finster, um sein Gesicht zu erkennen, doch leichte Gereiztheit schwang in seinem Ton, als er entgegnete: „Du weißt, ich kann nix übers Knie abbrechen . . ."

„Aber du hast . . ."

„Freilich hab ich, Annamirl", fiel er ihr etwas versöhnlicher ins Wort, „und drum hab ich jetzt auch mit dir drüber reden müssen." Er räusperte sich, hielt sie jedoch immer noch fest an sich gedrückt, bis er fortfuhr: „Im Moment schaut's ein wengl schwierig her, was aber net heißt, daß ich die Sach durchaus net im Griff hätt! Bloß kann ich auch net mit dem Kopf durch die Wand. Verstehst?"

Sie schüttelte daraufhin nur schwach den Kopf.

„Die Mutter hat, wie du weißt, noch net übergeben. Und jetzt geht's halt drum, daß ich auch zu dem Meinigen komm. Hast mich? Wenn sie oder mein Bruder erfährt, daß ich und du . . ., halt wir zwei . . . no ja, halt eine aus dem Voglsamerhof . . ."

„Ich bin doch gar keine, bloß eine . . ."

„Als ob's das besser macht!" rumpelte es ihm vorschnell heraus. Hastig fügte er hinzu: „Du kennst sie ja eh, meine Mutter, weißt, daß mit ihr net gut Kirschen essen ist. – Wirklich, Annamirl, jetzt müssen wir halt noch ein wengl g'scheit sein. Aber wennst mich machen laßt, vernünftig bist, nachher kann ich schon alles hinbiegen." Er zögerte etwas, ehe er hinzusetzte: „Da müßt ich mich halt unbedingt und hundertprozentig auf dich verlassen können?"

Sie verstand nicht recht, wie das gemeint war, da ihr ohnedies nichts anderes übrig blieb, als das zu tun, was er für richtig hielt.

Nun erklärte er eindringlich: „Es geht in erster Linie darum, daß keiner was erfahrt, daß nix aufkommt, von wem du . . . so dran bist. Meine Mutter wenn was spannt, nachher schaltet sie sofort auf stur und laßt gar nimmer mit sich verhandeln. Ich muß abwarten, bis sie übergeben hat, ich mein Teil sicher geschrieben hab . . ."

„Und wann wird das sein?"

„Daß es bald ist, da laßt schon mein Bruder nimmer aus, denn er möcht endlich Bauer werden. Und bis dahin, lang kann's ja nimmer dauern, darf keiner, auch schon gleich gar keiner, was erfahren. – Wir müssen uns bloß einig sein, Annamirl, und fest zusammenhalten, nachher geht's schon so, wie ich möcht. – Du mußt mir grad eins versprechen: Daß du mir bei unseren Heiligen Jungfrau schwörst, meinen Nam unter gar keine Umständ zu nennen!"

„No freilich, Steff, schwör ich dir das", willigte sie hastig und geradezu erleichtert ein. „Wie du nur . . .?"

„Naa, net mir sollst es schwören", berichtigte er sie mit einiger Ungeduld. „Schwör's in der Kirch, vor dem Altar unserer Heiligen Jungfrau!"

„Jessas, Steff, warum denn das?" entfuhr es ihr einigermaßen bestürzt.

„Sei mir net bös, Annamirl, aber man kennt enk Weiberleut doch", wandte er halb scherzhaft und halb ernst ein, „wie schnell enk was herausrumpelt und wie wenig ihr was für enk behalten könnts. Naa, naa, ich kann mich da auf kein Risiko einlassen, und tät sauber dastehen, wenn meine Mutter was erfahrt, eh ich mit ihr auf gleich bin. Du mußt dich schon auch an unsere Abmachung halten, sonst ist alles für die Katz. – Es geht schließlich um etliches Geld, das ich krieg oder net krieg. Verstehst schon?!"

Sie fand zwar diese Vorsichtsmaßnahmen ziemlich übertrieben, fast schon kränkend, weil er ihr so wenig vertraute, doch sie kannte ihn gut genug, um zu wissen, bei ihm mußte alles nur nach seinem Kopf gehen. „No ja, wenn dir gar so viel dran liegt, nachher tu ich dir halt den G'fallen und schwör's, auch wenn's durchaus net notwendig wär. Denn du weißt es ja eh, Steff, für dich ging ich auch durchs Feuer", gestand sie mit einem leisen Aufseufzen.

„Das braucht's gar net. Es wird schon alles recht werden, wennst nur hinter meinem Rücken keine Dummheiten machst", sagte er mit einem kurzen, schon wieder recht unbekümmerten Auflachen.

„Was ist denn?" fragte sie enttäuscht, als er sie nun von sich schob. „Du mußt doch net schon wieder gehen?"

„So leid's mir tut, Annamirl, aber ich muß ins Revier, in meine Hütt'n. Der Dienst . . ."

„Jetzt, so spät, wo's eh längst finster ist?"

„Ich muß morgen vor Tag wieder hinaus."

„Wann kommst denn wieder?"

„Schwer zu sagen. Es ist eh g'scheiter, wir sind vorsichtig, sehen uns net zu oft. Wir dürfen uns keinen Fehler erlauben. – Gell, und vergiß net, am Sonntag, was du mir versprochen hast", mahnte er eindringlich. „Und kein Sterbenswörtl!"

„Naa, naa, Steff, ganz g'wiß net! Und der Muttergottes werd ich noch eine Kerzn anzünden, daß sie uns beisteht."

Jeden anderen hätte bei diesem Versprechen, das so hoffnungsvoll und ehrlich aus tiefstem Herzen kam, das Gewissen gedrückt. Nicht so den Pfaffinger-Steff. Er dachte kaum darüber nach, was er diesem Madl antat, das sich in blindem Vertrauen auf ihn verließ. Er hatte längst anderes im Kopf.

Nach einem flüchtigen Kuß verabschiedete er sich hastig, verschwand in der Dunkelheit der Mainacht.

Wieder allein schlich das Annamirl nun doch recht niedergeschlagen zum Hof zurück, schlüpfte unbemerkt in ihre Kammer.

Als sie mit heißen, sehnsüchtigen Augen zu den Lichtern des Nachbarhofes hinübersah, hatte sie Mühe, die aufsteigenden Tränen zurückzuhalten.

Nein, sie durfte ihm nicht mißtrauen; denn der Steff war der einzige Mensch, der ihr nahestand. Sie mußte alles tun, um ihn nicht zu enttäuschen, ihn nicht zu verlieren. Und wenn ihm schon so viel daran lag, dann würde sie dieses Gelübde ablegen; kein Sterbenswort sollte über ihre Lippen kommen, bis man sich offen zueinander bekennen durfte.

Auch sie verstand, wie schwer es sein würde, die Pfaffingerin von dieser ungleichen Heirat zu überzeugen. Sie brachte ja nicht mehr in diese Ehe ein als ein Paar fleißige Hände, ein Herz voller Liebe und den Willen, alles zu geben.

Es war überall in jeder Gemeinde das gleiche, und hatte gewiß schon Generationen von Pfarrherrn und Seelsorgern schier zur Verzweiflung gebracht, aber geändert hatte sich diese Unsitte, die längst schon zum festen Brauch geworden war, nicht: Kein gestandenes Mannsbild betrat am Sonntag vor dem Hochamt die Kirche vor dem Zusammenläuten. Und die jungen Burschen unterbrachen ihren Disput auf dem Kirchplatz noch ein wengl später, trampelten und rumpelten lärmend zur Empore hinauf, derweil der Hochwürden bereits vor dem Altar stand, die heilige Handlung begonnen hatte.

Umso verwunderlicher war es, als der Pfaffinger-Steff heute das Gotteshaus so früh betrat, daß nur ein paar alte Weiblein in den Bänken knieten. Er nahm hinter einer mächtigen Marmorsäule Aufstellung, denn von hier aus konnte er den rechten Seitenaltar mit der Madonnenstatue genau beobachten, vor der bereits etliche Kerzen brannten.

Lange mußte er nicht warten, da schob sich die Freimooser-Annamirl durch einen schmalen Spalt des schweren, eisenbeschlagenen Portals herein. Er sah, wie sie zum Seitenaltar ging, vor der Heiligen Jungfrau eine Kerze anzündete, niederkniete und die Hände vor der Brust faltete. Nun konnte er befreit aufschnaufen; er spürte weder Bedauern noch Mitleid für dieses leichtgläubige, gutmütige Geschöpf, das sich ihm nun ganz und gar ausgeliefert hatte.

„Ich schwör's bei der Heiligen Muttergottes, daß ich kein Sterbenswörtel drüber verlauten laß, wer der Vater von meinem Kind ist", gelobte die Annamirl mit lautloser Stimme. „Ich werd allerweil zum Steff halten und tun, was er verlangt. Ich bitt dich, Heilige Maria, steh uns bei, hilf uns, daß wir bald heiraten können, daß mein Kind einen ehrlichen Namen kriegt und ich aus der Schand herauskomm." Sie betete noch ein stilles Vaterunser, ehe sie sich in eine der hinteren Bänke kniete, voller Vertrauen und Hoffnung auf die Fürsprache der Muttergottes.

Längst hatte sich der Pfaffinger-Steff verdrückt, hatte gesehen, was er sehen wollte. Nun hielt er auf dem Friedhof draußen nach den Pointnerischen Ausschau.

Ein erwartungsvolles Schmunzeln glitt über sein Gesicht, als er sie entdeckte, die bildhübsche Pointner-Hanni. Zwischen den Grabreihen stand sie mit ihrer Mutter, die sich angeregt mit der Ropfen-Bäuerin unterhielt.

Auch das blonde Dirndl hatte ihn gesehen, wollte zu ihm herüber, wurde jedoch von ihrer Mutter mit einem schnellen Griff festgehalten.

Ohne ihre Unterhaltung mit der Ropfen-Marie zu unterbrechen, flocht die Pointner-Babett im selben Tonfall ein: „. . . und du bleibst jetzt da, weil's gleich z'sammläuten! Der wird's derwarten können." Und schon ging's zur Ropfin weiter: „Bald wird sich der Almauftrieb ganz aufhören. Wer soll denn die Arbeit noch machen? Und wer kann's noch derzahlen?" Sie übersah das hilflose Achselzucken ihrer Tochter, hin zum feschen Jäger, ließ jedoch auch deren Arm nicht los.

„Ganz meine Red, Pointnerin", stimmte ihr die Ropfin, eifrig mit dem Kopf nickend, zu. „Ich wüßt net, wen ich auffischick, wenn's unser Pauli einmal nimmer dermacht. Heutigentags kriegst doch niemand mehr, der diese Arbeit überhaupts noch tun möcht. Oder man kann's nimmer derzahlen, so daß sich der ganze Aufwand eh nimmer rentiert."

„Ja, wer weiß, wie lang es noch eine Almwirtschaft gibt? Unsere Lies, über sechzge ist sie jetzt, hat drauf b'standen, daß ich ihr die Hanni mit auffi geb, weil sie's allein nimmer dermacht. Die letzten Jahr hat sie schon allweil bös gejammert und gedroht, daß sie nimmer mag . . ."

„Jessas, Pointnerin, ich muß weiter", fiel ihr die Ropfen-Marie ins Wort. „Da kommt die Wetzelsbergerin. Es ist zwegen dem Finken-Simmerl seinem Jungvieh."

Damit war das Gespräch der beiden Almbäuerinnen beendet. Die Ropfin eilte geschäftig auf eine hagere, etwas scharfnasige Frau zu, derweil die Pointnerin, ihre Tochter noch immer am Arm haltend, nun auf ihre Familiengrabstätte zuhielt, um dort ein Vaterunser zu beten. Mit gedämpfter, aber doch deutlich verächtlich klingender Stimme sagte sie: „Es wird weniger dem Finken-Simmerl sein Jungvieh sein, das der Pauli auf die Alm mitnehmen soll, sondern ehnder Simmerl selber, daß sie es auf einmal gar so dick mit der Wetzelsbergerin hat. Sie ist immerhin dem Simmerl seine Schwester."

„Warum?" fragte die Hanni mehr aus Höflichkeit als aus Interesse, blickte sich verstohlen nach dem Pfaffinger-Steff um, der jedoch nirgends mehr zu sehen war.

Man war vor dem Pointnerischen Grab angekommen, einer prächtigen Grabstätte, wie es sich für eine alteingesessene, wohlhabende Familie gehörte, die Babett bückte sich ob ihrer Leibesfülle leise ächzend zum Weihwasserkesselchen und erwiderte, während sie sich mit den benetzten Fingern bekreuzigte: „Dumme Frag, mit ihrene drei Madeln, die sie net unter die Haub'n bringt. Jetzt wär ihr sogar der Finken-Simmerl mit seinem mageren Sachl recht."

„Geh zu, wie kommst denn dadrauf?"

„So was weiß man halt", kam es selbstgerecht zurück. „Aber ich möcht drauf schwör'n, daß sie da grad bei der Wetzelsbergerin an der verkehrten Adress ist, wenn sie hofft, daß sie ein gut's Wörtl für sie einlegt. Eine wie die Theres, die bekannt ist für ihre Sparsamkeit – man kann ruhig sagen, ein geiziges G'nack – spekuliert doch längst drauf, daß ihr Bruder nimmer heiratet, der Finkenhof eins von ihre Kinder zufallt."

Da dies die Hanni nur herzlich wenig interessierte, wußte sie darauf nur zu sagen: „So ein Schmarrn. Als ob sich da einer heut noch viel dreinreden laßt."

Mit plötzlicher Gereiztheit entfuhr es der Pointnerin: „Das sieht man an dir. Ob's richtig ist, muß sich erst noch aufweisen. – Ausgerechnet ein Jager, wo du wahrhaftig anderne . . . Jessas, jetzt pressiert's aber. Z'sammg'läut wird schon!"

Vom barocken Zwiebelturm herab ertönte das Geläut der Glocken, die zum Hochamt riefen. Und nun eilten alle noch säumigen Frauenspersonen auf das weitgeöffnete, hohe Portal zu, zwängten sich schiebend und drängend hinein, derweil sich das Mannsvolk immer noch Zeit ließ.

Nach der Heiligen Messe, als alles aus der Kirche strömte, hielt die Annamirl nach ihren Hofleuten Ausschau. Da entdeckte sie den Steff, wie er unweit des Friedhofstürchens bei den Pointnerischen stand, sich recht lebhaft mit der jungen, bildhübschen Hanni unterhielt. Ihr Herz krampfte sich zusammen. Sie hielt ihr Gebetbüchl so fest umklammert, daß ihre Fingerknöchel weiß hervortraten, als sie nun hastig auf ihre Bäuerin zutrat.

Ungeduldig wie stets drängte die Voglsamer-Thekla: „Wo bleibst denn? Komm weiter, gehen wir!"

Sie machten sich auf den Heimweg, zur Kocherei, derweil sich der Bauer und der Hansl, sein einziger Sohn und Hoferbe, noch auf eine Maß zum Frühschoppen begaben.

Annamirls Kopf sank tief auf die Brust, sie spürte glühende Röte übers Gesicht schlagen, als sie unweit des Steff durchs Friedhofstürchen schritt.

Kaum standen sie auf der Straße, als die Voglsamerin auch schon abfällig hervorstieß: „Ich, wenn Pointnerin wär, nachher tät ich mich vor so einem grünen Hallodri in acht nehmen. Aber ihm, dem überspannten Pfaffinger, ist scheints bloß das Beste gut genug. Ausgerechnet bei die Pointnerischen steht er dabei!"

„Das muß doch nix bedeuten", kam es würgend von ihrer jungen Magd.

„Bei die Pfaffingerischen ist nie nix zufällig. Das Geld, das die Pointnerisch einmal mitkriegt, könnt er schon brauchen. Denn gar soviel wird's ja kaum sein, was so ein Jager heimbringt."

Dies alles zu hören, war für die Annamirl schier unerträglich. Trotzdem durfte sie sich nicht verrückt machen lassen. Der Steff würde schon wissen, was er tat. Sie mußte ihm nur vertrauen, dann würde gewiß alles noch rechtzeitig gut werden.

Indessen verstand es der Pfaffinger-Steff sich bei den Pointnerischen von seiner allerbesten Seite zu geben, immer angestrahlt von Hannis verliebten, bewundernden Blicken.

Das war es wohl letztlich auch, was ihre Eltern versöhnlich stimmte, wenngleich sie sich doch insgeheim eine andere Partie gewünscht und erträumt hatten.

Freilich, der Steff stammte aus einem angesehenen Hof, hatte eine schöne Mitgift zu erwarten. Aber halt das bescheidene Jägergehalt . . . Doch auch da würde zu helfen sein, so daß dem Glück nichts mehr im Wege stand.

Der Mai war mit seiner verschwenderischen Blütenpracht bereits in den Juni übergegangen; man rüstete sich allenthalben zur Heuernte.

Nur einmal noch hatte die Freimooser-Annamirl den Pfaffinger-Steff heimlich getroffen. Und doch hatte er es verstanden, das hilflose Madl hinzuhalten, es mit schönen Worten zu vertrösten und sich ihr Schweigen zu sichern.

Immer noch vertraute sie ihm, hoffte mit der ganzen Arglosigkeit ihres verliebten Herzens, daß er sein Versprechen bald einlösen und sie heiraten würde. Irgendwelche Zweifel an der Ehrlichkeit seiner Absichten ließ sie erst gar nicht aufkommen.

Es wurde nun für sie jedoch immer schwerer, ihren Zustand zu verbergen; lange würde sie ihr Geheimnis nicht mehr für sich behalten können.

Und dann, eines Morgens, als die Annamirl gegen ihre Übelkeit ankämpfte, ging der Voglsamer-Thekla ganz plötzlich ein Licht auf. „Jetzt sag grad, daß du in Umständ bist?!" Dies war keine Frage, sondern eine Feststellung.

Während Annamirls Gesicht feuerrot anlief, sie verlegen den Kopf senkte, fuhr die Bäuerin aufgebracht fort: „Also, alles, was recht ist! Und das unter meinem Dach! Ich laß mir doch von so einer Schlampen mein ehrliches Haus net in Verruf bringen . . ." Hier brach sie unvermittelt ab, starrte ihre Magd sichtlich bestürzt an. Ihr war da ein fürchterlicher Verdacht eingeschossen. „Wer war's?" stieß sie mit einiger Unsicherheit, gemischt mit Angst, hervor.

„Das möcht ich net sagen, Bäuerin", kam es murmelnd zurück.

„Sonst nix mehr! Das wär ja noch schöner. Heraus mit der Sprach!" Sie zögerte, ehe sie rundheraus wissen wollte: „Es wird am End doch net unser Hanse . . .?"

„Naa, naa, um Gott's will'n! Da tät'st ihm unrecht. Der Hansl hat sich mir gegenüber noch nie nix derlaubt."

Die Voglsamerin schnaufte erleichtert aus, ließ aber nicht locker. „Wer ist es gewesen? Ich hab ein Recht zu wissen, wer die Frechheit hat und meinen Hof in Verruf bringt!" Drohend, mit laut anschwellender Stimme, fuhr sie fort: „Wennst jetzt net auf der Stell sagst, mit wem du dich da eingelassen hast, nachher kannst sofort dein Glump z'sammpacken und gehen!"

Annamirls Herz wollte fast stehenbleiben vor Angst, ihre Kehle war wie zugeschnürt, als sie tonlos hervorbrachte: „Ich kann's net sagen, Bäuerin! – Bloß soviel, daß wir über kurz oder lang heiraten . . ."

„Das wird ja allweil interessanter", fiel ihr die Voglsamerin nun schon fast kreischend ins Wort. „Nachher schleicht dieser Saukerl ja noch allweil bei uns umeinander! – Naa, du, alles muß man sich net bieten lassen. Ich hab schließlich selber Kinder, und muß an den Ruf von meinem Hof denken." Hier war endlich die Gelegenheit, sie loszuwerden und sich auch moralisch noch im Recht zu fühlen. Daran, was das Gesetz dazu sagte, dachte weder sie noch die unbedarfte Annamirl. Wer mochte denn auch schon bleiben auf einem Platz, wo man nicht mehr erwünscht war?

„Von mir aus tust, was du willst, aber bei mir gehen solchene Sperenzln net, daß du's gleich weißt", fuhr sie laut plärrend fort. „Ich will's gar nimmer wissen, von wem du deinen Bankert hast, wer dich da einizarrt hat! Nachher kann auch keiner behaupten, ich hätt was g'wußt von dera Sauerei."

„Was ist denn da herin los? Warum schreist denn so, Mutter?" Damit kam die vierzehnjährige Walli zur Kuchltür herein, machte große, verwunderte Augen.

„Das fragst besser sie", kam es abweisend von der Bäuerin, während sie mit dem Kinn verächtlich in Annamirls Richtung wies. „Da haben wir uns sauber hinters Licht führen lassen von diesem scheinheiligen Luder", belferte sie. „In Umständ ist sie und sagt's net, von wem."

Das breitflächige Gesicht der Walli lief puterrot an, als sie atemlos schnappte: „Net mööööglich." Mehr brachte sie nicht mehr heraus, es hatte ihr die Sprache verschlagen.

„Hast denn du auch nie nix gspannt?" forschte die Voglsamerin streng. Als ihre Tochter nur stumm den Kopf schüttelte, fügte sie ohne jegliches Mitgefühl hinzu: „Ich hab's ihr schon gesagt, ich laß meinen Hof net in Verruf bringen, sie muß gehen. Ich muß schließlich auch an enk denken. – Soll sich halt dieser Schlawiner, der sie ins Schlamassel einibracht hat, um sie kümmern."

Obwohl dies für die Annamirl nicht überraschend kam, konnte sie nun doch die Tränen nicht länger zurückhalten. Trotzdem macht sie erst gar keinen Versuch, die Bäuerin umzustimmen und um Mitleid anzusuchen.

Mit erstickter Stimme brachte sie hervor: „No ja, Bäuerin, nachher geh ich halt jetzt", damit wollte sie aus der Tür.

„Öha, langsam!" plärrte die Voglsamerin mit blecherner Stimme. „Heut wird die Arbeit, die ansteht, schon noch getan. Nach Feierabend kannst dir dein Zeugl z'sammklauben und morgen dann, von mir aus in aller Herrgottsfrüh, suchst dir woanders ein Unterkommen. Es soll net heißen, ich hätt dich Hals über Kopf auf die Straß g'jagt. – Was du noch an Lohn zu kriegen hast, wird dir der Bauer heut auf d' Nacht auszahlen."

Damit war für sie die Sache so ziemlich erledigt. Sie war viel zu erleichtert, das Madl so schnell losgeworden zu sein, als daß sie sich noch ernstlich den Kopf darüber zerbrochen hätte, wer denn nun eigentlich der Verführer dieses armen Geschöpfes war.

Im Laufe des Tages versuchte sogar der Voglsamer-Hans, ein gutmütiger, zurückhaltender Mensch, einiges mehr aus dem verstörten und, wie es schien, verstockten Madl herauszubekommen. Fast hatte es den Anschein, als wäre er bereit, die Annamirl zu behalten und weiter bei sich arbeiten zu lassen, hätte sie sich nur einsichtiger gezeigt und den Namen des Kindsvaters verraten.

Auf einmal kamen der Annamirl bei der Aussicht, morgen auf der Straße zu stehen, nicht zu wissen, wohin, doch erste Bedenken, was sie gelobt und versprochen hatte. Wer weiß, ob sie Steffs Namen nicht doch in ihrer Verzweiflung genannt und verraten hätte. Doch da waren ihr strenger Glaube und die Furcht, sich noch mehr Sünde aufzuladen. Ein Gelübde zu brechen, wäre einem Meineid gleichgekommen. Nein, man durfte es nicht wagen, die Strafen des Himmels und der Hölle auf sich herabzubeschwören.

War es nicht ein Wink des Schicksals, daß der Steff gerade an diesem Abend wieder einmal heimkam in den Pfaffingerhof! Ja, nun mußte alles gut werden! Er würde ihr schon sagen, mußte wissen, wie es weitergehen sollte.

Und wieder wartete die Annamirl, die in ihrem Leben noch keine eigene Entscheidung getroffen hatte, geduldig und vertrauensvoll, daß schon alles werden, sich richten würde, hinter dem Heustadel, eng an die noch sonnenwarme Holzwand gedrückt.

Hätte sie gewußt, was den Pfaffinger-Steff ausgerechnet heute heim und zu seiner Mutter führte, wäre sie verzweifelt.

„. . . auf naxtes Frühjahr, meinen die Pointnerischen, könnten wir heiraten; bis dahin brauchen sie die Hanni noch daheim."

Ein schmalziges Schmunzeln glitt über das immer noch rosige, wohlgenährte Gesicht der Pfaffinger-Berta. „Ja, ja, Bub, was man sich derheiratet, braucht man sich net zu derarbeiten!" meinte sie mit einem Augenzwinkern, wobei deutlicher Stolz in ihrem Ton schwang. Ernster werdend, fügte sie hinzu: „Ich versteh schon. Jetzt möchten die Pointnerleut halt allmählich auch wissen, wie's bei dir so steht", dabei rieb sie Daumen und Zeigefinger der rechten Hand vielsagend gegeneinander.

Als er, ebenfalls mit einem breiten Grinsen, bejahend nickte, versprach sie, bei nächster Gelegenheit ein ernsthaftes Wort mit den Pointnerischen zu reden.

Der Steff wußte, konnte sich drauf verlassen, daß seine Mutter, sie war seit dem frühen Tod des Bauern Alleinbesitzerin des schönen Anwesens, ihn, den jüngeren, nicht zu kurz kommen ließ. Insbesondere jetzt, da er eine so gute Wahl getroffen hatte, würde man sich vor seinen zukünftigen Schwiegereltern schon gleich gar nicht lumpen lassen. Ob das nun seinem Bruder, dem Alois, paßte oder nicht.

Nachdem sich der Steff auch noch seinen Rucksack hatte prallvoll aufpacken lassen, konnte er hochzufrieden wieder abziehen. Freilich, eine unangenehme Unterredung stand ihm noch bevor. Aber auch das war für ihn nun kein Grund mehr zur Sorge. Dies ließ sich, mit einem Madl wie der Annamirl, alles regeln.

Als der Steff auf den Stadel, der hart am Straßenrand stand, zutrat, hörte er bereits ein leises Aufschluchzen. „Herrgottsakra, was machst denn für eine Mett'n! Soll man dich wer weiß wie weit hören, ha?“ entfuhr es ihm unbeherrscht.

„Die Bäuerin hat mich ausgejagt. Morgen muß ich gehen“, kam es von der Annamirl, die wie ein Häufchen Elend im Finstern vor ihm stand. „Jetzt weiß ich nimmer aus noch ein . . .“

„Du hast doch hoffentlich nix von mir gesagt?“

„Naa, kein Wort net“, versicherte sie hastig. Fast schuldbewußt fuhr sie fort, immer von unterdrücktem Schluchzen geschüttelt: „Was soll ich denn jetzt tun? Wer nimmt mich denn in meinem Zustand?“

„So nimm dich doch ein wengl z'samm! – Also, zum einen kann dich die Voglsamerin gar net auf die Straß' setzen; dafür gibt's Gesetze.“

„Naa, naa, gegen ihren Willen kann ich gar nie net bleiben, so was könnt man ja gar net aushalten“, wandte sie vorschnell und sehr entschieden ein.

„No ja, und zum andern gibt's jetzt, bei der meisten Arbeit, überall . . .“

„Kann ich net doch bei dir . . .?“

„Bist stocknarrisch?“ Sich sofort mäßigend, fügte er hinzu: „Ich kann doch auch net so wie ich möcht, das weißt doch selber. Jetzt derfst den Kopf net gleich verlieren. Du mußt dich halt noch ein wengl gedulden . . .“

„Wie lang?“ fragte sie kläglich.

„Woher soll ich denn das jetzt . . . No ja, halt bis

meine Mutter alles geschrieben . . . Du kannst dich drauf verlassen, daß ich dich net im Stich laß, daß es auch einmal anders kommt, ich zu meinem Wort stehen kann." Große Worte von einem, der nichts anderes im Sinn hatte, als eine reiche Heirat zu machen, längst schon wieder eine andere liebte. „Jetzt schaust halt, daß du woanders eine neue Stellung findest. Es muß ja net unbedingt bei uns im Dorf sein. Ich laß dich schon net aus die Augen, find dich überall, wenn bei mir alles geregelt ist. Du weißt doch, daß du dich auf mich verlassen kannst."

Das vielleicht schon, aber zusehen, wie es nun weiterging, das mußte sie nun halt doch selber. Es blieb ihr gar nichts anderes übrig, als sich mit diesem billigen Trost zufrieden zu geben und weiter darauf zu hoffen, daß er irgendwann hielt, was er ihr versprochen hatte.

Es kam diesem naiven, unerfahrenen und unselbständigen Geschöpf immer noch nicht zum Bewußtsein, wie sehr sie sich ihm ausgeliefert hatte, wie wehrlos sie war.

Nun hatte es der Steff recht pressant. Und als er sich ziemlich lieblos von ihr verabschiedete, war er fast versucht, ihr einen Geldschein zuzustecken, erinnerte sich jedoch gerade noch rechtzeitig, daß er im Augenblick selber wieder etwas schwach bei Kasse war und ließ es sein. Es muß halt jeder selber sehen, wo er bleibt, wie er zurechtkommt.

Kaum weniger ratlos und verzweifelt, wie sie hergekommen war, ging die Freimooser-Annamirl wieder zum Voglsamerhof zurück.

Die Sonne war soeben hinter den scharfgezahnten Graten heraufgetaucht, überzog das nackte Geschröff des Rotwandkares mit rosigem Schein, gerade so, als würde der Fels von innen her glühen. Auf den Almrauschbüschen, die zwischen sattgrünen Latschenstauden glutrot leuchteten, auf den mit kurzstieligen Bergblumen buntgesprenkelten Almwiesen lag noch schwer der Tau, glitzerte und gleißte im Licht des jungen Tages wie funkelndes Geschmeide.

Mit gleichmäßigen, berggewohnten Schritten stieg der Hahnbichler-Hubert durch den Bergwald; das Fernglas hing ihm am kurzen Riemen um den Hals, über der rechten Schulter blinkte der stählerne Zwillingslauf seiner Büchse.

Als er die Baumgrenze unter sich ließ, aufs freie Almfeld hinaustrat, blieb er stehen, hob das Glas an die Augen.

Nur kurz verweilte sein Blick auf den beiden Sennhütten. Es war niemand zu sehen, doch aus den Kaminen kräuselte sich bereits feiner Rauch, verriet, daß man beim Tagwerk war. Dann wurden die Wände abgesucht, jeder Latschenhang und Felsabbruch, die schattigen Kare. Daß er auch das Nachbarrevier, das jenseits des Baches, in der tiefen Schrunde des Wildmandl begann, in Augenschein nahm, versteht sich von selbst.

Denn noch immer fegte er durchs Gewänd, erfreute sich seiner ungebrochenen Stärke, seiner schon durchtriebenen Schlauheit, dieser Uralte, den man respektvoll den Weißen Gamsbock nannte.

Es war sonnenklar, daß auch der Pfaffinger-Steff und sein Jagdherr, Baron von Mehlen, der Besitzer des angrenzenden Reviers, nicht ruhen und rasten würden, um die begehrte Beute zur Strecke zu bringen.

Allein bei dem Gedanken, dieser Gamsbock, der sie so lange schon foppte, könnte im angrenzenden Privatrevier erlegt werden, trieb es ihm das Blut schneller durch die Adern. Denn bei diesem seltenen, edlen Stück versagte leider das Jagdgesetz gründlich, denn der Uralte hatte keinen festen Einstand. Er wechselte sein Revier, grad wie es ihm paßte.

Als der Jäger nun das Pointnerische Almfeld erreichte, vergaß er den Gamsbock für kurze Zeit. Doch aus den Augenwinkeln heraus beobachtete er den Pointner-Kaser. Und wenn es ihm dabei etwas warm wurde, so rührte dies gewiß nicht vom Aufstieg her.

Es sah ihm ähnlich, daß er seine Schritte noch beschleunigte, anstatt sie zu verlangsamen, als er sich der Sennhütte näherte; daß er sogar nicht einmal mehr Notiz davon nahm.

Trotz seines gewiß guten Aussehens, er war hochgewachsen und drahtig, war der Hahnbichler-Hubert nicht das Mannsbild, bei dem die Madeln sofort schwach wurden. Ihm fehlte das lustig lockere Mundwerk, jene Schlagfertigkeit, die nun einmal dazugehört, um zu beeindrucken. Er war ein eher zurückhaltender Mensch, der sich im Revier, in der Natur wohler fühlte, als in lauter, lärmender Gesellschaft. Daß er mit seinen nunmehr fast dreißig Jahren immer noch ledig war, empfand er trotzdem nicht als Nachteil.

Auf einmal freilich – seit dem Frühsommer, um genau zu sein, seit es hier heroben eine junge, bildsaubere Sennerin gab – spürte auch er Hummeln im Blut. Und immer ganz besonders dann, wenn er in die Nähe der Wildbachalmen, ins Rotwandkar kam. Nicht, daß ihn das extrig verändert hätte, daß er sich etwas anmerken ließ. Derlei Gemütsbewegungen mußte, wie er meinte, ein Mannsbild schon allein mit sich ausmachen.

Der Hahnbichler-Hubert hastete also an der Pointneralm vorüber, übersprang dann mit einem mächtigen Satz den Wildbach und hielt auf die Hütte des Ropfen-Pauli zu, mit dem er, so sonderbar dies auch sein mochte, gut Freund war.

Der alte Senn war bei seiner Morgenmahlzeit, als der Jäger bei ihm eintrat. Ein erfreutes Schmunzeln verzog den zahnlosen Mund des zaundürren, einer Mumie nicht unähnlichen Greises, und sofort bot er an: „Magst ein wengl mithalten, Hubert?"

Doch bei diesem gutgemeinten Angebot konnte der Hubert widerstehen. „Naa, vergelt's Gott, Pauli. Ich hab keinen Hunger", lehnte er ab, was glattweg gelogen war. Er hängte seinen Zwilling an den Türhaken, ließ sich auf einem der wackligen, pickigen Sessel vorsichtig nieder.

So gut der Alte auch das ihm anvertraute Vieh versorgte, seinem Almbauern, mit dem er verwandt war, Jahr für Jahr einen beträchtlichen Gewinn erwirtschaftete, so wenig hielt er von der Reinlichkeit. Die Hand, die mit dem Löffel in der rußigen Pfanne den fettglänzenden Schmarrn zerstach, war dunkelschwärzlich, besonders zwischen den Fingern. Auch der faltige Truthahnhals wies kohlschwarze Furchen und Rillen auf. Und der Hose, die seinen zähen Körper umschlotterte, war bestimmt keine Reinigung mehr widerfahren, seit man im Frühsommer aufgetrieben hatte, ebensowenig dem speckigen Hemd, dessen einstmalige Farbe man nur noch erraten konnte.

„Oft treibt's enk jetzt wieder auffer", bemerkte der Pauli wie nebenbei und mit vollem Mund seinen mürben Schmarrn mümmelnd. „Derweil ist es noch lang net soweit."

„Hast von die andern auch schon was g'seh'n?" fiel ihm der Jäger ins Wort.

Ein gelassenes Zucken mit den knochigen Schultern, ein vages: „No ja, halt den Jager. – Aber der kehrt halt jetzt viel in der Nachbaralm ein. Kannst es dir eh denken."

Ein verschlossener, fast verbitterter Ausdruck glitt über das gebräunte, schmale Gesicht des Hahnbichler-Hubert. Plötzlich hob er den Kopf, stieß gespannt hervor: „Hast ihn in der letzten Zeit wieder ausgemacht?"

Zuerst ein dünnes, hohes Kichern, fast ein wengl schadenfroh und boshaft, daraufhin ein zugeknöpftes: „Freilich, das werd ich dir ausgerechnet auf die Nas'n binden. – Naa, naa, mei Liaba, wennst ihn treffen willst, nachher mußt ihn dir schon selber suchen."

So gut sich diese beiden auch ansonsten verstanden, was den Uralten betraf, wurden sie schier zu Feinden.

Der Jüngere wußte, daß mit der Hilfe des Alten beim Aufspüren des Gamsbocks nicht zu rechnen war. Für den Senn bedeutete der Uralte mehr als für jeden anderen, er war für ihn zu einem Symbol der Freiheit und des Lebens geworden, war fast schon etwas Heiliges, an das nicht gerührt werden durfte.

Man hatte schon so manche Stunden damit verbracht, sich über den Weißen Gamsbock zu unterhalten, und dabei war der Ropfen-Pauli, der als Sonderling und Spinntisierer galt, mehr aus sich herausgegangen, als er dies sonst tat. Mit einer geradezu feurigen, leidenschaftlichen Streitbarkeit nahm er für diesen alten Gamsbock Partei, stritt für dessen Unantastbarkeit, kämpfte dafür.

Er verstieg sich sogar zu der drohenden und unheimlichen Voraussage – und man konnte sich des Eindrucks nicht erwehren, es war ihm bitter ernst damit: „Wenn's den Alten abireißt, über die Wänd, nachher fall ich mit! Nachher ist auch meine Zeit vorbei, die Uhr abgelaufen!"

Irgendwie wurde man das beklemmende Gefühl nicht

los, daß dieser Alte mit dem „Grauen" im Bunde stand; zwei Übriggebliebene aus einer Zeit, die vorbei und vorüber war!

Bei diesen Disputen wäre es dem Hahnbichler-Hubert nie eingefallen, sich über den Senn lustig zu machen. Irgendwie glaubte er, ihn sogar zu verstehen. Auch er sah in diesem Uralten mehr als nur ein vernunftloses Stück Wild. Dieser alte Gamsbock hatte ihm längst Respekt abgezwungen.

Endlich hatte der Pauli auch das letzte schmalzige Bröckchen aus der Pfanne gekratzt, fuhr sich mit dem Handrücken über die Lippen und schob den Löffel, nachdem er ihn an seinem Hosenbein abgewischt hatte, in eine Schlaufe unter der Tischplatte.

Nun erst erkundigte er sich so ganz beiläufig: „Hast nachher du selber noch keinen aus der Nachbarschaft getroffen?" dabei wies er mit dem vorstehenden, weißstoppeligen Kinn in Richtung Pointnerkaser. Dies war nun wohl die Strafe auf die Frage des Jägers nach dem Uralten.

Ein stummes Kopfschütteln war die Antwort.

„Jetzt, du bist mir vielleicht so ein ganz ein Schneidiger", fuhr er halb spöttisch und halb mißbilligend fort. „Geht an der Hütt'n von einer bildsauberen Sennerin vorbei, ohne daß er zukehrt."

„Deine Witz kannst dir sparen! Was hab denn ich beim Madl von einem andern verloren, ha?"

Mit einem erneuten belustigten Kichern hielt ihm der Pauli entgegen: „In der Lieb heißt's doch auch: Der G'schwinder, der G'sünder!" Ernster werdend, setzte er hinzu: „Bei der Jagd, da habts doch net soviel Respekt voreinander. Da lauert und trachtet auch ein jeder nach seinem Vorteil. Da bist du um keinen Deut besser wie der ander. Aber auf einmal tät er den Vornehmen spielen. – Ja, Kreizsakra, ist denn ein Dirndl weniger wert wie ein Gamsbock, ha?“

„Ich hab meiner Lebtag lang noch in keinem fremden Revier gejagt und . . .“

„In Ewigkeit Amen! Und wenn er net gestorben ist, nachher lebt er heut noch“, fiel ihm der Ropfen-Pauli sarkastisch, mit einem schiefen, zugleich bedauernden Schmunzeln ins Wort.

„Ich muß wieder weiter“, damit erhob sich der Jäger etwas abrupt.

„Ich muß auch zu meine Viecher und meine Goaßn aus dem Stall lassen. – Schaust auf dem Heimweg wieder vorbei?“

„Du möchst ja grad wissen, bist neugierig, ob ich ihn aufgespürt hab. – Keine Angst, Pauli, noch hat er ja Schonzeit!“

Daraufhin traf ihn ein Blick aus den wasserhellen Augen des Alten, der nicht mehr sonderlich freundschaftlich wirkte.

Als die beiden die Sennhütte verließen, der Senn sein Tagwerk begann und der Jäger bergwärts stieg, war auch der Pfaffinger-Steff auf dem Weg hinauf zum Rotwandkar.

Er hatte im Hochgebirgsrevier, in einer Jagdhütte seines Dienstherrn übernachtet, ganz in der Nähe der Wildbachalmen. Das ersparte den langen Aufstieg noch vor Tagesanbruch. Denn seine recht großzügige Wohnung hatte er im großen Jagdhaus des Herrn Barons von Mehlen, drunten, in der Nähe des Dorfes.

Er war nicht wenig stolz drauf, daß er eine solch noble Herrenjagd zu betreuen hatte, vieles selbst entscheiden konnte, ohne den umständlichen Dienstweg, wie es bei

Staatsjägern der Brauch ist, einhalten zu müssen. Er wußte auch, daß sein Gehalt weit über dem eines kleinen Beamten lag, daß er mehr verdiente als beispielsweise der Hahnbichler, obwohl dieser Oberrevierjäger war. Er schaute sogar mit einiger Geringschätzung auf die Forstbeamten herab, die – zumindest seiner Meinung nach – ihr Lebtag lang katzbuckeln mußten, immer einen über sich wußten, der ihnen Vorschriften machte.

Was ein rechter Jäger war, der mußte ein freier Mensch sein! Als der Steff den Einstieg ins Kar erreichte, blieb er stehen, hob das Glas an die Augen. Ein hartes, zugleich spöttisches Schmunzeln verzog seine Lippen, als er den Hahnbichler auf der gegenüberliegenden Seite des Kares durch ein Latschenfeld steigen sah. „No ja, wenigstens bleibt er in seinem Revier!" murmelte er.

Doch nun wandte er seine Aufmerksamkeit dem Pointner-Kaser zu, und dabei erschien ein erwartungsvolles Glimmen in seinen rußschwarzen Augen. Doch als erstes erspähte er halt wieder einmal die alte Lies, die am Röhrlbrunnen stand, etwas auswusch. Und so wie jedesmal stellte sich über ihre ständige Anwesenheit eine leichte Gereiztheit bei ihm ein. Die Pointnerischen schienen genau gewußt zu haben, daß sie ihre Tochter schier wie einen Drachen bewachte, daß sie zu Hannis Schatten wurde, sobald er auftauchte. – Wäre es anders gewesen, so hätten sie ihre Tochter wohl kaum hier heraufgeschickt. –

So war die Hanni an der Seite der Lies so sicher wie in Abrahams Schoß. Daß die alte Sennerin keine sonderliche Sympathie für diesen Jäger hegte, kam noch erschwerend hinzu; andernfalls hätte sie vielleicht schon hie und da ein Auge zugedrückt.

Indes wusch die alte Lies bedächtig das Milch-Haferl

aus, die sehnig zähen Arme im eiskalten Wasser. Seit mehr als einem halben Menschenleben sennte sie hier heroben, und dieses Leben in der rauhen Bergeinsamkeit hatte sie geformt und geprägt.

Nun kam auch die Hanni aus der Hütte. Dieses blonde, bildhübsche Madl konnte nicht einmal das oft geflickte und an manchen Stellen grüngesprenkelte Stallgewand, das an der Stirn schon löchrige Kopftüchl, entstellen. „Ich fang mit dem Melchen an!“

Man hielt hier, anders als auf der Nachbaralm, wo es nur Jungtiere zu versorgen gab, Milchvieh, was ein Erhebliches mehr an Arbeit und Mühe machte.

Die Lies nickte. Plötzlich sah sie zur Nachbaralm hinauf, zog angewidert die scharfgebogene Nase kraus, die unter dem weit ins pergamentene Gesicht gezogene Kopftuch hervorstach, und knarzte unwirsch: „Bis da herunter stinken s' wieder, seine Mistviecher.“ Gemeint waren damit drei Geißen und ein gehörnter Bock, die friedlich auf dem Angerl der Ropfen-Alm weideten.

Die vollen Lippen des jungen Madls kräuselten sich zu einem versteckten Lächeln, ehe sie beschwichtigend einwandte: „Zum einen schmeck ich rein gar nixn, und zum andern hätt'st dich in dene mehr als zwanz'g Jahr längst dran gewöhnen müssen.“ Sie hörte diese Beschwerde tagtäglich mehrmals. Aber bis jetzt war sie noch nicht dahintergekommen, ob die Lies wegen dieser harmlosen Tiere mit dem Ropfen-Pauli, den sie verächtlich Goaß-Pauli nannte, auf Kriegsfuß stand, oder ob sie die Geißen nur nicht mochte, weil sie dem Pauli gehörten. Fest stand jedenfalls, daß diese beiden Alten, beide in vielen Almsommern ergraut, sich seit undenklichen Zeiten spinnefeind waren.

„Kein anständiger Mensch kann sich an diese Stinkviecher g'wöhnen", murrte sie unversöhnlich. „Ich möcht wetten, daß der alte Krauterer seine stinkerten Goaß' noch dabei hat, wenn er einmal in Himmi kommt. Das heißt, wenn er einikommt", schränkte sie hastig ein.

Obgleich die Hanni keinerlei Bedenken darüber hegte, daß der etwas menschenscheue, aber kreuzbrave Sonderling gewiß in den Kreis der Gerechten aufgenommen wurde, ließ sie es dabei doch lieber kommentarlos bewenden. Was die Lies einmal in den Zähnen hatte, ließ sie nämlich nicht mehr so schnell los.

Aber schon keifte die Alte unverdrossen weiter: „Mich hat er ja die längste Zeit geärgert, mit seine Eisenbahner-Küh, denn das naxte Jahr plag ich mich da heroben ganz g'wiß nimmer ab." Auch das drohte sie bereits seit Jahren an, doch wie es Sommer wurde, hielten sie keine zehn Rösser drunten im Tal.

„Nachher werden sich halt meine Leut jemand anders suchen müssen, denn auf mich können sie auch nimmer zählen."

Begleitet von einem mißbilligenden Blick von der Seite her, brummte sie abfällig: „Ein Bauerndirndl, aufgewachsen im schönsten Hof, mit der Bauernarbeit groß worden, und ausgerechnet ein Jager!" Sie spie dieses letztere Wort förmlich aus, zog dabei die Mundwinkel verächtlich herab. „So recht kann ich da deine Leut fei net begreifen, daß sie so was überhaupts zulassen."

„Sie haben sich schon dran gewöhnen müssen", kam es recht selbstsicher zurück. „Das ist heut nimmer so wie zu deiner Zeit, Lies, daß die Jungen von die Alten verkuppelt werden. – Und außerdem", ihre Stimme nahm einen schärferen Ton an, „was ist denn gegen einen Jager einzuwenden, ha? Ist er vielleicht schlechter wie ein Bauer, ha?"

„Naa, naa, das net, aber . . ." Sie brach unvermittelt ab, zuckte nur mit den beinigen Achseln. Gegen die Jäger im allgemeinen war nichts einzuwenden, nur gegen den Pfaffinger-Steff im besonderen, da hatte sie einige Bedenken. Abschließend murmelte sie: „Des Menschen Wille ist sein Himmelreich! So steht's schon in der Heiligen Schrift."

Aber plötzlich war die Herzensangelegenheit der Hoftochter vergessen, denn die Lies hatte drüben die lange, hagere Gestalt des Ropfen-Pauli erspäht. Den sehnigen Arm drohend erhoben, die zähe, verarbeitete Faust geballt, keifte sie zu ihm hinüber: „Schau bloß, daß du mitsamt deinem stinkerten Goaßbock hinter deine Hütt'n verschwind'st! Der Wind steht ungünstig, und für das Gschmackerl bedanken wir uns schönstens."

„Herrschaft, so laß ihn doch in Fried!" raunte ihr die Hanni zu. „Er tut dir doch nix!"

Ohne sich um den boshaften Zuruf der Sennerin zu kümmern, faßte der Pauli seinen Geißbock am scharfgebogenen Horn und führte ihn ums Hütteneck; die drei Geißen trippelten willig hinterdrein.

Die meisten hielten den Finken-Simmerl für einen etwas verschrobenen Menschen. Denn obwohl er die Dreißig gerade überschritten hatte, mußte er gleich nach seiner Schulzeit das Jungsein schon vergessen haben. Man sah ihn auf keinem Tanzboden, bei keiner Lustbarkeit, kaum einmal im Wirtshaus.

Was dabei jedoch übersehen wurde, war die Tatsache, daß diesem vielleicht ein wenig allzu ernsten, wortkargen Burschen für die Vergnügungen, die nun einmal zur Jugend gehören, nie genug Zeit geblieben war. Er hatte schon als Bub bei der Stall- und Feldarbeit zuhelfen müssen; Dienstboten hatte es im Finken-Sachl nie gegeben. Und bereits sein Vater, der verstorbene Finkenbauer, hatte sich, sooft er daheim nur abkömmlich war, mit seinem Pferdegespann ans Forstamt zur Holzarbeit verdingt, um etwas dazuzuverdienen. An die fünf Jahre war's her, seit er bei dieser gefährlichen Arbeit tödlich verunglückte, von einer Fuhre mannsdicker Prügel erdrückt wurde.

Auch der Simmerl fuhrwerkte für den Forst, konnte auf diesen einträglichen Nebenverdienst nicht verzichten, selbst wenn ihm die Arbeit allmählich über den Kopf zu wachsen drohte. Denn fast genau vor einem Jahr war seine Mutter gestorben, und nun hauste und werkte er in seinem Gütl allein.

Ab und zu, wenn er sich wieder einmal gar nicht mehr hinaussah, kam die Wetzelsberger-Theres, seine verheiratete Schwester, und legte dort, wo es am nötigsten war, mit Hand an. Dies war für sie, eine Bäuerin mit fünf Kindern und viel zu wenig Zeit, freilich eine fast schon unzumutbare Mehrbelastung.

Doch ganz so selbstlos half die Wetzelsbergerin ihrem Bruder nicht. Sie tat dies vielmehr im Hinblick auf ihre Resi, die nun bald aus der Schule kam und dann ihrem Onkel das Hauswesen führen konnte. Auf diese Weise, so hatte es sich die Theres jedenfalls aus- und zurechtgelegt, brauchte der Simmerl keine Bäuerin, und das Finken-Sachl fiel irgendwann einmal einem ihrer eigenen Kinder zu.

Große Sorge, daß diese Rechnung nicht aufgehen würde, brauchte man kaum zu haben. Denn der Finken-Simmerl war keiner, der mit den Weiberleuten, insbesondere den jüngeren, umzugehen verstand. Er werkte und schaffte für zwei, und kam oft an Sonn- und Feiertagen aus dem Arbeitsgewand nicht heraus, um seinen bescheidenen Hof auf gleich zu halten. So verstand es sich von selbst, daß er dabei wahrhaftig keine Zeit mehr fand, um auf Brautschau zu gehen. Ganz zu schweigen davon, daß ihm dies ohnehin unangenehm genug gewesen wäre; dieses Herumtändeln und Süßholzraspeln war ganz und gar nicht das seinige.

So kutschierte der Finken-Simmerl, was seine eigene Person betraf, immer noch einspännig durchs Leben, schuftete und rackerte sich ab, ohne eigentlich genau zu wissen, für wen das alles einmal.

Auch an diesem Morgen war er bereits mit einer Fuhr Langholz unterwegs, als er das junge Madl einholte, das immer wieder stehenblieb, und seine unhandliche Last verschnaufend absetzte. Erst jetzt erkannte er sie, die Voglsamer-Magd, von der er jedoch kaum mehr als den Namen wußte.

Er mochte zwar ein maulfauler Mensch sein, doch Hilfsbereitschaft war für ihn eine Selbstverständlichkeit, da kriegte er sogar seine Zähne auseinander. „No, Annamirl, das schaut ja her wie der Auszug aus Ägypten“, begann er mit einem vorsichtigen, kaum wahrnehmbaren Schmunzeln. „Gib dein Packl her! Das fahrt sich leichter auf dem Wagen. Ich muß ins Sägwerk, aber ein Stückl kann ich dich schon mitnehmen.“ Dabei versuchte er, die verweinten Augen, das tränengerötete Gesicht des Mädchens zu übersehen.

Verwirrt und auch überrumpelt – die Annamirl hatte die vergangene Nacht kaum ein Auge zugetan, wußte ohnedies kaum, wo ihr der Kopf stand – nahm sie diese unaufdringliche Hilfe an. Auch sie kannte den Finken-Simmerl nur vom Sehen, wußte über ihn kaum mehr, als daß er als rechtschaffener, recht stockfischiger Mensch galt, der mit anderen kaum Umgang pflegte.

Schon wollte er seine Rösser, schwere Kaltblüter, wieder anziehen lassen, als er sich doch noch einmal umwandte und fragte: „Wo willst denn mit dem ganzen Zeug da eigentlich hin?"

Mit ihrer Nervenkraft war's ohnehin nicht mehr weit her, und nun verlor sie die Beherrschung vollends, so daß sie lautlos zu weinen begann.

Hilflos und bestürzt starrte der Simmerl sie an, bis ihm ein begütigendes: „No, no, no, so schlimm wird's doch net sein", einfiel. Doch schon rumpelte es ihm unversehens und hellsichtig heraus: „Bist bei die Voglsamerischen davon?"

„Naa, gehen hab ich müssen", gab sie mit gedrückter Stimme, aber ehrlich zu.

„Ach sooo!" tat er daraufhin verstehend, geradeso, als ob dies etwas Selbstverständliches war. „Und jetzt weißt net wohin?"

Sie konnte erneut nur den Kopf schütteln, derweil sie sich mit dem nassen Schneuztüchl die Tränen zu trocknen versuchte, die nicht versiegen wollten.

Warum und weshalb sie auf der Straße stand, schien ihn nicht zu interessieren. Es war gewiß die Tatsache, daß er helfen konnte, die ihn seine scheue Zurückhaltung vergessen ließ, so daß er gelassen anordnete: „Jetzt steig z'erst einmal auf, daß ich fahren kann! Nachher sehen wir schon weiter."

Ohne zu fragen, was er beabsichtigte, nur tief erleichtert, daß jemand ihr sagte, was sie zu tun hatte, kletterte die Annamirl auf die harzduftende Holzfuhre und setzte sich auf einen der geschälten Stämme.

Der Finken-Simmerl ließ sein Gespann anziehen. Groß und breitschultrig schritt er daneben her, schien das Madl auf seinem Fuhrwerk reinweg vergessen zu haben, denn nicht ein einziges Mal drehte er sich nach der Annamirl um.

Als sich die Annamirl geschneuzt und etwas beruhigt hatte, bog das rumpelnde Gefährt bereits von der Straße ab und zuckelte den Weg dahin, der zum Finken-Anwesen führte, das schon hart am Bergwald gelegen war.

Es war nur ein mageres, bescheidenes Gehöft, mit einem angebauten Querfirst, unter dem Heuboden und Stall lagen. Und man sah es auf den ersten Blick, daß hier die ordnende, geschickte Hand einer fleißigen Bäuerin fehlte. Hier gab es kein feuriges Rot blühender Geranien vor den Fenstern und auf der Altane; und hinter windschiefen Staketen verwilderte der Krautgarten.

Verwirrt blieb das Madl auf dem Wagen sitzen, während der Simmerl seine Rösser auszuschirren begann.

Endlich schien er sich an seinen Fahrgast zu erinnern und erklärte knapp: „Für meine Roß ist's Zeit zum Tränken und Füttern. Und ich hab mir auch eine Brotzeit verdient. Komm, steig ab!"

Gehorsam kam sie dieser gar nicht unfreundlichen, aber auch nicht übertriebenen herzlichen Aufforderung nach, derweil sie ihre dürftig verpackten Habseligkeiten auf der Fuhre zurückließ.

Nachdem der junge Finkenbauer seine Gäule in den Stall geführt hatte, forderte er seinen Gast mit einem aufmunternden Kopfnicken auf, ihm ins Haus zu folgen.

Er ging voran, bereits im Hausflöz herrschte ein kunterbuntes Durcheinander von allerhand mehr oder weniger noch brauchbarem Gerät, führte sie in die Stube, ein niedriger Raum, in dem das völlige Durcheinander herrschte.

„Da ist schon eine Weile nimmer z'sammgeräumt worden", entschuldigte er sich leichthin. „Für so was hab ich meistens keine Zeit. In der Früh pressiert's und auf d'

Nacht bin ich nachher zu hundsmüd dazu. – Mußt dir halt ein wengl Platz machen, daß du dich niedersitzen kannst, bis ich die Brotzeit bring."

Essen war wirklich so ziemlich das letzte, wonach der Freimooser-Annamirl war, trotzdem nickte sie bejahend. Anstatt jedoch einen der Gewandhaufen einfach beiseitezuschieben, begann sie ihn zu entwirren, hängte eine Lodenjoppe und einen gestrickten Janker an den Türhaken, faltete offenbar frischgewaschene, wenn auch ungebügelte Hemden zusammen, um Platz zu schaffen.

Derweil hörte man den Hausherrn und Bauern in der angrenzenden Kuchl herumwerken, ehe er bald darauf mit einem Laib Brot, einem Endstrumm Geselchtem erschien, das er beides unterm Arm seiner harzverpickten Joppe gezwängt trug, während er in den Händen ein Holzbrett und zwei Messer hielt. „Weißt, ich bin gleich nach der Stallarbeit fort, hab noch gar nix g'essen", erklärte er, ließ alles zugleich auf den Tisch fallen. Ein dunkler Schwarm Fliegen summte erschreckt von den verstreut herumliegenden Brot- und Zuckerkrümeln und etlichen undefinierbaren, eingetrockneten Lachen auf der Tischplatte auf, schwirrte gegen die ziemlich schwarzgesprenkelten Fensterscheiben. Keine einzige verirrte sich mehr an den Fliegenfänger, der schwer und schlaff, von unzähligen Kadavern überkrustet, über dem Tisch hing.

Nachdem sich der Simmerl einen Kanten Brot und einen festen Riegel vom Schwarzgeräucherten heruntergesäbelt hatte, nickte er seiner Besucherin aufmunternd zu. „Greif nur auch zu!"

„Naa, vergelt's Gott, Finkenbauer! Mich hungert's net."

Auch das war ihm recht; er versuchte gar nicht erst, sie zu drängen.

Nach einem Weilchen faßte sie sich ein Herz und meinte zaghaft: „Ich hab eigentlich gar net derweil, daß ich mich da noch länger aufhalt, ich muß mir einen neuen Dienst suchen."

Mit vollen Backen kauend, man sah es ihm an, wie sehr ihn hungerte, nickte er nur beiläufig und verstehend. Erst wieder nach einer Weile fragte er zurück: „Hast schon irgendwo was in Aussicht?"

Daraufhin konnte die Annamirl nur verneinend den Kopf schütteln.

Nun schob er das Holzbrett mit leisem Knirschen über das dürre Bröserlwerk von sich, sah sie an und sagte mit kühler Sachlichkeit: „Ich könnt für die Kuchl, fürs Haus und für den Stall notwendig jemand brauchen. Wie's bei mir ausschaut, das siehst ja selber", wies er dabei mit angewidert verzogenem Gesicht um sich. „Ab und zu kommt die Theres und macht Ordnung, aber, no ja . . ." Er zuckte resignierend mit den Schultern.

Beinahe bestürzt entfuhr es ihr: „Naa, naa, um Gott's will'n, Finkenbauer, das geht nie net."

Nun zuckte ein plötzliches Schmunzeln, fast wie ein Wetterleuchten, über sein breitflächiges, durchaus nicht unsympathisches Gesicht, das bis hinauf zu den ruhigen, blauen Augen reichte. Zwar erheitert, aber ohne Spott, ohne sich darüber lustig machen zu müssen, wandte er ein: „Ja, versteh schon: du als jung's Madl und ich als einschichtiges Mannsbild unter einem Dach! – Naa, naa, Dirndl, da brauchst dir gar nix denken. Wer mich kennt, der weiß schon, was er davon zu halten hat, daß ich . . ."

„Naa, Finkenbauer, das ist es gar net", unterbrach sie ihn vorschnell, während dunkle Röte über ihr Gesicht fuhr. „Da hätt ich auch gar keine Sorg, aber . . ." Hier schlug sie plötzlich die Hände vors Gesicht, begann erneut zu weinen.

„Herrjeh, Madl, was ist denn mit dir los? Ich will dir doch keinen G'fallen erweisen, ich brauch wirklich und wahrhaftig jemanden zur Arbeit."

„Ich glaub's ja eh", schluchzte sie mit zerdrückter Stimme. Es hatte wohl kaum Sinn, mit der Wahrheit noch länger hinterm Berg zu halten, und so gestand sie kleinlaut und tief beschämt: „Aber die Voglsamerin hat mich außig'schmissen, weil ich . . ., weil ich in Umständ bin . . ., gleich im vierten Monat!"

Es wäre geheuchelt gewesen, hätte der Finken-Simmerl so getan, als hätte ihn diese Eröffnung kaltgelassen. Er starrte sie sogar recht erschreckt an, bis er schließlich unsicher hervorbrachte: „Und heiraten?"

Ohne aufzublicken, zuckte die Annamirl nur ungewiß mit den Schultern und wagte darauf nun keine verbindliche Antwort mehr zu geben. Denn allmählich kamen auch ihr so einige Zweifel, die sie zwar noch nicht so recht wahrhaben wollte, gegen die sie sich aber auch nicht mehr wehren konnte.

Nachdem er ein Zeitl nachgedacht hatte, meinte er mit einem brunnentiefen Aufatmen: „No ja, zwegen meiner wär das net die Welt. Da gibt's Schlimmer's. Mich geht das ja auch alles gar nix an, und ich kümmer mich auch net drum, so lang die Arbeit getan wird. Daß du in deinem Zustand für ein wengl nimmer so kannst, versteht sich von selbst. Und allzu viel Scherereien wird ja so ein kleins Würml nachher auch net hermachen . . . Denk ich mir halt . . . Wenn's man recht überlegt, wär am End uns allen zwei g'holfen, wennst zusagst?!"

Bei diesem großherzigen und unerwarteten Angebot blickte die Freimooser-Annamirl überrascht auf, die braunen Haselnußaugen immer noch tränenverschleiert. Sie konnte es kaum fassen, vor allem kaum glauben, daß er sie wegen des Kindsvaters nicht mehr plagte, nichts weiter wissen wollte. Verwirrt stotterte sie: „Ja, Finkenbauer . . ., wennst mich nimmst . . .?! Dableiben tät ich schon gern . . ., und dich soll's auch nie net reuen."

„No also, Annamirl, nachher haben wir eh schon ausgeredet", fiel er ihr mit einem verlegenen Schmunzeln ins Wort. Er hatte sich bereits erhoben, wollte die Stube verlassen. „Über den Lohn werden wir schon handelseins. Du kannst mit der Arbeit gleich anfangen. Auf Mittag komm ich net heim, erst wieder zur Stallarbeit. – Und droben kannst dir eine Kammer aussuchen." Und damit war er auch schon fort, aus der Tür.

Sie stand da, als hätte sie der Blitz gestreift, konnte es noch kaum fassen, begreifen. Ihr erschien diese fast schon ein wengl verwahrloste Stube wie ein Fleckl Paradies; ein Platzl, wo sie unterkam, bleiben durfte. Und da war auch wieder jemand, der ihr Entscheidungen abnahm, der ihr sagte, was zu tun war; das war sie ihr Lebtag lang gewohnt, war ihr vertraut.

Gleich zwei starke Ferngläser und ein Paar wasserhelle Augen waren auf ihn gerichtet, wie er so majestätisch dastand, den schmalen Kopf mit den herrlich gebogenen Krucken erhoben, geradezu verächtlich über die Tiefe hinausblickend.

Ganz scharf zeichnete sich der Uralte vom Grat ab, verharrte lange Zeit reglos, so als wüßte er genau, daß ihm noch keine Gefahr drohte, und wenn es den Jägern noch so sehr in den Fingern juckte.

Dieses unvermittelte Auftauchen des Alten immer dann, wenn er gefeit war, war eine Herausforderung für jeden Jäger; es grenzte an Fopperei, und oft hatte es den Anschein, der Bock wüßte dies.

Es waren aber doch recht unterschiedliche Empfindungen, die sein stolzer Anblick bei den drei Beobachtern hervorrief.

So wenig ein Jäger vom anderen ahnte, daß er den Uralten im Glas hatte, so sicher wußte dies der alte Senn. Und es freute ihn diebisch, wenn er sich vorstellte, was nun in den Grünen vor sich ging, wie sie vor Aufregung und verhaltenem Jagdfieber gewiß zu schwitzen begannen.

Er wußte aber auch, daß dieses herausfordernde Auftreten, das unvermittelte Erscheinen des Gamsbocks ihre Jagdleidenschaft noch anheizte, ihre Gier, ihn endlich zur Strecke zu bringen, noch steigerte. Doch so wie er diesen gerissenen Grauen kannte, würde er wieder wie vom Erdboden verschwunden sein, sobald die Gamspirsch aufging, Jagd auf ihn gemacht werden durfte.

Ja, alle Sympathien des alten Ropfen-Pauli gehörten diesem Bock.

Leise und ein wengl boshaft kicherte er in sich hinein, während er die scharfumrissene, stolze Gestalt dort droben mit freiem Auge beobachtete.

Irgendwie kam auch den Hahnbichler-Hubert ein leises Schmunzeln an, denn dieser Graue zwang ihm immer wieder Bewunderung und Hochachtung ab.

Vielleicht hätte er sogar – eine recht ungewöhnliche Vorstellung für einen Jäger – diesen Uralten, der sich längst Leben und Freiheit verdient hatte, ungeschoren gelassen, wenn er alleiniger Herr dieses ganzen Revieres im Rotwandkar gewesen wäre. Solch nachsichtige Überlegungen wurden jedoch von der in den Revieren herrschenden Rivalität schnell wieder verdrängt. War es nicht der Herr Forstmeister oder irgendein vornehmer, hochgestellter Jagdgast, der diesen seltenen Gamsbock erlegte, so war es halt einer aus dem Revier des Herrn Baron von Mehlen, der sich diese Beute, diese wertvolle Trophäe holte.

Bei dieser Pirsch auf den „Weißen Gamsbock" ging es längst um mehr, als zu einem guten Schuß zu kommen. Hier war jener Urinstinkt des Jagens und Beutemachens überhaupt geweckt worden. Es ging auch darum zu beweisen, wer der bessere, erfahrenere und auch mutigere Jäger war. Das hatte man nicht nur dem anderen, auch sich selber zu beweisen. Und darum konnte es für diesen Uralten dort droben keine Schonung geben. Er war als hilflose Kreatur menschlichem Erfolgsdenken, wie hoch oder niedrig diese Beweggründe auch eingeschätzt werden mochten, ausgeliefert.

Erst als die Augen zu brennen, zu tränen begannen, merkte der Pfaffinger-Steff, daß ihm der Schweiß vor lauter Aufregung bereits in die Augen rann, während er keinen Blick von diesem Bock lassen konnte.

Kreizsakra, was für eine Gelegenheit! Er war wie vom Fieber erfaßt, konnte sich nur noch mühsam beherrschen, nicht doch zur Büchse zu greifen. Dies hätte ihn glatt seine Stellung, seinen schönen Posten gekostet.

Plötzlich schien der alte Gamsbock genug davon zu haben, sich bestaunen und bewundern zu lassen, denn er stieß einen weithin hörbaren Pfiff aus und sprang in langen, ungemein eleganten Sätzen von Felsband zu Felsband, bis er den Blicken entschwunden war.

Und nun erst löste sich die ungeheuere Spannung von drei Mannsbildern, jeder schnaufte erleichtert auf.

Der Pfaffinger-Steff verließ seinen Ansitz, schulterte sein Gewehr und trat den Rückweg, diesmal über die Pointneralm, an.

Doch der Hahnbichler-Hubert blieb noch sitzen, auf einem mit Flechten überzogenen Felsbrocken; er genoß die friedliche Stille, die Kühle des hereinbrechenden Abends.

Da hörte er das Kollern von lockerem Stein. Schon hatte er das Glas an den Augen, und dann sah er ihn, den Jäger des Herrn Baron, seinen Kollegen aus dem Nachbarrevier.

Aha, er war also auch schon unterwegs, um den Standplatz und die Einstände des Uralten rechtzeitig auszumachen. Demnach mußte auch der Steff den Grauen dort droben beobachtet haben!

Als er der schlanken, sich geschmeidig bewegenden Gestalt des um etliche Jahre Jüngeren nachschaute, spürte er einen schmerzhaften Stich im Herzen, denn der Steff hielt geradewegs auf die Wildbachalmen zu.

Allein die Vorstellung, daß der andere nun einen gemütlichen Heimgart verbrachte, in Hannis Nähe sein durfte, hatte für ihn etwas Peinigendes.

Seit dieses hübsche Madl, das soviel natürlichen Liebreiz ausstrahlte, auf der Alm heroben war, er ihr öfter begegnete, brachte er sie nicht mehr aus dem Sinn. Selbst der alte Pauli hatte es herausgefunden, durchschaute, was mit ihm los war, daß er sich vor Sehnsucht nach der Pointner-Hanni schier verzehrte. Er versuchte immer wieder, ihm mit Anspielungen Mut zu machen, sein Glück bei ihr zu versuchen. Aber er war halt leider nicht der Mensch, der dazu imstande war.

Als er den Steff in der Pointneralm verschwinden sah, machte auch er sich an den Abstieg, wollte noch auf ein Sprüngl beim Ropfen-Pauli vorbeischauen.

Indes versuchte die Lies, die stürmische Begrüßung des jungen Pärchens geflissentlich zu übersehen, mußte sich aber dann doch kräftig räuspern, um auf sich aufmerksam zu machen, zu erinnern, daß sie nicht allein mit sich waren. Dabei mußte sie sich – wenn auch recht widerwillig – eingestehen: Wunder ist's keins, wenn so ein Dirndl an ihm picken bleibt wie der Stieglitz auf der Leimrut'n! Denn dieser schwarzbraune Bursch, mit den übermütig glänzenden Rußaugen, wirkte wohl so ziemlich auf jegliches weibliche Wesen.

Ihr Gruß fiel, nachdem er nun endlich auch von ihr Kenntnis nahm, recht beiläufig aus; zwar nicht unfreundlich, aber auch ohne jede Herzlichkeit. Sie hätte nicht einmal genau zu sagen vermocht, was sie an ihm störte. Irgendwie traute sie ihm nicht ganz über den Weg, trotz seiner offensichtlichen Verliebtheit.

Nun fragte er die beiden Almerinnen: „Hat von euch eine den Weißen Gamsbock gesehen?"

Sofort kam es anzüglich von der Lies: „Sind wir der Jager oder du?"

Mit einem etwas gezwungenen, mühsamen Lachen beschwichtigte er: „Herrjeh, Lies, du bist und bleibst halt ein alter Predigtstuhl." Dabei hätte er ihr mit Wonne etwas ganz anderes erwidert. Aber hier hatte sie nun einmal das Sagen, und da mußte man sich schon nach dem Wind richten.

Sich an das Madl wendend, fuhr er mit schmeichelnder Stimme fort: „Du könntest mir einen Rieseng'fallen tun, Hannerl. Der Herr Baron hat mir einen Jagdgast angekündigt, in die Hütt'n herauf. Aber da schaut's halt leider net grad reinlich aus, um die Wahrheit zu sagen, ein wengl grauslich. Aber ich bin halt nie dazu gekommen, daß ich . . ."

Schon fiel ihm die alte Sennerin schroff ins Wort: „Die Pointnertochter ist fei kein Putzmadl für deinen Herrn

Baron nicht". Vor lauter Empörung, vielleicht auch, um ihren Worten mehr Nachdruck zu verleihen, war sie in ein ziemlich gequältes Hochdeutsch verfallen. „Ihr Vater tät sich schönstens bedanken, wenn er erfahrt, daß sie für deine Herrschaft den Dreck wegputzt hat. – Naa, naa, du, ich tät vom Bauern und der Pointnerin die allergrößten Anständ kriegen."

Steff's Gesicht hatte sich trotz der Bräune mit einer dunklen Röte überzogen. „So war's ja auch gar net g'meint", versuchte er, sich herauszureden. „Halt bloß die Hütt'n ein wengl wohnlich machen."

„Ist doch klar und nix dabei, Steff", mischte sich nun die Hanni ein. Vorwurfsvoll zur Lies gewandt, setzte sie hinzu: „Deswegen fallt mir doch keine Perle aus der Krone. Was ist denn da schon groß dabei, ha?"

Doch mit einem verächtlichen Schniefen keifte die Alte unversöhnlich vor sich hin: „So weit kommt's noch, daß die Pointnertochter für fremde Leut putzt. Das wär ja eine himmelschreiende Schand! – Daß er dir das überhaupts zumutet, ist schon eine . . ."

Von seinem Stuhl aufspringend, fiel ihr der Jäger nun sichtlich gereizt ins Wort: „Also gut, wenn's so ist, nachher verzicht ich lieber drauf." Ehe er völlig die Beherrschung verlor, wandte er sich nun an die Hanni und fügte einlenkend hinzu: „Hätt ich geahnt, was das gleich für einen Mordsaufstand gibt, hätt ich gleich nix g'sagt. Gar so wichtig ist es auch wieder net!" Dabei schoß er auf den gebeugten Rücken der alten Sennerin, die am Herd zu hantieren begann, einen giftigen Blick und griff nach seinem Gewehr.

„Jessas, du gehst doch net schon wieder?! Willst net mit uns ein wengl was mitessen?"

„Naa, vergelt's Gott! Ich muß noch meinen Rapport schreiben. Ein andermal wieder."

Enttäuscht schaute ihm die Hanni nach, wie er etwas überstürzt ihre Hütte verließ. Kaum hatte er die Tür hinter sich zugezogen, als sie fauchend hervorstieß: „Du, wennst mir noch einmal so saugrob mit ihm bist, nachher rucken wir zwei auch übereinand." Das Glitzern in ihren tiefblauen Augen verriet, wie ernst es ihr damit war. „Ich versteh gar net, warumst gar so hantig mit ihm umspringst? Er hat dir nie nix getan und ist allweil freundlich zu dir."

Wenig beeindruckt entgegnete die Lies: „Geh zu, der möcht bei mir doch bloß radlfahren, daß ich meine Aufsichtspflicht vielleicht doch net ganz so genau nehm. Aber da hat er sich sauber brennt, der Herr Jager. Ich hab's deine Leut in die Hand eini versprochen, daß ich ein Aug auf dich hab."

„Mir scheint, du hast mindestens viere", entfuhr es der Hanni vorschnell. Sofort berichtigte sie sich einschmeichelnd, bettelte: „Geh, Lies, sei halt net gar so hart. Du bist doch auch einmal jung gewesen . . ." Sie konnte das Gesicht der alten Sennerin, das versonnen in Richtung Nachbaralm gewandt war, nicht sehen; auch nicht, daß es plötzlich einen harten, fast verkniffenen Zug annahm. „Schau, gar so lang sind wir ja nimmer heroben, der Sommer dauert auch net ewig, und wenn ich wieder daheim bin, nachher können wir uns eh bloß noch . . ."

„Spar dir deine Tänz! Wenn er dich wirklich gern hat, nachher kann er's auch noch derwarten, bis alles seine Richtigkeit hat. Und wenn net, nachher ist auch kein Schad drum."

Allmählich stiegen Trotz und Zorn in ihr auf, und sie fragte sich, warum sie sich von ihr überhaupt so schurigeln ließ? Sie war schließlich erwachsen, wußte selber, was sie zu tun und zu lassen hatte! Im Grund war sie schön dumm, wenn sie sich diese Bevormundung gefallen ließ.

Die Lies schien jedoch genau zu wissen, was in ihrem Schützling vor sich ging, daß das Madl kurz vor einem Zornausbruch stand, und deshalb verließ sie kurzerhand die Hütte.

Sie kannte die Hanni ja nicht erst seit diesem Sommer. Sie selber war im Pointnerhof wie daheim, gehörte schon zur Familie, für die sie mehr als ein halbes Leben lang als Dienstbot gearbeitet hatte. Sie hatte die Hanni und ihren Bruder, den Franzl, aufwachsen sehen, hatte ihre Tränen abgewischt und ihnen die Nase geputzt, und ihnen an den langen Winterabenden all die uralten, schaurig schönen Gesichten vom Klaubauf oder vom Kasermandl erzählt.

Und da sollte sie jetzt auf einmal kein Recht mehr dazu haben, diesem Rotzdirndl zu sagen, was sich gehört? Aber daran war bloß dieser Malefiz-Jager schuld. Dieser Hallodri mit seinen Glutaugen machte ihr das Madl noch ganz verrückt. Sie, die von Natur aus so eigensinnig und starrköpfig war, wurde in seinen Händen zu Wachs. – Nein, ihr konnte keiner weismachen, daß diese Sach ein gutes Ende nahm! Der Fuchs wird über Nacht nicht zum braven Lampl! –

Nicht, daß sie gegen seinen Beruf etwas einzuwenden gehabt hätte; es war vielmehr der Mensch selber, dem sie mißtraute. Wenn es schon unbedingt so ein Grüner, so ein Schneidiger sein mußte, dann gab's doch auch andere als ausgerechnet diesen Hallodri!

Da war doch, nur zum Beispiel, der Hahnbichler-Hubert, ein ruhiger, verständiger und grundehrlicher Mensch, der ihres Wissens nur einen Fehler hatte: daß er sich mit dem Ropfen-Pauli abgab. Aber sonst kein unkommoder Bursch und vor allem – und das schien ihr das Wichtigste zu sein – kein Schürzenjäger!

Noch während die Lies mit der Uneinsichtigkeit des Schicksals haderte, warum es ausgerechnet den Steff der Hanni hatte über den Weg laufen lassen müssen, hörte sie das Knirschen von genagelten Schuhen auf hartem Gestein. Doch ihre Sorge, der Jäger könnte noch einmal zurückkommen, war unbegründet. Es war der Hahnbichler-Hubert, der auf den Nachbarkaser zuhielt.

„Ausgerechnet bei dem muß er zukehren", knarzte sie abfällig vor sich hin. „Bei so einem alten, spinntisierenden Loder!" Dabei übersah sie völlig, daß sie nur um weniges jünger als ihr – aus was für einem geheimnisvollen Grund auch immer – ungeliebter und von ihr ständig verfolgter und verunglimpfter Nachbar war.

Auch der alte Senn hatte seine Geißen gemolken, die Milch zum Abrahmen in vorsintflutlichen hölzernen Weitlingen aufgestellt und kochte sich nun sein Nachtmahl; eine aufgeschmelzte und gezwiefelte Brotsuppe. Daß er zum Aufschmelzen die dunkelgelbe, schon arg ranzige Ziegenbutter nahm, machte seine Kocherei nicht appetitlicher. Allein der Geruch war penetrant.

Bereits beim Eintreten stieß der Hahnbichler-Hubert mit angewidert verzogener Miene hervor: „Jessas Maria, bei dir herin stinkt's und raucht's, wie wennst dem Teife seine Werktagshosen in Schmalz außerbacken tätst."

„Ist bloß Goaßbutter, das Beste und G'sündeste, was es gibt", brummte der Alte, ohne sich aus der Ruhe bringen zu lassen. „Von der Goaßmilli allein kann sich ein Mensch schon am g'sunden Leben derhalten."

„Wenn er's überlebt, nachher muß er eh g'sund sein, eine Roßnatur haben", war des Jägers einziger Kommentar zu dieser spartanischen Lebensweisheit. „Weißt was,

Pauli, da herin krieg ich net genug Luft; ich hock mich derweil ein wengl auf die Hüttenbank außi." Damit verdrückte er sich. Doch selbst hier heraußen siegte dieser brenzliche, durchdringende Gestank über die gute, frische Abendluft.

Mit heißen Augen starrte er zur Nachbaralm hinunter, bis sich der alte Senn zu ihm gesellte, sich neben ihn setzte.

Eine Weile schwiegen die beiden, jeder hing seinen eigenen Gedanken nach, bis der Pauli fast ehrfürchtig vor sich hin murmelte: „Hast ihn g'sehen, heut, wie er dag'standen ist, grad wie der Kini selber?" Dabei hatte er wieder sein einwendiges Geschau.

„Ja freilich! Grad wie in Stein gehauen", kam es mit einem bewundernden Unterton in der Stimme zurück.

„So, und ihn möchst zu Tod hetzen", hielt ihm der alte Mann anklagend entgegen. „Eine Schand so was!"

„Bin's ich net, so ist's halt ein anderer", meinte der Jäger entschuldigend.

„Ich könnt und möcht net so grausam sein."

„Auch in der Natur geht's grausam zu."

Aber da kam ihm der Pauli und wies ihn streng zurecht: „Öha, langsam; ganz so einfach därf man sich das fei net machen. In der Natur gibt's Blitzschlag und Hagel, Schnee und Kält'n und oft nix zum Beißen, aber keine Zielfernrohre und Kugelbüchsen, die weiter tragen und treffen wie ein Mensch genau schauen kann. – Ist das gerecht?"

Begleitet von einem gezwungenen Lachen fragte der Jäger: „Sollen wir am End noch mit Pfeil und Bogen oder mit einer Armbrust auf die Pirsch gehen?"

„Wär net schlecht, gar net schlecht", kicherte der Pauli darauf vor sich hin. „Nachher würd' so manchem Jager, der sich recht schön kommod und bequem auf's Wild führen laßt und bloß noch abdrucken braucht, bald die Lust vergeh'n!"

Dieser nicht ganz unberechtigte Einwand zwang auch dem Hubert ein vages Schmunzeln ab. Trotzdem mußte er ihm entgegenhalten: „Pauli, du kannst die Zeit auch nimmer z'rückdrehn. Wir sind alle schon mittendrin und müssen mitschwimmen, wenn wir net dersaufen wollen."

So gesprächig der Finken-Simmerl beim ersten Zusammentreffen mit der Freimooser-Annamirl auch gewesen war, seit sie bei ihm arbeitete, fiel er wieder in seine gewohnte Wortkargheit zurück. Wenn man sich schon einmal unterhielt, so drehte sich das Gespräch ausschließlich um die Arbeit. Und davon gab es mehr als genug im Finken-Sachl.

Eine fleißigere Magd als die Annamirl hätte sich der Finkenbauer gar nicht wünschen können. Bereits nach etlichen Tagen schon sah es im und ums Haus anders aus, hielten Sauberkeit und Ordnung ihren Einzug.

Für die Annamirl selber war das Werken und Schaffen hier, auch wenn alles noch um einiges mühsamer war als im großmächtigen Voglsamerhof, schier die reine Freude. Hier plärrte und kommandierte keiner, hier wurde sie gebraucht, ihre Arbeit anerkannt.

Und doch war sie halt weit davon entfernt, zufrieden oder gar glücklich zu sein.

Jeden Tag, wenn es Abend und finster wurde, wartete sie ungeduldig darauf, daß sich der Steff sehen ließ, irgendwie bemerkbar machen würde. Da gab es schließlich bekannte Mittel und Wege dazu, und allzu weit war sie nun vom Jagdhaus, in dem er seine Wohnung hatte, gar nicht mehr weg.

Ob er noch nicht wußte, daß sie nun hier, im Finkenhof, im Dienst stand? Ja, ganz gewiß mußte es so sein.

All ihr Hoffen und Sehnen waren vergeblich, der fesche Pfaffinger-Steff ließ sich nicht blicken. Und immer wieder erfand sie neue Ausreden und Entschuldigungen, warum er nicht kam, faßte sie sich immer wieder in Geduld, um nicht ganz zu verzweifeln.

Was der schneidige Jäger offenbar nicht erfuhr, das hatte sich indessen bis auf Wetzelsberg, einem stattlichen Einödhof, herumgesprochen. Trotz der vielen anstehenden Arbeiten, man hatte mit der Heuernte begonnen, machte sich die Wetzelsberger-Theres hurtig auf den Weg in den Hof ihres Bruders, Übles befürchtend. Der Simmerl würde ihr doch hoffentlich keinen Strich mehr durch ihre Rechnung machen!

Diese gewiß recht tüchtige und für ihre Sparsamkeit und ihren Erwerbssinn bekannte Bäuerin ließ sich von der nun herrschenden Ordnung weder beeindrucken noch irritieren, steuerte sofort auf ihr Ziel los. Als die Schwester des Bauern glaubte sie, sich durchaus das Recht herausnehmen zu dürfen, Fragen zu stellen, die ihr Bruder vielleicht übersehen hatte. Mannsbilder wie der Simmerl waren meist blind und unbeholfen!

„Bist am End deswegen vom Voglsamer davon, weilst in Umständen bist?" fragte sie ungeniert.

Die Annamirl wünschte, der Bauer wäre daheim, doch der arbeitete draußen auf dem Feld. Angst, daß sie nun auch diesen Hof wieder verlassen mußte, schnürte ihre Kehle zusammen, so daß sie nur nickend bejahte.

„Nachher weiß es mein Bruder also noch gar net, daß du so dran bist?"

„Doch, freilich, ich hab's dem Bauern gleich gesagt. Er hat gemeint, ihm macht's nix aus, wenn nur die Arbeit getan wird, so wie sich's g'hört", murmelte sie, den Blick gesenkt.

„Warum heiratest den Kindsvatern net, so wie sich's gehört?" wollte die Wetzelsbergerin wissen.

Die Annamirl zögerte, ehe sie zugab: „Wir werden schon heiraten, wenn alles so weit g'richt ist. Es ist halt alles net so einfach, Bäuerin."

„Auweh, Dirndl, mir scheint, du bist einem Hallodri auf den Leim gegangen", kam es von der Theres, und nun schwang beinahe so etwas wie Mitgefühl in ihrer Stimme. „Wer ist es denn?"

„Das kann ich net sagen, Bäuerin."

„Waaas? Du wirst doch hoffentlich wissen, von wem du . . .?"

„Freilich, das schon, aber ich möcht's halt net sagen."

Da wurden die grauen Augen der Theres plötzlich eiskalt, ihr Ton klang scharf wie Stahl, als sie hervorstieß: „Aha, versteh schon. Nachher ist es ein verheiratetes Manns . . ."

„Naa, naa, bei meiner Seligkeit! Ich schwör's", rief die Annamirl bestürzt und erschrocken aus. „Tatsach ist, daß er halt daheim Schwierigkeiten hat, abwarten muß . . . No ja und drum will er net, daß was aufkommt. Du mußt es mir glauben, es ist mir hart genug, Bäuerin."

Fast widerwillig räumte die Wetzelsbergerin ein: „Das mag ja sein. Aber hast dich schon einmal gefragt, in was für Schwierigkeiten du damit meinen Bruder bringst, ha? Am End heißt's noch – man weiß ja schließlich wie die Leut sind – er hätt mit dera ganzen Sach was z'schaffen, so lang du net sagst, wer's wirklich gewesen ist. – Jessas, Maria, Madl, sei halt net gar so verstockt! Glaub ja net, daß du sowas einfach für dich behalten kannst! Was meinst denn, was man dir auf dem Vormundschafts-g'richt verzählt, ha?"

Die heiß aufsteigenden Tränen krampfhaft zurückhaltend, murmelte die Annamirl tonlos: „Ich kann's halt net sagen. Ich bitt dich, frag mich nimmer. Ich hab's bei meiner Seligkeit geschworen!"

„No, dann gut Nacht um sechse!" schnaubte die Bäuerin betroffen. „Und dich hab ich für ein vernünftiges Madl gehalten, wie ich gesehen hab, was du alles g'schafft hast! Aber so weit, fürcht ich, kann's mit deinem Verstand net her sein, wennst dich auf sowas eingelassen hast", kam es nun sehr direkt und geradeheraus zurück. „Ich muß es dir ehrlich sagen, ich kann dem Simmerl net zureden, daß er dich ghaltet. Denn wer weiß, wo er da mit einizarrt wird?! Die Leut reden, wissen alles besser. Da kommt's nachher noch so weit, daß man meinen Bruder für deinen Kindsvatern hält, der sich davonleugnen möcht. Und eine solchene Verleumdung hätt sich der Simmerl wahrhaftig net verdient."

Und ganz allmählich dämmerte es auch der Annamirl, die halt etwas schwerfällig von Begriff war, in welch schiefe Lage sie den Finkenbauern bringen konnte, wenn sie ihr Geheimnis nicht verriet, den Namen preisgab. „Ich kann's aber net sagen, Bäuerin. Ich därf's net sagen, ich hab's g'schworen, hab ein Gelübde getan. Man wird es mir halt glauben müssen, wenn ich sag . . ."

Ungehalten und scharf fiel ihr die Wetzelsbergerin nun ins Wort: „Wär g'scheiter gewesen, du wärst vorher ein wengl besorgter um dein Seelenheil gewesen. Aber wie gesagt, ich weiß net, ob dich mein Bruder unter die Umständ dabehalten kann. Ich, das geb ich ehrlich zu, bin durchaus net dafür."

In ihrer Angst und Verzagtheit mußte sich die Annamirl nun doch fragen, ob der Steff überhaupt eine Ahnung davon hatte, was sie alles ertragen und allein ausbaden mußte. Wenn er sich doch nur ein bißl mehr um sie gekümmert hätte, wäre das alles bestimmt um etliches leichter zu ertragen gewesen!

Sie konnte es der Wetzelsbergerin nicht einmal verdenken, konnte ihr gar nicht ernstlich böse sein, daß sie an ihren Bruder, seinen guten Leumund dachte. Denn gewiß meinte sie es letztendlich nur gut, wollte ihn vor übler Nachrede bewahren.

Die Wetzelsberger-Theres tunkte ein Stück altbackenen Hefezopf in ihre Kaffeeschale ein, eine seltene Köstlichkeit, die es hier lange, seit dem Tode der Mutter, nicht mehr gegeben hatte und dachte sich besorgt: Kein Wunder, daß er sie halten will, wenn sie sich so ins Zeug legt! Herrgott, ein Jahr lang noch, nachher schick ich ihm meine Resi; nachher braucht er keine Hilf nimmer und Bäuerin schon gar keine mehr! Wär schon ein Jammer, wenn man sich das ganze Sachl auskommen laßt!

Als der Finkenbauer bald darauf mit seinem Fuhrwerk heimkam, zu seiner Schwester ging, die in der Stube auf ihn wartete, schickte die Freimooser-Annamirl ein inbrünstiges Stoßgebet zum Himmel, bat die Heilige Jungfrau, daß der Bauer sie behalten möge.

Unterdessen ließ der Finken-Simmerl die gewiß nicht ganz unberechtigten Vorhaltungen seiner Schwester mit deutlichem Gleichmut über sich ergehen, bis er schließlich gelassen einwandte: „Was regst dich denn eigentlich so künstlich auf? Sie ist tüchtig, werkt von der Früh bis in die Nacht eini und nimmt sich um alles an. Ich könnt mich wirklich und wahrhaftig über nix beklagen. Und ihr Lohn ist auch net grad viel . . ."

„Jessas, du kannst dich aber auch anstellen! Gegen ihren Fleiß will ich ja nix gesagt haben. Doch ich tät an deiner Stell auch einmal an die Leut denken, was das für ein G'red gibt."

Mit einer leichten Gereiztheit fiel er ihr ins Wort: „Von die Leut, die das Maul aufreißen, hilft mir keiner bei meiner Arbeit. Ich hab einen breiten Buckel, mir ist's gleich, was sie reden. Ich bin mit der Annamirl zufrieden, und das ist die Hauptsach!" Er streifte sich seine Gummistiefel von den Füßen und stellte sie feinsäuberlich hinaus vor die Tür in den Hausflöz.

Dies veranlaßte seine Schwester zu einem verwunderten und zugleich argwöhnischen: „Aha, mir scheint, sie hat dich schon ganz schön unter der Fuchtel!"

„Schmarrn!" entfuhr es ihm da nun recht ungehalten. „Aber man muß ja net noch mehra Arbeit anrichten. Was ist denn schon groß dabei, wenn man ein wengl aufpaßt?" Den gspaßigen Blick, den seine Schwester ihm dabei zuwarf, übersah er.

Die Annamirl kam, brachte für den Bauern die Brotzeit, machte jedoch keinerlei Anstalten, sich nun ebenfalls dazuzusetzen.

Kaum war sie aus der Tür, als die Wetzelsbergerin weiterbohrte: „Hast wirklich keine Ahnung, von wem sie in Umständ ist? Hast nix gspannt, daß einer zu ihr kommt?" Als er nur stumm verneinend den Kopf schüttelte, sich eine Scheibe Hefezopf in seine große Kaffeeschale einbrockte, wollte sie unverblümt wissen: „Tät's dich denn net auch interessieren?"

Doch er zuckte daraufhin nur ungewiß mit den breiten Schultern, ließ sich auf keinen weiteren Diskurs ein, begann andächtig zu essen.

Voller Angst und mit bang klopfendem Herzen verrichtete die Annamirl derweil ihre Arbeit, bis die Wetzelsbergerin den Hof wieder verlassen hatte. Sie war jeden Moment darauf gefaßt, daß der Bauer sie rief und ihr den Dienst aufsagte. Doch nichts dergleichen geschah, bis sie endlich annehmen durfte, daß sie bleiben konnte. Sie überkam unsägliche Erleichterung.

Je länger sie den Finkenbauer kannte, um so mehr Respekt nötigte ihr sein Verhalten ab. Seine spröde, verschlossene Art gab ihr zwar manchmal Rätsel auf, trotzdem hatte man bei ihm stets das Gefühl, daß man ihm vertrauen, daß man sich auf ihn verlassen konnte.

Irgendwie mußte man diesen wortkargen Menschen ganz einfach mögen, auch wenn sie weit davon entfernt war, in ihm ein Mannsbild zu sehen. Er war für sie der Bauer, den sie hoch einschätzte und achtete, dem sie sich zur Dankbarkeit verpflichtet fühlte. Daß sie mit ihm allein unter einem Dach lebte, schien für sie durchaus kein Grund zu irgendwelchen Befürchtungen zu sein. Sie hätte drauf geschworen, daß er über derlei Zweifel erhaben war.

Die Leute dachten darüber jedoch etwas anders. Als bekannt wurde, daß die Freimooser-Annamirl „so dran" war, sie die Voglsamer-Thekla deswegen aus dem Hof gewiesen hatte, glaubte man natürlich sofort zu wissen, warum sie ausgerechnet beim Finken-Simmerl Aufnahme gefunden hatte. Schließlich kannte man ja das Sprichwort von den stillen Wassern! Der junge Finkenbauer war halt auch einer von den Hinterdruckten, die sich nie zuschauen lassen und doch um keinen Deut besser als die anderen sind.

Nur die Voglsamerin dachte darüber etwas anders. Sie hielt den Finken-Simmerl für ganz und gar unschuldig, denn da hätte man doch einmal etwas gespannt. – Aber bei ihr war das Zehnerl gefallen, und ihr war dabei ein Licht aufgegangen. –

Freilich, ganz sicher war sie sich dabei nicht, trotzdem verspürte sie durchaus keine Skrupel, ihren Verdacht auszuspinnen und der verhaßten, überspannten Nachbarbagasch etwas am Zeug zu flicken. Außerdem war der fesche Steff hinlänglich dafür bekannt, daß er sich an jeden Rockzipfel hängte. Und zuzutrauen war ihm eine solche Sauerei allemal!

Und weil die Thekla nicht der Mensch war, der aus seinem Herzen eine Mördergrube machte, scheute sie sich nicht, Gebrauch von ihrer Vermutung zu machen.

Gleich am Sonntag auf dem Kirchhof tratschte und ratschte die Voglsamer-Thekla ihren – wie sie sagte – ungeheuerlichen, frevelhaften Verdacht herum; natürlich hinter vorgehaltener Hand und unter dem Siegel tiefster Verschwiegenheit.

Die Weiberleute, insbesondere Mütter von erwachsenen oder auch fast erwachsenen Töchtern, nahmen dieses Gerücht mit recht gemischten Gefühlen und unterschiedlichen Reaktionen auf, wobei jede insgeheim drei Kreuze machte, daß man selber verschont geblieben war. Aber so ziemlich einer jeden kam es doch recht sonderbar vor, daß die arme Sünderin beim Finken-Simmerl untergekommen war.

Die Pointner-Babett sprach aus, was andere nur vermuteten: „Wie man bloß so einen Blödsinn glauben kann, wo doch jeder weiß, daß die Voglsamerischen und die Pfaffingerin katzenzerkriegt mitnander sind! Naa, naa, Ropfin, ich glaub kein Wort!"

Das lange Gesicht der Ropfen-Marie wurde noch um einiges länger, denn sie hatte bereits eine Möglichkeit gewittert, doch noch eine ihrer Töchter an den Mann zu bringen.

Aber die Pointnerin enttäuschte sie mit einem entschiedenen und wohl auch recht selbstgefälligen: „Wenn an dera Sach was dran wär, nachher hätt der Finken-Simmerl das Madl wohl kaum bei sich aufgenommen. – Naa, naa, da wird schon er der Kindsvater sein, und wenn er noch so brav tut, wie wenn er net bis drei zählen könnt." Mit einem verächtlichen Schnauben setzte sie noch hinzu: „Als ob sich ausgerechnet so ein fescher Bursch wie der Steff an so einer Dralln vergreifen tät! Da sollt man schon ehnder der Voglsamerin übers Maul fahren. Hätt sie besser auf ihre Dirn aufgepaßt, wär so was net passiert."

Ja, so konnte es auch mit einem Gerücht – einerlei wie wahrscheinlich oder unwahrscheinlich es sich auch anhörte – gehen. Vielleicht ist halt doch etwas dran, wenn es da heißt: Die Menschheit will belogen sein! Halt mit ein Grund, warum sich die Wahrheit oft recht schwer tut.

Bei all dieser so offen zur Schau getragenen Selbstsicherheit, obwohl sie dieses üble Ansinnen an ihren zukünftigen Schwiegersohn rigoros abgeschmettert hatte, blieb doch auch ein Fünkchen Mißtrauen zurück, das weiterglomm. Auch sie war eine Mutter, die nur das Beste für ihr Kind wollte. Nur, und da war sie mit sich eins: ihrem Mann durfte sie davon kein Sterbenswörtl schnaufen! Und sie selber würde schon Augen und Ohren offenhalten. Noch waren die zwei ja nicht verheiratet. Da konnte noch allerhand passieren, bis es soweit war; und die Lies, das wußte sie genau, darauf konnte sie sich schon verlassen, würde wie ein Schießhund auf ihre Hanni aufpassen.

Indessen kniete die Ropfenbäuerin in dem ihrem Hof angestammten Kirchengestühl – selbstredend mußte auch hier alles seine Ordnung haben, durfte nicht jeder sitzen, wo's ihm grad gepaßt hätte – und revidierte ihre

Meinung über den Finken-Simmerl grundlegend. Plötzlich glaubte sie alles spiegelklar vor sich zu sehen. Die Pointnerin war schließlich auch nicht von vorgestern, hatte ihr gewissermaßen die Augen geöffnet: Schlechtmachen hat sie ihn wollen, die Voglsamerin, ihren verhaßten Nachbarsbuben, den Pfaffinger-Steff; und drum hätt er für den ledigen Schratz von der Freimooser-Annamirl herhalten sollen! Aber der Finken-Simmerl, den sie so gern – was ja zum Glück unser Herrgott verhütet hat – zum Schwiegersohn gehabt hätte, wird schon gewußt haben, warum er die Annamirl so Knall auf Fall bei sich aufgenommen hat!

Nach ihr wenn's gegangen wäre, dann hätte er auch gleich seine drei Kalbinnen, die ihm der Pauli versorgte, von ihrer Alm herunter holen können. – Daß sie dafür etliches Weidegeld kassierten, vergaß sie in ihrer Enttäuschung und Aufregung völlig. Sie fühlte sich, obgleich das Ganze sie eigentlich herzlich wenig berührte und anging, hintergangen. –

Und somit war es der Voglsamer-Thekla gelungen, trotz ihres Scharfsinns, akkurat das Gegenteil zu erreichen. Kaum jemand glaubte an die Schuld des Pfaffinger-Steff. Dieser Schuß war nach hinten losgegangen.

Der Almrausch war verblüht, nur da und dort sah man noch in schattigen Schründen ein gleißend rotes Polster, gebildet aus vielen wächsernen Glöckchen. Nun kam die Zeit der samtigweißen Edelweißsterne, die man nur noch auf schier unerreichbar hochgelegenen Grasfleckchen fand, die selbst Gebirgler höchst selten zu Gesicht bekamen.

Es war jedoch eine andere, auch gar nicht mehr so häufig zu findende Blume, nach der die Pointner-Hanni suchte. Sie war durch ein Geröllfeld, bis zu einem Wiesenstreif gestiegen, den das Almvieh nicht mehr erreichen konnte. Und hier nun fand sie ihn, den gelbsternigen, heilbringenden Arnika, dieses hochstielige Kraut, das soviel Gesundheit für Mensch und Vieh in sich birgt.

Aber selbst hier, auf diesem abgeschiedenen Rain, stand er nur noch recht spärlich, so daß es ein Zeitl dauerte, bis sie einen mageren Strauß – längst keinen so üppigen Buschen, wie ihn sich die Lies und ihre Mutter erwarteten – gebrockt und beisammen hatte. No ja, würde man halt heuer damit ein wengl sparsamer umgehen müssen! dachte sie sich nur leichthin, ohne sich weiter mit dem immer Rarerwerden dieser begehrten Heilpflanze zu beschäftigen. Wer denkt schon darüber nach, daß auch die Natur der Bergwelt, die sich dem Menschen oftmals von ihrer gefährlichen und bedrohlichen Seite her auf grausame Art und Weise zeigt, verletzlich und verwundbar ist?!

Auf ihrer Suche nach dieser schmerz- und krankheitslindernden Pflanze sah sie plötzlich vor sich, auf einem von Latschen- und Almrosengestrüpp umsäumten Grasfleck, den Ropfen-Pauli, der seine Geißen bewachte. So jedenfalls sah es aus. Doch im Augenblick starrte er wie gebannt zur steilaufragenden Wand des Wildmandl hinauf, nahm keinerlei Notiz von ihr.

Schließlich fragte sie: „Was siehst denn da droben, Pauli?“

Er winkte sie zu sich heran, dann erwiderte er flüsternd: „Da, schau auffi, Dirndl, nachher siehst ihn stehen, den Kini! Da droben, gleich wo der Bach vom Berg außerspringt, auf dem winzigen Grasbuckl.“

Nun hatte auch sie den Gamsbock erspäht, der immer noch reglos hoch droben verharrrte, sich silbergrau vom schmalen Grasband abhob. „Herrgott, ist der schön!" entfuhr es ihr bewundernd. „Und wie groß der ist, viel grö . . ."

„Pssst, net so laut! Der sieht und hört alles", raunte er ihr zu. „Viel mehra wie wir meinen."

Sogar die dunkle Gesichtsmaske konnte sie erkennen, den schwärzlichen, silberbereiften Streif, der sich über den hellen Rücken zog. Und unwillkürlich mußte sie an Gamsbärte denken, die man daraus hätte binden können und wollte soeben eine Bemerkung darüber machen.

Aber da stieß der alte Senn drohend hervor: „Der Teifi soll denjenigen hol'n, der Hand an ihn legt!"

Und geradeso, als hätte dieser majestätische Einsame diese Worte gehört und verstanden, sprang er unvermittelt aus dem Stand über den schmalen Grasstreifen hinaus, schien auf einem winzigen Felsvorsprung mit allen vier Hufen zu kleben, ehe er in eine steile Wand hineinsetzte und der Tiefe zujagte.

„Herrjeh, kann der kraxeln und springen", entfuhr es der Hanni staunend. „Grad, als ob er auf ebenem Grund wär."

„Ja, das macht ihm so schnell keiner nach; auch keine von den andern Gams", stimmte ihr der Alte zu. „Hockst ein wengl her zu mir?" forderte er sie unvermittelt auf.

Die Hanni setzte sich nun neben den Pauli ins Gras. Sie hatte ja nichts gegen diesen etwas verschrobenen, menschenscheuen Kauz, der ihr auch voller Weisheit und voller Wissen zu sein schien, auch wenn das die Lies aufs heftigste bestritt und als Narretei und Spinntisiererei abtat. Unvermittelt bemerkte sie: „Gell, Pauli, du magst ihn gern, diesen alten Gamsbock?" Es hatte fast ein wenig scheu geklungen.

Vielleicht gerade weil sie weder spöttelte noch ihn belächelte, gab er unumwunden zu: „Ja, ich mag ihn, und ich hab Ehrfurcht vor diesem uralten Bock. Weißt, ich kenn und beobacht ihn schon über soviel Jahr, und drum weiß ich auch, daß er der Kini da heroben ist." Mahnend hob er seinen schrundigen, schwarzgeäderten Zeigefinger, als er fortfuhr: „Glaub ja net, Madl, so was gäb's unter die Viecher net."

Um sich der seltsamen Rührung, die sie auf einmal erfaßte, nicht völlig zu überlassen, wandte sie ernüchternd ein: „Meinst, er muß heuer dran glauben, wenn die Gamspirsch aufgeht?" Schon bereute sie ihren grausamen Einwand.

Über sein zerfurchtes, wettergegerbtes Gesicht glitt ein tieftrauriger, wehmütiger Ausdruck. „Ich weiß es net, Dirndl. Aber ich tät alles dafür geben, wenn sie ihn in Fried lassen würden. Es gibt doch soviel anderes Wild, das sie z'sammschießen können, wenn es schon unbedingt sein muß", meinte er resignierend. „Warum muß denn der Mensch grad allweil das Schönste und Wertvollste aus der Natur herausreißen und ausmerzen? Warum muß denn allweil grad der größte Auerhahn, der stärkste Hirsch, der seltenste Bock dran glauben? Bloß weil der Mensch bestimmt, daß seine Zeit um ist? – Das ist eine Sünd wider die Natur, und das wird sich schon noch bitterlich rächen." Seine brüchige Stimme wurde unheilkündend, als er hinzufügte: „Vielleicht werden deine Kindkinder einmal nimmer wissen, wie ein Urhahn, wie ein Adler oder wie ein Mankei ausschaut. Oder hast du schon einmal einen Stoabock g'sehn, ha? Auch den haben sie ausgerottet, haben ihn gejagt und verfolgt, bloß aus ihrer Gier heraus, um . . ." Er machte eine wegwerfende Handbewegung. „Ach was, Dirndl, da kannst reden und reden und helfen tut's halt doch nix." Ganz verdrossen starrte er vor sich hin.

Aus dieser Sicht hatte sie die Jagerei noch nie gesehen, hatte sich auch noch nie sonderlich Gedanken darüber gemacht. Doch nun mußte sie zugeben, daß er so unrecht gar nicht hatte. Auch sie liebte die Natur, ihre Heimat, die Berge, hatte dies jedoch stets als etwas Selbstverständliches und Unveränderliches genommen. Auch sie hatte oft schon Ausschau nach einem Mankei, einem Murmeltier, gehalten, doch gesehen hatte sie noch keines dieser possierlichen Tierchen. Sie hatte noch nie einen Adler und auch keinen Auerhahn gesehen. Und doch waren dies Bewohner ihrer Heimat, der heimischen Bergwelt gewesen.

„Ja, ich möcht auch, daß man den alten Gamsbock in Frieden laßt!" stieß sie plötzlich mit etwas kindlicher Naivität hervor. „Man muß ihn da droben lassen, da g'hört er hinauf!"

Paulis wasserhelle Augen leuchteten auf. „Dann sag's ihm doch, deinem Jager!" Er hatte zu ihr wie zu einer Verbündeten gesprochen. „Wenn er dich mag, nachher wird er auf dich hören."

Doch nun mußte sie mit einiger Ernüchterung zugeben: „Ich weiß net recht, ob er . . .? Außerdem ist er ja auch net der einzige Jager da heroben, der hinter dem Gamsbock her ist. Auch die Jager vom Forstamt, der Hahnbichler-Hubert . . ."

Ein wissendes Schmunzeln glitt über das Gesicht des alten Senn, ehe er mit wiegendem Kopf und gedehnter Stimme einwandte: „Ich möcht drauf schwören, daß dem Hahnbichler-Hubert am wenigsten dran liegt, den Alten umzubringen. Auf ihn allein wenn's ankommen tät, nachher hätt der Bock seine Ruh! – Aber du weißt ja auch, wie die Jager sind. Da gunnt einer dem andern nix, jeder möcht der Bessere und der G'scheitere sein. Und ein Zurückstehen gibt's da gar nie net. – Bloß, wenn ich ihm sicher sagen und versprechen könnt, daß auch der Steff . . ." Er brach ab, schaute sie eindringlich fragend an. Er wußte es wohl selber nicht, wie abwegig, ja fast ein wenig einfältig sein Ansinnen war.

„Ja, no, ich weiß net recht", brachte sie ausweichend und zugleich unsicher hervor. „Freilich, reden könnt ich mit dem Steff schon."

„Was heißt reden?" kam es ungeduldig zurück. „Bitten mußt ihn! Du mußt es ihm schon allen Ernstes klarmachen, wieviel dir dran liegt. – Herrschaft, Dirndl, wenn er dich gern hat, nachher weißt doch selber am besten, wie man so ebbas anstellt. Und wenn er net ganz herzlos ist, nachher tut er dir den G'fallen auch . . ."

„Der Steff ist net herzlos", fiel sie ihm aufbegehrend ins Wort.

„Nachher wär ja eh alles in der schönsten Ordnung", kicherte der Pauli verschmitzt vor sich hin. „Wenn ein Bursch ein Madl wirklich gern hat, nachher tut er doch alles – oder halt doch fast alles – für sie. Und gar soviel ist da wahrhaftig auch wieder net dabei, wenn er auf so ein zweifelhaftes Vergnügen verzicht. Noch dazu deinetwegen!"

Nein, dumm war er nicht, dieser alte Senn, das Stimmungmachen verstand er recht gut.

Die Hanni war sichtlich verwirrt, etwas unsicher geworden. „Klar hat er mich gern. Er ist aber auch ein Jager, und das ist sein Beruf. Da kann halt oft einer net so, wie er grad gern möcht. Das mußt schon auch verstehen."

„Ausreden!" tat er diesen Einwand nur knapp und ein wenig verächtlich ab. „An ihm liegt's, ob einer zum Schuß kommt oder net. Es ist doch so einfach, ein so scheu's Wild zu vergrämen. Da fallt halt zur Unzeit ein Steinl abi, und schon ist der Bock dahin und beim Teifi."

„Dann würd er ja seinen Jagdherrn betrügen."

„Jessas, Maria, Dirndl, wenn's auf dera Welt keinen schlimmeren Betrug gäb!" Er schaute sie ein wenig mitleidig ob ihrer Naivität an.

„Wennst meinst . . . Ich will's gern probieren, Pauli", willigte sie aufschnaufend ein. „Aber du mußt für den Hahnbichler-Hubert garantieren?"

„Ja, sobald du den Steff auf deine Seit'n gebracht hast", sagte er ohne zu zögern zu.

„Und wenn's net geht, alles nix nutzt? Es könnt ja auch ein ganz anderner den Gamsbock schießen?"

Und auf einmal bekam der Ropfen-Pauli wieder das einwendige G'schau. Mit blicklosen Augen starrte er vor sich hin, bis er dumpf, mit unheilkündender Stimme erwiderte: „Nachher ist das heuer auch mein letzter Almsommer gewesen. Wenn der Gamsbock weiter muß, nachher ist auch meine Zeit aus."

„Geh zu, Pauli, was redest denn da?" entfuhr es der Hanni bestürzt.

Unverwandt ins Leere blickend, kam es vom Alten: „Mir geht das schon lang zu, daß es mich mit dem Grauen ummireißt. Wenn für ihn da heroben kein Platz nimmer ist, ist für mich auch keiner mehr."

„Und davor fürchtest dich jetzt?"

„Fürchten? Ich? Vorm Sterben?" fuhr er mit bitterer Ironie auf. „Naa, Dirndl, das mußt net glauben. – Wenn's soweit ist, nachher geh ich gern. Denn wenn er nimmer da ist, tät mich da heroben eh nix mehr freuen. Dann weiß ich, daß ich schon zu lang gelebt hab in dera Welt, in der nix mehr z'sammstimmt hint und vorn!" Sich unvermittelt erhebend, fügte er noch abschließend hinzu: „Gell, Dirndl, stimmst ihn um, den Jager! Net zwegen meiner, bloß zwegen ihm", und dabei machte er eine weitausholende Bewegung mit der Hand, gegen das Rotwandkar hin. „Und daß die Welt noch ein wengl in der Ordnung bleibt, daß auch noch was Schönes und was Rares seinen Platz haben därf."

Die Hanni schaute ihn mit großen Augen an und nickte. Sie spürte eine merkwürdige Ergriffenheit. Er hatte etwas in ihr angerührt, für das sie keine rechte Erklärung fand, was ihr aber sehr naheging. Irgendwie verlegen begann sie an ihren bereits welkenden Arnikasternen herumzuzupfen.

Der Pauli war bereits beim Gehen, als er sie, auf ihren Buschen weisend, ermahnte: „Die sind zum Zerrupfen fei viel zu schad; sie werden allweil seltener. Zu was brauchst sie denn?"

„Die Mutter setzt sie als Medizin an. Sie sagt, es hilft ihr nix besser wie ein Stamperl davon, wenn sie es im Magen spürt."

Mit einem dünnen Kichern, spöttisch und mißbilligend zugleich, murmelte er kopfschüttelnd: „Wenn sich der Mensch überfressen hat, nachher muß die Natur helfen!" Er schien den guten, um nicht zu sagen, übermäßigen Appetit der Pointnerbäuerin zu kennen, was bei deren Leibesumfang aber auch leicht zu erraten war.

So, als hätte er sie von einem Augenblick auf den anderen vergessen, faßte er seinen Geißbock am Horn und ging mit ihm davon. Sofort trippelten die anderen Geißen hinter ihm drein, folgten unaufgefordert.

Ein gspaßiger Mensch! mußte die Hanni denken. Und doch wäre ihr nie in den Sinn gekommen, ihn für übergeschnappt oder nicht ganz richtig im Kopf zu halten. Er war auch kein verbohrter, fanatischer Weltverbesserer.

Er sah das Leben halt nur auf seine eigene Art. Er schien zu ahnen, wohin der Mensch steuerte, auch wenn er das nur anhand kleiner, einfacher Dinge darlegte und erklärte. – Und wer konnte es wissen, vielleicht behielt er irgendwann einmal sogar recht?! –

Freilich, so weit voraus dachte die Pointner-Hanni nicht. Sie war jedoch von diesem Diskurs mit dem Alten noch zu erregt, um ihn für sich behalten zu können. So berichtete sie der Lies von dieser Unterhaltung, gleich, als sie in die Alm zurückkam.

Doch seltsamerweise schien die Sennerin vom Inhalt dieses doch recht ungewöhnlichen Gesprächs weniger überrascht zu sein oder gar aufgebracht, als von der Tatsache, daß sich die Hanni überhaupt darauf eingelassen hatte.

Aufgebracht und vorwurfsvoll zeterte und keifte sie: „Daß du dich zu diesem stinkerten Krauterer bloß hinstellen magst. Ich glaub gar, du hast auch noch was von seinem G'rücherl mit heimbracht"; dabei rümpfte sie angewidert die scharf gebogene Nase.

„Warum magst ihn denn eigentlich net, den Pauli?" versuchte das Madl erneut etwas über diese seltsame Feindschaft zu erfahren.

Aber so wie jedesmal wich die Lies mit einer knappen, abweisenden Antwort aus. „Wer mag denn so einen schon?"

„Ich! Mir ist er durchaus net zwider."

„Mei Liaba, mit deine Gschmäcker wennst mir net gehst!" kam es knarzend zurück.

Die Hanni wußte sofort, auf wen sie da noch angespielt hatte, und sie erwiderte – wirklich nur um sich zu rechtfertigen oder halt doch ein wengl aufzubegehren gegen diese ständigen Vorhaltungen: „Wissen möcht ich's schon gern, was dir ein Jager einmal in den Weg g'legt hat, weilst gar so hantig drauf bist?"

Fast sah es aus, als zuckte die alte Lies zusammen. Doch schon raunzte sie ungut zurück: „Warum hast denn net mehra Arnika gebracht, ha?" Die vorangegangene Frage schien sie überhört zu haben.

„Weil ich net mehra gefunden hab."

„Gibt's doch gar net. Wirst halt net g'schaut haben. Du mußt dich ja mit diesem damischen Spinntisierer unterhalten, anstatt . . . No ja, deine Mutter wird dir schon was verzählen, wenn sie die paar Stengeln sieht."

„Naa, Lies, es gibt net mehra; g'wiß wahr!"

„Geh zu, wo um diese Zeit doch die Wiesen gelb davon sind. Ein wengl suchen muß man halt und sich net mit schwachsinnige Sennen unterhalten."

„Mit dem Arnika wird's halt so sein wie mit die Schwammerl. Die werden ja auch von Jahr zu Jahr weniger. Das gibst ja selber zu."

„Vielleicht wird's heuer wieder besser damit. Schön wär's", lenkte die Lies schon wieder etwas versöhnlicher, nicht zuletzt weil es um ihr Leibgericht ging, ein.

„Wie lang wird's denn noch dauern, bis wir da heroben was finden?"

„Ist nimmer gar so lang hin. Mitte August, wenn dann auch noch der Mond im Wachsen ist, nachher kommen sie außer; Reherl und Steinpilz."

Mitte August! dachte sich die Hanni, den schwärmerischen Ton ihrer Mitbewohnerin übergehend. Da ist tatsächlich nimmer lang hin! Und er droben, unser alter Gamsbock, hat grad noch um vierzehn Tag länger Schonzeit! Bis dahin muß ich den Steff so weit haben, daß er ja sagt, den Bock in Ruh laßt!

Auf welch schwieriges Unterfangen sie sich da eingelassen hatte, das konnte sie selber gar nicht übersehen oder abschätzen. Ob sie bei diesem ungewöhnlichen Versprechen, zu dem sie sich vom alten Ropfen-Pauli hatte überreden lassen, nicht am End doch hinters Licht geführt worden war?

Mit dem Finken-Simmerl war während der letzten Zeit eine recht seltsame Veränderung vor sich gegangen.

Anfangs wollte er es zwar nicht ganz wahrhaben, daß es wegen der Annamirl geschah, wenn er sich nun tagtäglich die Bartstoppeln aus dem Gesicht schabte und nach Feierabend – auch das gab es nun wieder – seine Arbeitsmontur wechselte. Seit sie hier war, er seine regelmäßigen Mahlzeiten einhielt, wirkte sein Gesicht nicht mehr so hohlwangig; in seinen ruhigen grauen Augen lag ein zufriedener Glanz. Wenn er sich, was nun häufig geschah, im Spiegel betrachtete, konnte er sich mit gutem Gewissen sagen, daß er ein ganz passables, stattliches Mannsbild darstellte.

Der Gedanke war schon sonderbar, und drum war es auch schwer, sich einzugestehen, daß man immer mehr Gefallen an einem Mädchen fand, das ein Kind von einem anderen erwartete. Und doch zog es ihn immer stärker zu ihr, fühlte er sich immer mehr für sie verantwortlich. Dachte er an das Kind, vergaß er häufig sogar, daß es nicht das seinige sein würde.

Bei seiner einsamen Arbeit im Holz, während der oft weiten Fahrten mit seinem Fuhrwerk, malte er sich aus, daß man bald eine richtige Familie sein würde, wenn das Kind erst einmal da war.

Doch dies alles waren nur Tagträume. Wenn er abends heimkam, gab er sich so verschlossen und zurückhaltend wie eh und je. Er brachte den Mut einfach nicht auf, ihr zu zeigen, daß sie ihm mehr bedeutete, mehr als nur eine Magd für ihn war; ja, daß er sie hoch einschätzte, sogar verehrte.

Natürlich mußte sich auch der Finkenbauer fragen, wer wohl der Vater ihres Kindes sein mochte. Und er hatte auch schon wie ein Luchs aufgepaßt, ob die Annamirl heimlichen Besuch erhielt oder verstohlen das Haus verließ. Doch er hatte weder etwas Verdächtiges noch etwas Beunruhigendes entdecken können. So kam es zu der Gewißheit: Sie konnte keinen Kontakt mehr zu diesem Kerl haben, der ihr so übel mitgespielt hatte.

Obgleich er einiges drum gegeben hätte, den Namen dieses Schlawiners zu wissen, mußte er auch Annamirls Mut bewundern, alles ganz allein durchzustehen. Manchmal jedoch kam ihm der peinigende Verdacht, daß ihr Herz immer noch an diesem Burschen hing, wer er auch sein mochte, und, daß sie immer noch auf ihn wartete. Anders war es kaum zu erklären, wenn er sie in der Früh oft mit verweinten Augen sah.

Und so unvorstellbar es auch war: Annamirls Herz gehörte noch immer dem Pfaffinger-Steff. Es grenzte schon fast an Eigensinn, wenn sie immer noch darauf wartete, daß er sein Versprechen einlösen würde. Sie wollte es einfach nicht wahrhaben, nicht glauben, daß sie betrogen und im Stich gelassen worden war.

Die Freimooser-Annamirl merkte es auch nicht, daß sie der Finkenbauer oft lange und nachdenklich anschaute. Sie nahm es nur dankbar zur Kenntnis, daß er sie nun, während der Ernte, von der schweren Arbeit abhielt, Rücksicht auf ihren Zustand nahm. Dies war für sie jedoch nur ein Beweis, welch herzensguter und fürsorglicher Mensch ihr Bauer war; daß er ihr damit auch noch etwas anderes zu verstehen geben wollte, ihr seine Zuneigung zu zeigen versuchte, darauf kam sie nicht.

Es geschah an einem brütendheißen Sommertag, als die gutgläubige Annamirl eine Erfahrung machen mußte, die auch ihr zu denken gab, sie aufrüttelte aus ihrem Wunschdenken, in das sie sich geflüchtet und eingesponnen hatte.

Mit einem schweren Korb und einer prallgefüllten Einkaufstasche beladen, ging die Freimooser-Annamirl vom Dorf heimwärts in den Finkenhof. Sie schleppte sich in der Gluthitze ab, die ihr in ihrem Zustand ziemlich zu schaffen machte. Oft mußte sie ihre Last absetzen und verschnaufend stehenbleiben, obgleich noch die gute Hälfte des Weges vor ihr lag.

Wieder stellte sie ihre Bürde an den staubigen Straßenrand, als sie näherkommendes Motorengeräusch vernahm. Sie blickte sich um und erkannte den Kübelwagen des Herrn Baron von Mehlen, der ebenfalls vom Dorf heraufkam.

Einen Augenblick stand sie wie erstarrt da, ihr Herzschlag stockte, als sie sich fragte: Ist er's? Aber schon erkannte sie ihn, hob heftig winkend die Arme.

Hier draußen, wo weit und breit kein Mensch, kein Gehöft in Sicht war, konnte er sie ein Stück mitnehmen, sie konnten endlich wieder miteinander reden und . . .

Als das Gefährt jedoch mit unvermindertem Tempo herankam, der Lenker keinerlei Anstalten machte, anzuhalten, tat sie etwas, worüber sie erst im nachhinein erschrak. Es war, als wäre sie nicht mehr Herr über sich selber, als sie mitten auf die ohnedies nicht breite Straße sprang, obgleich sie Gefahr lief, von dem daherpreschenden Wagen überfahren zu werden.

Es gelang dem Pfaffinger-Steff gerade noch in allerletzter Minute, den Kübelwagen anzuhalten. Schon kurbelte er das Fenster herunter, schrie wütend heraus: „Himmiherrgottsakra, was fallt denn dir ein?! Du mußt ja nimmer ganz bei Trost sein! Um ein Haar wärst unter die Räder gekommen! Was mußt mir denn mitten in die Straß eini springen?!"

Ebenfalls völlig verstört, brachte sie stammelnd hervor: „Ich weiß auch net . . . Ich wollt halt bloß, daß du stehenbleibst . . . Warum hast denn net ehnder gehalten . . .?"

„Zu was denn, ha?" fiel er ihr grob ins Wort, sah sie mit fremden, eiskalten Augen an. Wenn sie doch nur die Straße freigeben, ihn weiterfahren lassen würde!

Sie schien noch immer nicht begriffen zu haben, denn sie fragte eingeschüchtert und verzagt: „Steff, was hast denn? Ich wart und wart schon die ganz Zeit, schau mir die Augen aus dem Kopf, daß du dich einmal sehen . . ."

Er beugte sich etwas aus dem Wagenfenster, fuhr ihr abweisend ins Wort: „Mir scheint, du bist net ganz g'scheit. Was soll denn ich im Finkenhof, ha?"

Völlig entgeistert murmelte die Annamirl: „Steff, so schau mich doch an, unser Kind . . ."

„Wieso unser Kind? Wer garantiert mir denn, daß ich der einzige bin, daß net auch der Finken-Simmerl etliches damit zu tun hat, ha? Es ist schon recht gspaßig gewesen, wie blitzschnell du bei ihm Unterschlupf gefunden hast. So was muß doch jedem seltsam vorkommen und etliches zu denken geben!"

Tief entsetzt über diese Beleidigung, die sie wie ein Keulenschlag getroffen hatte, wich die Annamirl zurück, trat beinahe stolpernd bis dicht an den Straßenrand. Es klang heiser, als sie hervorstieß: „Soviel Gemeinheit hätt' ich dir nie zugetraut. Jetzt könnt's leicht sein, daß ich wieder vergeß, was ich unserer Muttergottes vor dem Altar geschworen hab . . ."

„Und ich schör den Teifi aus der Höll außer, darauf kannst Gift nehmen, daß ich mit dera ganzen Sach nix zu tun hab", fiel er ihr drohend ins Wort, drosch den Gang hinein und fuhr so heftig an, daß die Räder durchdrehten, dicke Staubwolken aufwirbelten.

Sie schlug beide Hände vors Gesicht, dabei kugelten ihr bereits die Tränen über die runden Wangen. Das war gewiß der bösartigste Schimpf, der ihr jemals angetan worden war. Und das ausgerechnet von dem Menschen, der ihr das Liebste gewesen war.

Nun gab es kein Ausweichen und keine Ausreden mehr, sie mußte der bitteren Wahrheit ins Gesicht sehen: Sie war schamlos hintergangen und ausgenutzt worden! Er hatte nie eine Heirat beabsichtigt, hatte sie zu diesem Gelöbnis getrieben.

Als sie der davonstiebenden Staubwolke nachblickte, spürte sie trotz der Hitze plötzlich ein eiskaltes Erschauern. Es war ein Frieren, das aus dem Herzen heraus kam.

Es blieb ihr jedoch keine Zeit, sich ihrem Kummer, dem Schmerz und der Enttäuschung hinzugeben, denn daheim warteten die Arbeit, der Bauer. Daheim? Wo würden sie und ihr Kind nun einmal wirklich daheim sein?

Die Annamirl trocknete sich das verweinte Gesicht, nahm ihre schwere Last wieder auf und setzte ihren Weg fort; nun um vieles an Hoffnung ärmer.

Die Sonne hing wie eine glühende Scheibe am wolkenlosen Himmel. Nicht das geringste Lüftchen regte sich; die stehende wabernde Hitze plagte Mensch und Tier, noch ehe es Mittag geworden war.

An einem so heißen, schwülen Tag mußte man sich bei

der Feldarbeit doppelt tummeln, denn mit einem rasch aufziehenden Gewitter mußte immer gerechnet werden.

Auch der Finken-Simmerl nahm sich heute kaum richtig Zeit zum Mittagessen; er wollte so schnell wie möglich wieder aufs Feld hinaus.

„Es ist doch g'scheiter, Bauer, ich geh auch mit außi", erbot sich die Annamirl. „Denn heut, fürcht ich, wird noch was kommen."

„Naa, naa, das ist net notwendig. Ich werd schon allein damit fertig. Das ist keine Arbeit nimmer für dich. Die paar Fuhren bring ich schon trocken heim."

Sie ließ es dabei bewenden, doch ihr Blick wanderte immer besorgter zum sich bleiern färbenden Himmel hinauf.

Kaum zwei Stunden waren vergangen, als sich hinter den Bergen im Westen eine kohlschwarze Wetterwand heraufschob, während die Sonne mit unverminderter Kraft herniederstach.

Jetzt zögerte auch die Annamirl nicht länger, schulterte einen Rechen und verließ den Hof. Sie kam gerade noch zu einem letzten Fuder zurecht. Der Bauer hatte für zwei geschuftet, um sein Heu noch trocken unters Dach zu bringen.

Ein erstes Wetterleuchten zuckte über den sich nun rasch verdunkelnden Himmel, als sie wortlos mit dem Nachrechen begann. Immer wieder ging sie zu den unruhig werdenden Pferden, die von Schwärmen angriffslustiger Bremsen gepeinigt wurden. Sie wehrte ihnen diese Plagegeister mit dem Bremsenwedel ab, der in übelriechendes Öl getaucht wurde.

Der Finken-Simmerl hatte ihr Kommen ebenso schweigend registriert wie nun ihre Fürsorge für seine Rösser, nur in seinem Blick, der sie ab und zu streifte, lag ein warmes Leuchten.

Bald rann auch ihr der Schweiß brennend in die Augen, machte beißender Heustaub das Schnaufen schwer. Doch nun hieß es sich tummeln, das Unwetter zog sich mit rasender Geschwindigkeit über ihnen zusammen.

Als die Fuhre höher wurde, stieg die Annamirl auf den Wagen, um die mächtigen Heubüschel entgegenzunehmen und gleichmäßig zu verteilen, die ihr der Bauer mit der Gabel hinaufwuchtete. So türmte sich schnell eine schwankende, hohe Last auf dem Leiterwagen.

Endlich war das Feld abgeräumt. Das Heu wurde mit dem langen, schweren Wiesbaum beschwert und mit einem Seil festgezurrt, damit es auf der Heimfahrt nicht ins Rutschen geriet, das Gefährt zum Umschmeißen brachte.

Die Annamirl blieb gleich auf dem Wagen sitzen, der sich nun rumpelnd und schaukelnd in Bewegung setzte, über die abgeernteten Wiesen auf den Hof zurückfuhr. Schon hatte sich der Wind erhoben, wurden die Donnerschläge lauter, krachender.

Noch ehe die ersten schweren Tropfen herniederklatschten, hatte man den Finkenhof erreicht, polterte das Fuhrwerk auf die Tenne und unters schützende Dach.

„Soll ich dir herunterhelfen?“ rief der Bauer zu seiner Magd auf den hohen Wagen hinauf.

„Naa, naa, geht schon“ erwiderte sie, war bereits beim Herunterklettern, hielt sich dabei am verknoteten Heuseil fest.

Plötzlich hörte der Simmerl einen kurzen, erschrockenen Aufschrei, gleich darauf einen dumpfen Aufprall und schon entfuhr ihm ein entsetztes: „Jessas, Maria und Josef, es werd doch nix . . .“ Er ließ seine Pferde im Stich, die er soeben ausschirren wollte, rannte um den Wagen, und dann sah er die Annamirl auf dem Tennenboden liegen.

Als er sich über sie beugte, murmelte sie entschuldigend, doch mit vor Angst bebender Stimme: „Ich hab den Halt verloren, Bauer“. Damit versuchte sie, sich aufzurichten. Doch schon sank sie mit einem Aufstöhnen, sich mit beiden Händen gegen den Leib fassend, in sich zusammen.

Ihr Gesicht war im Nu von kalkiger Blässe überronnen, ließ Schlimmes befürchten, so daß er hervorstieß: „Bleib ganz ruhig! Nur net rühren! Ich trag dich ins Haus! Mußt keine Angst haben, das kriegen wir schon.“

Auch sie schien das trotz ihrer Angst zu begreifen, hielt ganz still, als er sie so behutsam wie möglich aufhob und aus der Tenne hinaustrug.

Als der Simmerl mit seiner Last über den Hof schwankte, zerriß das grelle Zucken eines Blitzes die Dunkelheit, die nun trotz des noch frühen Nachmittags herrschte.

„Brauchst dich net fürchten, das Wetter ist noch längst net über uns“, log er, als er ihr angstvolles Zusammenzucken spürte.

Er trug sie über die Stiege hinauf, in ihre Kammer, wo er sie vorsichtig aufs Bett gleiten ließ. „Ich glaub, ich fahr ins Dorf und sag dem Doktor und der Hebamm Bescheid“, druckste er etwas umständlich, auf einmal wieder befangen hervor.

„Naa, naa, das ist doch noch viel zu früh“, entgegnete sie mit dünner Stimme. „Es geht g'wiß bald wieder vorbei und nachher wär alles umsonst . . .“

„Das ist mir zu g'fährlich. Du kannst dir ja auch was gebrochen haben“, widersprach er ganz entschieden, mit tiefer Besorgnis. „Hast Schmerzen?“

Die Annamirl schüttelte verneinend den Kopf, ehe sie gestand: „Net, wenn ich mich net rühr. Es ist halt vielleicht bloß der Schreck gewesen, und es wär ja auch noch viel zu bald. Ich bitt dich, laß mich grad noch ein wengl so daliegen, nachher wird's gleich wieder."

Nach einigem Zögern willigte er doch ein. Er wandte sich zum Gehen, sagte: „Ich muß die Roß ausschirren, und nachher schau ich wieder herein."

Als sie allein war, versuchte sie ihre Beine zu bewegen. Nein, es war nichts gebrochen, ihre Glieder waren unverletzt geblieben. Doch sobald sie sich aufzurichten versuchte, zerstach ein brennendes Schneiden ihren Rücken, zog sich durch den Leib.

Ich muß ganz still liegenbleiben, därf mich nimmer rühren! Das Kindl därf noch net kommen; es ist noch viel zu früh! redete sie sich vor, nahm sich zusammen und versuchte, den Schmerz zu ignorieren.

Als der Finkenbauer erneut nach der Annamirl geschaut hatte, gab es für ihn keinen Zweifel mehr, daß sie Hilfe brauchte. Obwohl das Unwetter nun mit aller Gewalt tobte, Blitz auf Donner folgte, es wie aus Kübeln goß, machte er sich auf den Weg ins Dorf.

Als nach einer heftigen Gewitternacht die Sonne wieder aufging, auf eine frischgewaschene Welt schien, sank die Freimooser-Annamirl, von einem langen, qualvollen Kampf und hohem Blutverlust geschwächt, in einen erschöpften Schlaf. Es war nur ihrer jungen, gesunden Natur zu verdanken, daß sie die schwere Fehlgeburt überstanden hatte.

Auch die Fingerl-Hedwig, die gewichtige Hebamme, sah müde und übernächtigt aus, als sie dem Finkenbauern berichtete: „Das Schlimmste hat sie überstanden. Wenn sie kein Fieber kriegt, nachher ist sie überm Berg."

Der Simmerl, auch er hatte die ganze Nacht kein Auge zugetan, streifte das winzige Bündel, das in ihrem großen

Korb lag, mit einem verlegenen Blick und fragte: „Was geschieht denn jetzt damit?"

„Es ist viel zu früh gekommen, war noch lang net lebensfähig. Der Totenwärtel wird's zu die unschuldigen Kindln eingraben."

„Weiß es die Annamirl, daß es . . .?"

Die Hebamme nickte bejahend. „Sie kommt schon drüber weg, denn sie wird genug mit sich selber zu tun haben, daß sie sich wieder z'sammklaubt und auf die Füß kommt. Das wird schon noch ein Zeitl dauern."

„Kann ich was für sie tun? Es ist ja sonst niemand da."

„Für's erste soll sie einmal schlafen, das ist die beste Medizin. Und wenn sie aufwacht, nachher bringst ihr halt was zu trinken, ein bißl was zu essen. Auf den Abend komm ich nachher wieder zum Aufwarten. Sie soll sich halt net rühren, das ist jetzt das Wichtigste!"

Der Finken-Simmerl nickte verstehend und versprach: „Ich paß schon auf."

Daraufhin warf sie ihm einen merkwürdigen Blick zu. Auch sie fragte sich, ob nicht vielleicht er der Vater dieses totgeborenen Würmls war. Denn besorgter, wie er sich in der vergangenen Nacht gezeigt hatte, hätte der beste Ehemann nicht sein können. Es war jedoch nicht ihre Angelegenheit, sich darüber den Kopf zu zerbrechen; sie war zudem zum Umfallen müd.

Als der Simmerl dann wieder allein war, schlich er den ganzen Vormittag strumpfsockig durchs Haus, hätte selbst den gackernden Hennen am liebsten den Schnabel zugebunden, aus Sorge, die Kranke könnte vorzeitig geweckt werden. Ihretwegen schob er alle Arbeit beiseite, um zur Stelle zu sein, wenn sie ihn brauchte.

Bis zum Mittag hatte er eine kräftige Suppe gekocht, kalter Tee stand bereit, und dazwischen hatte er gewiß ein dutzendmal seinen Kopf durch den Türspalt in Annamirls Kammer gesteckt. Und mindestens ebenso oft hatte er insgeheim aufgeseufzt: Ich bitt dich, Heilige Jungfrau, laß sie wieder g'sund werden!

Endlich erwachte sie, war jedoch so geschwächt, daß sie kaum wahrnahm, was um sie her vor sich ging, daß es der Bauer war, der ihren Kopf behutsam anhob, ihr die Tasse an die Lippen setzte, bis ihr Durst gelöscht war und sie erneut wieder einschlief.

So sanft, wie man es diesem unbeholfen und auch etwas ungeschlacht wirkenden Mannsbild nie zugetraut hätte, wischte er ihr das schweißnasse Haar aus der Stirn, strich er das Bettzeug glatt. Schier lautlos und auf Zehenspitzen schlich er umher, nicht eine Stufe der hölzernen Stiege knarzte unter seinem Tritt.

Während der Finken-Simmerl um die Annamirl bangte, spürte er immer deutlicher, wieviel ihm dieses Madl bedeutete, wie sehr sie ihm ans Herz gewachsen war. Er hatte sie gern, und er brauchte sie. Alles, was in seinen Kräften stand, würde er tun, um sie für immer bei sich zu haben.

Als er auf dieses blasse Gesicht mit den tiefeingefallenen, dunkel umrandeten Augen blickte, hatte er Mühe, ein schmerzliches Aufstöhnen zu unterdrücken. Mit einemmal war es ihm unbegreiflich, warum er sie nicht längst gefragt hatte, ob sie seine Finkenbäuerin werden wollte.

Diese Frage erschien ihm plötzlich am vordringlichsten, und er würde damit nicht länger zurückhalten, sobald es ihr wieder ein wenig besser ging.

Gegen Abend kam die Hebamme wieder und war erleichtert, ihre Patientin ohne das geringste Anzeichen von Fieber vorzufinden. Aber nun war's Zeit, sie aus ihrem Dahindämmern herauszureißen, sie vollends wach zu kriegen.

„Warum weckst mich denn?" fragte die Annamirl mit schwacher Stimme, noch immer benommen. „Mir ist so wohl gewesen. Ich hab glaubt, alles wär schon vorbei und ausgestanden."

Sie absichtlich mißverstehend, kam es energisch von der Fingerl-Hedwig: „Das ist es auch. Aber jetzt wird gegessen, daß du wieder zu Kräften kommst!"

Mit abgewandtem Blick murmelte die Kranke: „Zu was denn noch?!" Sie schien jeglichen Lebenswillen verloren zu haben.

„Das wär mir das Wahre!" kam es ungehalten zurück. „Das Leben geht weiter. Jetzt wird nimmer ans Sterben denkt. Schon gar net, nachdem ich mich eine ganze Nacht lang um dich abgemüht hab." Dabei murrte sie: „Ich kann Leut net verputzen, die sich selber derbarmen. Aber noch weniger mag ich solche, die undankbar sind. – Jawoll, undankbar für alles, was man für sie getan hat. – Zuerst hab ich mich geplagt, und jetzt ist's an dir, daß du mithilfst und was dazu tust, daß es wieder bergauf geht."

Ganz erschrocken schluckte die Annamirl Löffel für Löffel, wagte kein Wort mehr zu sagen.

„Man muß sich allweil vor Augen halten, daß sich unser Herrgott schon was dabei denkt haben wird, daß es grad so und net anders gekommen ist", fuhr die Hebamme betont schroff fort, um das Mädchen nicht wieder auf dumme Gedanken kommen zu lassen, wohl aber auch, um Fragen, das Totgeborene betreffend, vorzubeugen. Sie war erfahren genug, um zu wissen, Mitleid war hier fehl am Platz, es hätte sie nur noch trauriger gemacht. Doch sie mußte vergessen, brauchte neue Kraft zum Weiterleben, anstatt sich in Schmerz zu verlieren und zu verzehren. Irgendwann später würde sie es schon begreifen, warum sie so grob mit ihr hatte sein müssen.

Als sie ihre Patientin versorgt und frisch gebettet hatte, schlief diese auch schon wieder ein. Mit dem Anflug eines zufriedenen Schmunzelns sagte sie sich: Morgen schaut die Welt für dich schon wieder ganz anders aus. So ein jung's Pflanzl richtet sich schon wieder auf, wenn man ihm bloß ein wengl einen Halt gibt.

Als sie die Stiege hinabging, die unter ihrer fülligen, barocken Gestalt ächzte und knarzte, erwartete sie der Bauer bereits im Hausflöz.

„No, wie geht's ihr denn?" fragte er ungeduldig, mit deutlicher Sorge.

„So weit ganz gut, Finkenbauer. Man muß sie halt bloß ein wengl hart anfassen, daß sie selber ein bißl mittut. – Heut wird sie nimmer viel brauchen, ist schon wieder eingeschlafen. Schaust halt später noch einmal zu ihr eini, aber laß sie um Gott's willen schlafen, weck sie ja net auf!"

Ganz erschrocken riß er seine Augen auf, versicherte ernsthaft: „Naa, naa, ganz g'wiß net." Etwas zaghaft fügte er hinzu: „Wie lang kommst denn noch zu ihr heraus?"

„Bloß eine Woch; die ersten Tag zweimal und nachher noch einmal."

„Und wenn ich für die Pfleg extrig draufzahl, möchtest nachher noch öfters kommen?" wandte er hastig, sichtlich verlegen ein. „Weißt, ich als einschichtigs Mannsbild weiß mir halt doch net so recht zu helfen."

„Ich versteh schon, Finkenbauer", fiel ihm die Hebamme verstehend ins Wort. „Freilich komm ich auch öfters, wenn's notwendig ist."

Man sah es ihm an, ihm fiel ein Stein vom Herzen.

Der Pfaffinger-Steff war heute kreuzfidel, auf seinem Weg in die Wildbachalmen hinüber. Und er hatte wahrhaftig auch allen Grund dazu.

Heute vormittag hatte er seinen Jagdgast ins Tal gebracht, einen vornehmen Herrn Doktor aus Norddeutschland, aber sonst ein patenter, umgänglicher Mensch. Einen glatten Hunderter hatte dieser ihm als Trinkgeld zugesteckt, aus lauter Freude und Dankbarkeit, weil er nach einer einwöchigen Pirsch und vier Fehlschüssen zu guter Letzt doch noch zu einem wenn auch schwachen Bock gekommen war.

Sakra! sagte er sich noch im nachhinein. Der hätt mir fast das ganze Revier rebellisch g'macht. Ein wahres Wunder, daß er doch noch 'troffen hat! No ja, der Herr Baron wird zufrieden mit mir sein, auf einen stärkeren Bock hätt ich ihn eh net führen dürfen. Und für den Herrn Dokter ist Rehbock Rehbock!

Doch dieser Hunderter, den er sich schließlich sauer genug hatte verdienen müssen mit der Betreuung eines nicht gerade sehr jagderfahrenen und schon gleich gar nicht strapazierfähigen, sprich marschierfreudigen Juristen, war es nicht allein, was ihn in diese Hochstimmung versetzte. Es war vielmehr die Neuigkeit, die er beim Unterbräu erfahren hatte, als er sich eine schnelle Maß genehmigte, nämlich daß die Freimooser-Annamirl auf etwas undurchsichtige Weis „vom Kind gekommen war".

Klar, daß er da seine Ohren gespitzt und genau hingehört hatte, was man sich da so alles erzählte. Viel war's eigentlich gar nicht gewesen, denn kaum einer zweifelte daran, daß es der Finken-Simmerl gewesen war, der die Annamirl in Umständ gebracht hatte. Anscheinend hatte kein Mensch an die – durchaus nicht unbegründeten –

Vermutungen der Voglsamer-Thekla geglaubt. Und warum? Nur, weil sie für ihr Lästermaul und ihre unversöhnliche Feindschaft mit ihren Nachbarn sattsam bekannt war. „Glück muß der Mensch haben!" murmelte der Steff mit einem breiten Grinsen vor sich hin.

Von nun an würde er sich nicht mehr schrecken lassen, wenn ihm die Annamirl über den Weg lief. Er war, wie man so schön sagte, aus dem Schneider.

Im Herbst würde er die Pointner-Hanni heiraten, auch wenn das ihren Eltern vielleicht immer noch nicht so ganz paßte. Sie würden es schon auch irgendwann einsehen, daß er es ehrlich mit ihr meinte, denn diesmal hatte es ihn wirklich erwischt; es war von jetzt an aus mit seinen vielen Weibergeschichten. Denn er hatte dieses Mädchen gern. Und was konnte er dafür, daß es sich bei dieser Liebe um einen Glücksfall handelte, daß seine Auserwählte ausgerechnet auch noch die Tochter eines gespickten Großbauern und hübsch war?!

Nur einen kleinen Schönheitsfehler gab es noch in seiner augenblicklichen Euphorie: Und das war die Lies. Dieser alte Dragoner stand ihnen beiden ständig im Weg, tauchte stets dort auf, wo man sie gerade nicht erwartete und auch nicht brauchen konnte. Man war nie vor ihr sicher, sie schien ihre Augen überall und gleichzeitig zu haben, so daß man nie ungestört miteinander sein konnte. Darum geriet sein ansonsten recht zufriedenstellendes Liebesleben ganz schön durcheinander. Und dies mußte ausgerechnet ihm – er war schließlich kein heuriger Has mehr – passieren!

Aber das mußte anders werden! Es wäre doch gelacht, wenn es da nicht bald einen Ausweg geben sollte.

Die Sonne war untergegangen, doch auf den Höhen und Gipfeln lag noch helles Tageslicht, als der Steff das Almfeld erreichte.

Und schon kam ihm die Hanni entgegengerannt, hing an seinem Hals und öffnete verlangend die Lippen.

Als er sie küßte, spürte er erneut, daß es gewiß nicht an ihnen beiden, sondern allein an der wachsamen Lies gelegen hatte, daß noch nicht mehr geschehen war.

Aber auch diesem leidenschaftlichen Kuß machte die alte Sennerin mit ihrem plötzlichen Auftauchen, ihrem mahnenden Räuspern ein jähes Ende. Er ließ die Hanni nur widerwillig und nicht ohne eine insgeheime Verwünschung aus den Armen.

„Lang bist nimmer dagewesen", sagte die Hanni vorwurfsvoll.

„Ich hab meinen Jagdgast erst heut hinunter gebracht . . ."

„Was, so lang war er da!" entfuhr es der Lies, die sich ganz selbstverständlich an ihre Fersen heftete, als man auf die Hütte zuging. „Und da hast von uns gar keine frische Milli und keinen Butter braucht?"

„Naa, diesmal net. Er hat einen ganzen Koffer voller Fressalien dabeigehabt, und alles grad das Allerbeste. Wenn der Herr Baron mit seiner Haushälterin kommt, nachher werd ich wieder mit dem Millikanndl rennen müssen."

„Wann kommt er denn, dein Baron?" erkundigte sich die Lies, denn sie war auf diesen kleinen Nebenverdienst für ihren Bauern so erpicht, als wäre es ihr eigener.

„Zur Gamspirsch auf den ersten September; möglicherweis schon etliche Tag ehnder."

Da fiel der Hanni ihr Gespräch mit dem Ropfen-Pauli wieder ein. Aber dieses Anliegen wollte sie dem Steff lieber unter vier Augen beibringen, und das hatte ja auch noch ein bißl Zeit. Statt dessen fragte sie ihn: „Wir haben noch net gegessen. Magst mithalten?"

„Ja, gern", willigte er ein, doch in seinen dunklen Augen stand ein Hunger ganz anderer Art.

Daraufhin konnte es sich die Lies nicht versagen, etwas anzüglich zu bemerken: „Ist dir nachher jetzt unsere Kost schon noch fein genug?"

Boshafte Alte! dachte er sich, sagte jedoch mit einem, wenn auch etwas gezwungenen Auflachen: „Bei dem Herrn Dokter, da hab ich mich sauber z'rückgehalten. Denn was der Bauer net kennt, das frißt er net. Was gibt's heut bei dir?"

„Was von Mittag übrig ist; aufg'röste Speckknödel", kam es wenig einladend zurück.

Doch der Steff ließ sich davon nicht schrecken, hielt bald darauf tüchtig mit den beiden Sennerinnen mit.

Gleich nach dem Essen sagte die Hanni mit einer schon etwas herausfordernden Entschlossenheit, ohne dabei jedoch in Richtung Lies zu schauen: „Wir gehen noch ein wengl spazieren! Gell Steff?" Dabei band sie sich bereits die grobe Arbeitsschürze vom schlanken Leib.

„Bleib aber net z'lang, es wird schon finster", rief ihr die Alte mit einem scharfen Unterton in der Stimme nach, als die beiden die Hütte ein wenig überstürzt verließen.

Steffs Herz schlug höher, als sie das Almfeld hinunterschritten, er besitzergreifend seinen Arm um Hannis Schultern legte.

Die Schatten waren aus der Tiefe gekrochen, stiegen schon fast bis zu den noch lichten Höhen hinauf. Ein sanfter Abendwind strich durchs Kar herab, brachte schon merkliche Kühle mit sich.

Sie setzten sich in eine Grasmulde, die noch sonnenwarm und von Latschen umsäumt war, die sie wie eine samtgrüne, harzduftende Wand umgaben.

„Die Lies wird auch allweil unausstehlicher", beschwerte sich die Hanni. „Ich wünsch mir manchmal, es wär schon bald zum Abtrieb."

„Ich möcht dich aber noch möglichst lang da heroben haben." Er zog sie enger an sich. „Am liebsten halt ohne die Alte. Weißt, daß ich noch auf kein Madl so lang gewartet hab wie auf dich?" flüsterte er mit dunkler, vor Verlangen rauh klingender Stimme, ehe er sie mit jäh aufflammender Leidenschaft zu küssen begann.

Sie wußte, es war zum Umkehren bald zu spät, wenn sie ihn länger gewähren ließ. Auch sie drängte sich an ihn, und brachte die Kraft nicht mehr auf, sich seinem Verlangen zu widersetzen, wurde von einer zu großen Erregung erfaßt.

Da brachte das Kollern von Gestein und die Tritte genagelter Bergschuhe plötzliche Ernüchterung.

In ihrer Verwirrung, ihrer Verlegenheit sprang die Hanni auf, sah den Hahnbichler-Hubert, der bis auf wenige Schritte herangekommen war.

Der Steff konnte seinen Ärger über diese Störung kaum verbergen, als ihm ein schroffes: „Ah, der Herr Ober-Revierjager!" entfuhr. „Möchst jetzt den Alten vielleicht noch im Finstern ausmachen? Da wirst net viel Glück haben . . ."

„Du aber auch net", fiel ihm der andere mit einem etwas anzüglichen Grinsen ins Wort, „auch wennst ein wengl zu eifrig hinterm Schmalwild her bist."

Gedehnt und herausfordernd kam es zurück: „Unsereiner, dem kein Dienstplan vorschreibt, was er zu tun hat, der hat halt für ein bißl Abwechslung auch noch derweil."

Ohne darauf einzugehen, wandte sich nun der Hubert an das Mädchen, das vor Scham am liebsten in den Erdboden versunken wäre, und sagte: „Die Lies sucht dich schon. Ich soll dir ausrichten, daß du . . .“

„Ja, ist schon recht. Ich bin ja eh schon am Gehen“, murmelte sie hastig. „Komm, Steff, sonst ist das Gezeter wieder fertig.“

Die beiden Jäger verzichteten auf weitere Anspielungen, verabschiedeten sich jedoch recht knapp und kühl voneinander, ehe jeder seiner Wege ging.

Es war merkwürdig, auf einmal wollte sich zwischen dem Pärchen der vorherige vertraute Ton, die Unbefangenheit nicht mehr einstellen.

„So ein Narr, der Hahnbichler“, stieß der Steff hervor, „stiefelt um so eine Zeit noch im Revier umeinander! Deswegen kriegt er dieses Jahr den Gamsbock auch net. Dafür sorg ich schon!“

„Warum könnts denn diesen Alten net in Ruh lassen?“

„Jessas, du bist gut!“

„Und wenn ich dich drum bitt?“

Sie hatten das umzäunte Angerl des Pointner-Kasers bereits erreicht, als er stehenblieb, sie betroffen anblickte. „Warum denn jetzt das? Seit wann kümmerst du dich denn um so was?“

Die Hanni setzte sich nun auf die Holzbank, die an der Hüttenwand stand; aus dem geöffneten Kuchlfenster hörte man das Herumwerken und Rumoren der Lies im Innern. „No ja, so halt“, antwortete sie nun doch ein wenig befangen. „Ich hab halt nachdenkt . . .“

„Geh zu, das glaubst doch selber net . . .“ Es war zu spät, auch wenn er sich hastig verbesserte: „So war's net gemeint. Ich wollt bloß sagen . . ., daß dich einer drauf gebracht haben muß.“ Mit einem begütigenden Schmunzeln setzte er hinzu: „Du warst doch sonst so vernünftig und g'scheit.“

So ganz konnte sie dies nicht versöhnen, denn gereizt schnappte sie zurück: „Als ob man da viel Verstand braucht, um zu sehen, wie so eine arme Kreatur zu Tode gehetzt wird! Und der Ropfen-Pauli sagt das auch!“

Drinnen in der Kuchl war's mäuserlstill geworden.

„Ach so, vom Pauli! – Der alte Spinner! – Du wirst dir doch von so einem nix einblasen lassen! Was versteht denn der von der Jagd?“

„Kann sein, daß er von der Jagd grad nix versteht, aber daß der Mensch Respekt haben sollt vor so einem alten Gamsbock, net alles niedermachen darf, das weiß er recht gut.“

Er wußte, die Lies stand stets auf Kriegsfuß mit ihrem Hüttennachbarn, und er wußte auch, daß sie lauschte, drum erhoffte er sich von ihr Schützenhilfe und rief durchs Fenster:

„Ha, Lies, hast das g'hört? Was sagst denn jetzt du zu so einem . . ., einer Idee?“

Da kam es jedoch zur großen Verblüffung beider aus dem Kuchlfenster: „Ist ja wahr auch! Es schaut wahrhaftig schon so aus, als müßt der Mensch alles an sich reißen, ausrotten, was ihm grad in die Augen sticht. – Herrgott, so laßts ihn doch droben, diesen Alten, und seids froh, daß es ihn überhaupt noch gibt!“

Doch da entfuhr es dem Jäger ungehalten: „Seit wann bist du denn auf der Seit'n vom Ropfen-Pauli, Lies?“

„Da tät ich mich schönstens dafür bedanken“, keifte es auch schon giftig heraus. „Mit ihm hat das rein gar nix zu tun. Da brauchst grad ein bißl nachdenken und überlegen, nachher kommst von selber drauf, daß bald hint und vorn nix mehr z'sammstimmt. Da brauch ich den Alten von da drüben gar net dazu. Da kommst von selber drauf, wennst net grad ein Jager bist!“

Steffs Miene war nicht sehr geistreich. Wer hätte denn gedacht, daß sie auf einmal ins gleiche Horn wie der Pauli, ihr Lieblingsfeind, stieß? „Mir scheint, ihr habts alle schon ein wengl einen Almkoller", brachte er mit einem etwas gequälten Schmunzeln hervor.

„Also, was ist, laßt den Gamsbock in Ruh?" fragte die Hanni nun herausfordernd.

„Freilich, nachher wär ich glatt an einer fahrlässigen Tötung schuld, weil sich der Hahnbichler über mich zu Tod lacht, über meine Dumm . . ."

Sie schien für seinen Witz keinen Nerv zu haben. „Der Hubert verzichtet auch auf den . . ."

„Was hast du denn mit dem Hahnbichler zu tun?" rutschte es ihm überrascht und argwöhnisch zugleich heraus.

„Ich gar nix. Aber das weiß ich vom Pauli. – Der Pauli will auch, daß dem Alten nix g'schieht."

„Das weiß ich schon lang! Dieser hintertriebene alte Gauner vergrämt uns den Bock schon seit etliche Jahr."

Nun verlegte sich die Hanni aufs Bitten und sagte schmeichelnd: „Nachher laßts ihn halt leben! Schau, der Pauli glaubt halt, daß es auch mit ihm aus und vorbei ist, wenn der Alte nimmer droben ist."

„Was, der bildet sich im Ernst ein, daß auch sein letztes Stündl geschlagen hat, wenn der Bock . . .?"

„Naa, so versteh mich doch. Dem Pauli geht's durchaus net darum, weil er Angst vorm Sterben hat. Aber er sagt, daß so ein alter, seltener Gamsbock net bloß aus lauter Übermut z'sammgeschossen werden darf! Er sagt, daß er in die Berg hinaufgehört, in die Natur."

„Ich bitt dich, Hanni, sei doch net so kindisch, laß dir doch von diesem Kerl nix einreden. Das nimmt doch keiner ernst!"

Erneut schlich sich ein drohender Unterton in ihre Stimme, als sie entgegnete: „Ich tät mir das an deiner Stell noch einmal überlegen. Aber bittschön, wenn dir der Gamsbock mehra wert ist wie ich!“ Sie sah ihn herausfordernd an.

Einigermaßen verdutzt starrte er zurück. Er kannte sich nicht mehr aus, was in sie gefahren war. Einlenkend meinte er: „Was sollen wir uns darüber streiten. Als ob ich über den Abschuß allein entscheiden könnt. Da hat der Herr Baron schon auch . . .“

Schon zuckte ein schelmisches, fast durchtriebenes Lächeln über ihr Gesicht, als sie ihm vorschnell entgegenhielt: „Du behauptest doch allweil, daß es bloß am guten Jager liegt, wenn der Jagdgast zum Schuß kommt. Oder stimmt das vielleicht net?“

„Ja . . ., das schon . . .“, stotterte er ein wenig irritiert. „Aber so ein erfahrener guter Jager wie unser Herr Baron . . . Geh zu, hör mir doch endlich damit auf!“ fügte er mit jäh aufkommender Ungeduld hinzu, winkte energisch ab.

„Das heißt also, du tust mir den G'fallen net?“ bohrte sie starrsinnig weiter.

Noch immer rührte sich im Innern der Hütte nichts, war die Lies wohl noch auf ihrem Horchposten.

„Du hast ja keine Ahnung, in was für eine Situation du mich mit deiner unsinnigen Idee bringst“, brummte er. „Weißt was, bis zur Gamspirsch ist noch ein Zeitl hin, da reden wir ein andermal drüber weiter.“

„Mir tust einen großen G'fallen und dem alten Pauli erst recht“, schmeichelte sie.

Durchs Fenster hörte man ein unwilliges Schniefen, ein verächtliches Schnauben und Räuspern.

Die Hanni ließ es für diesmal gut sein, glaubte ohnehin

bereits an ihren Sieg. Sie hatte sich von der Bank erhoben und fragte: „Kommst noch ein wengl mit einer?“

Doch der Steff legte keinen gesteigerten Wert drauf, dieses Thema womöglich noch einmal und dann auch noch unter den boshaften Blicken der Lies, ihren gewiß schadenfrohen Bemerkungen, fortsetzen zu müssen. Er verabschiedete sich mit einem nicht gerade leidenschaftlichen Kuß, der aber auch nicht sonderlich innig erwidert wurde.

Im Davongehen jedoch dachte er sich: Wenn das Katzerl jetzt schon seine Krallen zeigt, wird man sie ihm stutzen müssen!

Der Finken-Simmerl war tief erleichtert, als es mit der Annamirl wieder bergauf ging. Auf seinen Wunsch hin kam nun die Hebamme bereits die zweite Woche, denn die Kranke war noch immer zu schwach, um das Bett verlassen zu können.

Akkurat das war es, was die Wetzelsberger-Theres ihrem Bruder verübelte und vorhielt, als sie im Finkenhof wieder einmal nach dem Rechten sah.

„Mir scheint, du bist nimmer recht g'scheit, daß du sie wie eine Großbäuerin hegen und pflegen laßt“, ereiferte sie sich. „Länger wie acht Tag hab ich noch nie im Wochenbett liegenbleiben können, und ich hab stramme Kinder auf die Welt bracht.“

Obwohl sich der Simmerl nur ungern mit jemanden anlegte, rumpelte es ihm etwas unbeherrscht heraus: „Grad deswegen müßtest du, als Weiberleut, am ehesten verstehen, daß es g'fährlich genug gewesen ist, was sie durchgemacht hat. Daß das doch ein wengl ebbas anders war . . .“

Ungeduldig unterbrach sie ihn: „Alles schön und gut,

aber du därfst halt doch net übersehen, wie man es dir auslegt, wennst gar so ein Aufhebens um einen Dienstbot machst. Mir hat man's schon etliche Mal unter die Nas'n gerieben, warum du sie net gleich geheiratet hast, wo doch das Kind eh von dir gewesen sein muß, nachdem du so einen Aufwand treibst. Jetzt glaubt doch kein Mensch nimmer, daß du nix damit zu tun hast."

Plötzlich glitt ein Schmunzeln über sein Gesicht, dann erklärte er seelenruhig: „Ob du's jetzt glaubst oder net, Theres, mir macht's durchaus nix aus, ist mir wurscht, was die Leut ratschen; auch wenn sie mich für den Vater von diesem unschuldigen Würml halten."

Sie starrte ihn völlig entgeistert an, ehe sie sich vielsagend an die vor Aufregung schweißglänzende Stirn tippte. „Du mußt übergeschnappt sein, Simmerl! Kein Mensch laßt sich gern durch den Dreck zieh'n." Ihr Blick bekam etwas Lauerndes, als sie wissen wollte: „Hast jetzt schon eine Ahnung, wer der Vater von diesem Kind gewesen ist? Hat sich keiner sehen lassen?"

„Naa, und auch das ist mir einerlei", gab er ungerührt zu. „Sie ist net das erste und g'wiß net das letzte Madl, das von einem g'wissenlosen Schlawiner sitzengelassen worden ist. – Hör mir doch auf, Theres, die Leut wetzen sich bloß so lang die Schnäbel, bis ein anderer an der Reih ist, sie wieder über jemanden herfallen und ihre eigene Rechtschaffenheit beweisen können."

„Jeder, der auch bloß ein bißl was auf sich gibt, kann sich halt über die Meinung von die Leut net so einfach hinwegsetzen", hielt sie ihm vorwurfsvoll entgegen.

„So was Damisches hab ich selten gehört", stieß er nun ebenfalls verärgert hervor. „Viel g'scheiter wär's, es würd jeder so leben, wie's ihm das G'wissen vorschreibt und net die andern Leut. Nachher gäb's weniger Ungerechtigkeit und Unheil auf dera Welt. Bloß große Sprüch reißen kann ein jeder."

„Wennst schon gar so g'scheit bist, deine eigene Meinung über alles hast, nachher bin ich ja überflüssig", schnappte sie gekränkt. „Nachher kann ich ja gehen. Jetzt wirst mit deiner ganzen Wirtschaft übereinander schon allein fertig werden, brauchst mich eh nimmer. – Ist mir auch lieber so", dies war eine Notlüge, denn sie sah ihre Felle davonschwimmen, sah ihre Tochter schon um dieses Anwesen, das ihr so gewiß erschienen war, betrogen. Mit einem stechenden Blick hinauf zur Stubendecke, wo Annamirls Kammer lag, fügte sie bissig hinzu: „Ich kann bloß hoffen, daß du dir da keine Laus in den Pelz gesetzt hast. Mit mir kannst jedenfalls nimmer rechnen, wennst eh allweil der G'scheitere bist." Sie eilte im Sturmschritt auf die Tür zu, wandte sich noch einmal um und greinte weinerlich zurück: „Aber eins muß ich dir noch sagen: Unsere Mutter tät sich im Grab umdrehen, wenn sie das wüßt!"

Zwar betroffen, aber durchaus nicht gewillt nachzugeben, machte er keinerlei Anstalten, sie noch aufzuhalten. Er sah ihr nach, wie sie wütend davonstob. Auch er brauchte niemanden, der ihm vorschrieb, was er zu tun und zu lassen hatte; dieses Recht räumte er auch seiner eigenen Schwester nicht ein.

Diese Auseinandersetzung bestärkte ihn jedoch noch mehr in seinem Wunsch, die Annamirl so bald wie möglich zu fragen, ob sie seine Bäuerin werden wollte. Was ihn immer noch davon abhielt, war seine Angst, sie würde nein sagen oder – diese Vorstellung war noch weitaus schlimmer für ihn – ihn sogar auslachen.

Indessen lag die Annamirl in ihrer Kammer und versuchte mit sich selber zurecht und ins reine zu kommen.

Wenn sie an den Steff dachte, konnte sie ihn immer noch nicht hassen noch verachten oder wie man eben empfinden sollte, wenn man von einem Menschen so schwer enttäuscht worden war. Sie hatte ihn einmal über alles geliebt, und ein kleiner Rest dieses Gefühls war immer noch in ihrem Herzen zurückgeblieben.

Was jedoch in ihr vorherrschte, waren vor allem Bitterkeit und auch Trauer, denn ihre Zukunft, ihr Leben waren verfahren. Sie fühlte sich für immer gebrandmarkt.

An das Kind, das sie verloren hatte, noch ehe sich dazu eine rechte Bindung einstellen konnte, dachte sie immer seltener. Wäre ihr dieses Unglück etliche Monate später widerfahren, hätte sie dies gewiß schmerzlicher empfunden.

Daß sie bei dieser Fehlgeburt nicht gestorben war, erschien ihr als Ungerechtigkeit des Schicksals. Auch jetzt noch, da es ihr besser ging, lag ihr wenig an ihrem eigenen Leben, das für sie nur Kummer und Schmerz bereitzuhalten schien. Mußte man sich da nicht fragen, wofür man überhaupt auf dieser Welt war?

Nein, die Annamirl hing nicht mehr an diesem armseligen bißchen Leben, an diesem traurigen Dasein, in dem man für jedes Quentchen Freude hundertfach bezahlen mußte.

Und doch, bei aller seelischer Niedergeschlagenheit regte sich bald ihre junge Natur, die wieder zu Kräften kam. Sie wollte wieder gesund werden, aufstehen, arbeiten können. Das dies der erste Schritt war, sich selber wiederzufinden, wußte sie nicht.

Sie begriff auch erst so nach und nach, was der Finkenbauer für sie getan, wieviel er geholfen und wie sehr er ihr beigestanden hatte. Schon aus diesem Grund war es an der Zeit, daß sie gesund wurde und ihn nicht länger mit der Arbeit allein ließ. Sie fühlte sich tief in seiner Schuld.

Als sie das Bett zum ersten Mal verließ, merkte sie, wie schwach und wacklig sie noch auf den Beinen war. Doch sie hätte sich geschämt, die Rücksicht und die Güte ihres Bauern noch länger in Anspruch zu nehmen.

Auch die Hebamme hatte ihr zu verstehen gegeben: „Es gibt net viel Leut, die solche Nachsicht mit einem Dienstboten haben." Wenn sie jedoch gehofft hatte, dadurch etwas über die Beziehung dieser beider Menschen zueinander zu erfahren, so sah sie sich getäuscht.

Denn die Annamirl pflichtete ihr lediglich bei: „Ja, ich weiß schon. Und es ist mir auch arg z'wider, daß ich soviel Umständ hermach, grad jetzt, wo er mich so notwendig zur Arbeit 'braucht hätt."

Es ging zwar noch ein bißl langsam, als die Annamirl wieder herumzuwerken begann, aber es gab ihr das beruhigende Gefühl, endlich wieder etwas zu leisten. Der Bauer brauchte sich zumindest um die Wirtschaft, das Haus, nicht mehr zu kümmern, bekam seine regelmäßigen Mahlzeiten wieder.

„Du sollst dir doch noch net soviel Müh machen. Eine warme Supp'n hätt's auch getan; ich bin net so ausgestochen", sagte er mit leisem Vorwurf, als ein vollständiges Essen auf dem Tisch stand.

„Naa, naa, Bauer, es ist eh höchste Zeit, daß du wieder was Richtig's kriegst. Es ist mir schon arg genug, daß ich soviel Ungelegenheiten gemacht hab", erwiderte sie, setzte sich ihm gegenüber an den Tisch.

Ja, es war ein gutes, ein schönes Gefühl, wieder zu zweit dazusitzen, sie wieder ständig um sich zu haben. Sie schien ihm noch anziehender als vorher zu sein; ihr

Gesicht wirkte reifer, fraulicher, sie machte einen gesetzteren Eindruck.

Immer wieder blieben die Blicke des Finken-Simmerl an ihr hängen, während er langsam und bedächtig aß. Wenn er doch nur gewußt hätte, wie er es ihr sagen, ihr zu verstehen geben sollte, was ihn schon seit langem bewegte? Stets entfielen ihm die Worte, die er sich schon so oft zurechtgelegt hatte, sobald sie in seiner Nähe war. Und dann konnte er sich an rein gar nichts mehr erinnern, wie er es ihr hatte sagen wollen; dann scheute er sich, fürchtete, mit der Tür ins Haus zu fallen. Aber reden, noch dazu in feingedrechselten Worten, war halt nun einmal nicht seine Stärke; da fühlte er sich unsicher und gehemmt.

Die Annamirl hatte nicht die leiseste Ahnung, was in ihrem Gegenüber vor sich ging, als er immer langsamer an jedem Löffelvoll kaute, bis er schließlich seinen Teller von sich schob. „Jessas, Bauer, schmeckt's dir net?" fragte sie besorgt. „Wo ich doch extra für dich . . ."

„Naa, naa, das ist es net", fiel er ihr nun mit einem tiefen Aufseufzen ins Wort, wagte sie dabei jedoch kaum anzusehen.

Kein Wunder, daß sie, sofort wieder Schlimmes erwartend, beklommen fragte: „Was ist denn nachher?"

Unsicher und holprig druckste der Simmerl endlich hervor: „Reden muß ich mit dir, Annamirl."

Ihr schlug das Herz vor Angst bis zum Hals hinauf.

„Es ist zwegen . . . No ja, weil ich dich halt ebbas fragen wollt . . ." Heiland, England, Rußland, er verhaspelte sich ja immer mehr! Drum stieß er schließlich ziemlich ungehobelt hervor: „Ich hab mir halt denkt, daß es mit uns zwei was werden könnt! No ja, du weißt schon, was ich mein . . ."

Entweder lag es an seiner ungeschickten Ausdrucksweise oder daran, weil sie mit ihren Nerven immer noch recht durcheinander war, so daß sie mehr überrascht als erschrocken auffuhr: „So, Bauer, das hast dir denkt! Nachher ist das also jetzt doch die Rechnung für all die Schererei, die ich dir gemacht hab! Freilich, eine wie ich, die nix ist und nix hat, därf man schnell . . ."

„Jessas, naa, um Gott's willen, sooo war's doch net gemeint", fiel er ihr tief bestürzt ins Wort. „Ich mein's schon ehrlich!"

Aber sie hatte die Beherrschung bereits verloren, ließ sich gar nicht erst die Zeit, über seine Worte nachzudenken, die sie prompt in den falschen Hals gekriegt hatte. Erbittert hielt sie ihm entgegen: „Naa, vergelt's Gott, Bauer, das hab ich schon einmal gehört, war so dumm und hab's geglaubt. Da bist bei mir auf dem Holzweg. Ich wind mich net mühsam aus einem Schlamassel heraus, um gleich wieder ins andere einizutappen. – Naa, wahrhaftig net, mir g'langt's!" Damit sprang sie auf und rannte fluchtartig aus der Kuchl.

Wie vom Blitz gestreift saß der Finken-Simmerl da, starrte die Tür an, die hinter ihr zugefallen war. Sein anfängliches Erschrecken über ihren Zornesausbruch wandelte sich allmählich in tiefe Niedergeschlagenheit und Resignation, zugleich fühlte er sich tief gekränkt. Er hatte es ehrlich gemeint, und sie hatte ihn zurückgestoßen! Das war gewiß für keinen leicht zu ertragen. Aber für den Finken-Simmerl, einen Menschen, der alles doppelt ernst und zweifach schwer nahm, noch um einiges schlimmer.

Es wäre ihm gar nicht in den Sinn gekommen zu versuchen, sie umzustimmen, es ein zweites Mal zu riskieren. Er kam auch nicht auf die Idee, er könnte sie überrumpelt haben, daß es an seiner wenig gekonnten Formulierung lag, weshalb sie so heftig reagiert hatte. Für ihn stand einfach fest: Sie mag mich halt net! Und das genügte, um all seine Hoffnungen zu begraben.

Sein Selbstvertrauen war ohnehin wenig gefestigt, er wußte um seine nicht anziehende Wirkung auf die Weiblichkeit, und drum würde er sich nach dieser Absage gewiß keine weitere Niederlage holen. Er war halt nun einmal nicht das Mannsbild, das Erfolg beim anderen Geschlecht hatte.

Es dauerte eine Weile, denn er hatte schwer an dem Brocken zu würgen, den man ihm zu schlucken gegeben hatte, bis ihm ein neuerlicher beängstigender Gedanke kam. Am End' glaubte die Annamirl jetzt, mit ihm nicht länger unter einem Dach bleiben zu können?! Doch verlassen brauchte sie seinen Hof deswegen ganz gewiß nicht; er würde ihr bestimmt nicht mehr zu nahe treten.

Bei diesem Gedanken erhob er sich, verließ die Kuchl.

Die Annamirl stand vor dem Fenster in der Stube und starrte mit blinden Augen hinaus, als der Bauer eintrat. Nach einem etwas krampfhaften Räuspern begann er: „Es wird am besten sein, du vergißt, was ich vorhin gesagt hab! Deswegen geht die Welt auch net unter, und es wird sich zwischen uns nix ändern. Und Angst, ich könnt dich noch einmal belästigen, ist ganz g'wiß net notwendig. Das wollt ich dir nur noch gesagt haben." Damit ließ er sie wieder allein.

Beschämt von seinem großmütigen Verhalten senkte sie den Kopf, schluckte etliche Male. Gewiß, er war ein guter Mensch, einen besseren konnte man wohl kaum finden, zudem war sie ihm zu Dank verpflichtet. Trotzdem konnte sie seinen Antrag, der sicher ehrlich gemeint gewesen war, wie sie nun gern zugab, nicht annehmen. Sie trauerte ja insgeheim noch immer um einen anderen;

sie konnte den Steff nicht vergessen, auch wenn er ihr noch soviel angetan hatte.

Wer weiß, vielleicht war ihm gar keine andere Wahl geblieben, als so und nicht anders zu handeln, sich von ihr loszusagen? Und am End war er auf den Finkenbauern wirklich eifersüchtig gewesen? Konnte es denn nicht sein, daß er zu ihr zurückfand?

Die Freimooser-Annamirl war nicht das einzige Mädchen, das einer verlorenen Liebe nachtrauerte, das nicht so schnell vergessen, sich mit einem anderen trösten konnte. Sie wollte auch keinem anderen nur mit halbem Herzen gehören.

Sie hatte den Finken-Simmerl gern, man mußte ihn ganz einfach mögen. Aber da war nichts in ihrem Herzen, weil es sich noch immer nach einem anderen sehnte. Sie konnte sich diese Liebe nicht herausreißen, auch wenn sie es gewollt hätte.

Annamirls Sorge, das Verhalten des Bauern würde sich ihr gegenüber nun ändern, war unbegründet. Er tat, als wäre nichts geschehen, wurde jedoch noch schweigsamer und zurückhaltender als vorher.

Sie waren beide keine glücklichen Menschen, denn beide waren sie Gefangene ihrer Gefühle; keines konnte über seinen Schatten springen.

Sie versuchte, ihr schlechtes Gewissen ihm gegenüber mit doppelter Arbeit zu beruhigen und schaute auf sein Sach als wäre es das ihrige. Dies kostete sie durchaus keine Überwindung, denn sie war gern in diesem Hof.

So neigte sich der Sommer ganz allmählich, fast unmerklich seinem Ende zu. Die Tage wurden kürzer, morgens krochen Nebelschwaden über die abgeernteten Felder, und die kühlen Abende gemahnten daran, daß nun doch der Herbst vor der Tür stand.

Im Bergwald sah man jetzt schon da und dort das helle Gelb eines sich verfärbenden Ahorns, das lichte Grün der Lärchen wurde fahler. Und schon konnte man des Nachts ab und zu das noch etwas verfrühte Röhren eines herumziehenden Hirsches hören, der sich auf die Suche nach einem Rudel machte. Doch bald schon würden diese noch recht lustlosen Trenzer zum mächtigen Orgelkonzert der Brunftzeit anschwellen.

Auf den beiden Wildbachalmen war man bis jetzt von Unfall und Krankheit bei Mensch und Vieh verschont geblieben; und man konnte sich langsam ans Blumen- und Kranzbinden richten; Schmuck der Tiere für den Abtrieb, Stolz jeder Sennerin als sichtbares Zeichen für einen glückhaften Almsommer.

Die Hanni konnte diese Arbeit, die eher ein Vergnügen war, kaum erwarten. Doch die Lies mahnte: „Net so voreilig, noch ist's net soweit. Fangt man zu früh an, bringt's Unglück. Da kann noch allerhand passieren."

Auch in der Nachbaralm droben schien es dem Ropfen-Pauli damit noch nicht zu pressieren, obgleich er es in vielen Jahren zu einer wahren Meisterschaft im Binden von Girlanden und Buschen gebracht hatte, mit denen er sein Vieh bekränzte. Es mutete überhaupt ein wenig sonderbar an, daß er noch keinerlei Vorbereitungen für das Verlassen der Alm traf. Immer öfter sah man ihn das Kar hinaufsteigen, kraxelte er trotz seines Alters im steilen Fels und über tiefe Schrunden, schien von seiner großen Sorge rastlos umhergetrieben zu werden.

Was dabei jedoch befremdend, sogar wunderlich anmutete und die Lies zu einem verächtlichen: „Jetzt schnappt er gleich ganz über!" veranlaßte, war sein Singen und Johlen, das von den Wänden widerhallte. „Wär g'scheiter, er tät ein wengl besser auf seine Stinkviecher aufpassen. Heut früh hab ich schon wieder eine hinüberg'scheucht."

Die Hanni wusch im eiskalten Brunnenwasser die Seihtücher aus, wandte beiläufig ein: „Ich versteh net, wie man sich um eine harmlose Goaß so aufregen kann."

„Weil's halt nun einmal net da auffer gehören."

„Woher soll er denn sonst seine Milli und seinen Butter nehmen? Er hat doch bloß allweil Jungvieh heroben. Von dir hätt er g'wiß nie ein Tröpfl kriegt oder?"

„Freilich, könnt mir grad einfallen!"

Die Hanni wußte immer noch nicht, warum sich diese beiden alten Leute so spinnefeind waren, trotz der vielen Sommer, die sie hier heroben gemeinsam und in allernächster Nachbarschaft verbracht hatten. Irgendwann einmal mußte es etwas gegeben haben, was die beiden so übers Kreuz gebracht hatte, und sie hätte dies der alten Lies allzu gern herausgekitzelt. Doch so wie man darauf zu reden kam, wurde diese entweder widerborstig und ärgerlich oder zugeknöpft und schweigsam.

„Daß du auch auf ihn gar so grantig sein mußt?" tat sie leichthin. „Er muß dir doch was in den Weg gelegt haben? Oder du ihm, ha?"

Darauf verschwand die Lies mit einem knarzenden: „Da tät ich mich schönstens bedanken!" hinter der Hütte, war verschwunden.

Für die junge Pointnertochter wurde die Zeit hier heroben nun schon recht lang. Sie wollte wieder heim, zu ihren Eltern, zu Bekannten und Freundinnen, eben halt zum abwechslungsreicheren Leben im Tal. Denn auch der Steff hatte sie längst nicht so häufig besucht, wie sie sich das ausgemalt und vorgestellt hatten; woran auch die Lies nicht ganz unschuldig war.

Hätte ihr jemand gesagt, daß es daheim mehr Möglichkeiten zu einem ungestörten Beisammensein gab, sie hätte ihn glatt ausgelacht. Nun wußte sie es anders. Nur eines wußte sie nicht genau: Ob sie davon nun besonders enttäuscht sein sollte? Aber man würde ja bald heiraten, und dann wurde alles ganz anders und bestimmt so, wie es sein sollte, wie man es sich stets erträumt hatte!

Sie breitete die nassen Seihtücher zum Trocknen aufs Gras, als sie ein: „Grüß dich, Hanni!" herumfahren ließ.

Es war der Hahnbichler-Hubert, der übers Almfeld heraufkam, dessen Auftauchen sie sofort erröten ließ, wurde sie doch daran erinnert, daß er sie beim letzten Zusammentreffen um ein Haar in einer höchst peinlichen Situation überrascht hatte. Ihr gemurmelter Gruß fiel recht verlegen und befangen aus.

Anstatt jedoch wie gewöhnlich nach ein paar freundlichen Worten vorbei- und weiterzugehen, schien der Hubert diesmal die Gelegenheit wahrzunehmen, denn er ließ sich mit einem erleichterten: „Aaah, tut das gut!" auf dem Brunnenrand nieder.

„Bist schon lang unterwegs?" erkundigte sie sich, wischte sich die Hände angelegentlich an ihrer Schürze ab.

„Oh mei, jetzt sollt unsereiner schier Tag und Nacht unterwegs sein; da bleibt zum Ausrasten nimmer viel Zeit." Er mußte seinen Blick gewaltsam von ihr losreißen, wies auf die weidenden Kühe und fragte: „Wie lang bleibts denn noch heroben? In der Kammeralm drüben richten sie schon zum Abtrieb her."

Es überraschte sie, daß er ihr heute soviel Aufmerksamkeit zukommen ließ, und irgendwie freute sie sich darüber. Mußte man in dieser Einsamkeit hier heroben nicht für jedes Wort dankbar sein?!

Mit einem, wie es schien, vorsichtigen Lächeln erwiderte sie: „Ich weiß schon, daß ihr Jager uns und das Almvieh loshaben wollts, wenn die Hirschbrunft und die Gamspirsch aufgeht. Aber so lang das Wetter noch so schön bleibt und die Weide so gut herhält, bleiben wir schon noch heroben." Letzteres hatte ein wenig herausfordernd geklungen.

„Ganz so ist das auch wieder net. Wir wollen zwar Ruh fürs Wild . . ."

„Sag ich doch eh."

Er lachte, ehe er einräumte: „No ja, ein bißl was ist schon dran. Aber gar soviel tut sich da um die Almen eh net."

„Weil er net so weit heruntersteigt, unser weißer Gamsbock", mußte sie ihm mit deutlicher Schadenfreude hinreiben.

Plötzlich sah er sie verwundert an. „Liegt jetzt dir auch was an ihm? Ich hab g'meint, bloß der Pauli . . ."

„Mitleid mit so einer armen Kreatur, die von enk alle gehetzt wird, wird man wohl noch haben dürfen." Gleich darauf bat sie ihn eindringlich: „Könnts ihn denn net leben lassen?! Was habts denn von einem toten Gamsbock?"

Er konnte ihrem Blick nicht standhalten, als er etwas verunsichert einwandte: „Warum sagst denn das ausgerechnet mir? Der Steff ist doch auch ein Jager und wie der Teufel hinter dem Alten her."

„Ihm hab ich's auch schon gesagt, was ich von dieser Gamspirsch halt", gab sie zu, bemüht, ihre plötzliche Verlegenheit zu unterdrücken.

„No und? Was sagt denn er dazu? Ich glaub's kaum, daß er dafür viel Verständnis hat."

Obwohl sie seit jener recht heftigen Auseinandersetzung mit dem Steff darüber nicht mehr geredet hatte, glaubte sie ihn doch umgestimmt und auf ihrer Seite zu haben. „Wennst du ihn in Ruh lassen würdst, tät er's auch", entgegnete sie mit Überzeugung.

Er zeigte sich sichtlich überrascht, als ihm ein ungläubiges: „Und sein Herr Baron? Was sagt denn der dazu?" entfuhr.

Mit gespielter Überlegenheit hielt sie ihm entgegen: „Es liegt doch am Jager, ob einer was trifft."

„Ich mein, Hanni, daß das net so ganz stimmt." Er fürchtete zudem, hütete sich jedoch, dies laut zu sagen, daß der Pfaffinger nicht ganz ehrlich zu ihr gewesen war. No ja, wer verdarb's schon gern mit solch einem Madl! „Eins muß ich dir aber schon sagen: daß mir das alles ein wengl arg g'spaßig vorkommt! auf so einen Handel därf man sich gar net einlassn; wennst verstehst, was ich mein?!"

Natürlich verstand sie; es gab schließlich auch so etwas wie eine Dienstpflicht.

„Mir selber liegt wahrhaftig net viel dran, daß der Alte abgeschossen wird. Doch anständigerweis muß man halt auch zugeben, daß uns das Revier net gehört, wir recht wenig drüber bestimmen können. Ja, so ist das halt nun einmal." Er hoffte, sie hatte auch das verstanden und ließ sich keinen weiteren Schmus mehr vormachen. Er konnte es sich nicht verkneifen, noch hinzuzufügen: „Ich wär g'spannt, ob der Steff widerstehen könnt, wenn er den Bock vor die Büchs kriegt?"

„Könntest du?" versuchte sie ihn sofort festzunageln.

„Vielleicht, vielleicht auch net. Aber eine recht überflüssige Frag, denn ich dürft ihn eh net schießen. So was ist für höherg'stellte Herrn reserviert."

„Auch eine Sauerei", murrte sie erbittert.

Plötzlich glitt ein verschmitztes Schmunzeln über sein

Gesicht, erschien ein Kranz feiner Lachfältchen um seine Augen, ehe er meinte: „Wer weiß, am End machen wir uns ganz unnötige Sorgen. Vielleicht ist der Alte wieder so schlau und verschwindet in seine Schlupfwinkel, bis der erste Schnee liegt, jeder Steig unbegehbar wird. Dann hat er eh wieder seine Ruh!" Es hatte ganz so geklungen, als würde auch er dies begrüßen.

Auch sie hatte dies herausgehört, und dafür lächelte sie ihm dankbar und zugleich verwirrend zu. Es war halt doch nicht ein Jager wie der ander! Zudem hatte er sie eher verstanden als der Steff, der sich gleich mordsmäßig aufgeführt hatte.

Der Hahnbichler-Hubert hatte sich mit einem: „Herrschaftzeiten, jetzt muß ich aber weiter", erhoben. „Da, bei dir, Hanni, könnt man's schon aushalten."

Und schon entschlüpfte ihr ein einladendes: „Mußt halt öfters zukehren bei uns!"

„Da hätt der Steff aber g'wiß was dagegen?!"

„Ach der . . ., der hat ja so selten derweil", verbesserte sie sich hastig, mit einem erneuten Erröten.

„No ja, du weißt ja: Auf einen Jager ist grad so schwer herpassen wie auf einen Fuchs!" Er wandte sich nun zum Gehen, fügte mit einem Augenzwinkern hinzu: „Jetzt wollen wir halt hoffen, daß der Alte da droben heuer auch wieder einen Schutzengel hat. Oder besser zwei. Denn einen hat er ja bereits gefunden". Dabei versuchte er, ihren Blick festzuhalten.

Sie wußte nichts drauf zu sagen, nickte nur.

Es war ein zufriedenes, fast glückliches Schmunzeln, mit dem der Hubert seinen Weg fortsetzte. Ob der Pauli nicht doch recht hatte, wenn er ihm riet, sein Glück bei ihr zu versuchen, nicht einfach gleich aufzugeben? Noch war nicht aller Tage Abend!

Auch Hannis Gedanken und Überlegungen drehten sich noch ein Weilchen um den Hahnbichler-Hubert. Sie fand ihn sehr sympathisch und gut aussehend; außerdem hatte er etwas, was sie anzog; auch wenn sie sich das nicht recht erklären konnte. Freilich wirkte er nicht so gewandt und schneidig wie ihr Steff!

Und von da an war der Hubert wieder vergessen; dem Steff gehörte all ihr Denken und Fühlen. Ganz gewiß würde auch er zur Einsicht kommen, den Gamsbock ungeschoren lassen; diese Bitte konnte er ihr doch nicht abschlagen!

„Was hast dich denn gar so lang mit dem Hubert unterhalten?" wollte die Lies wissen, kaum daß die Hanni in die Hütte zurückkam.

„Jessas, dir entgeht aber auch schon gar nix!"

„Naa!" gab die Lies unumwunden zu. „Was hat er denn alles g'wußt?"

„Mei, bloß so halt."

Damit gab sie sich nicht zufrieden, war viel zu neugierig. „Habts über den Alten auch geredet?"

„Ja! Er hat mir sogar so halb und halb recht gegeben." Etwas geringschätzig fuhr sie fort: „Er ist ja auch bloß ein Staatsjager. Und der Steff sagt, so einer ist allweil mehra ein Beamter als wie ein Jager und drum . . ."

„Und dein Steff ist dumm genug, wenn er das meint", fiel ihr die alte Sennerin heftig ins Wort. „Schwören möcht ich, der Hubert ist kein schlechterer Jager, wenn net gar ein besserer, wie er selber, dieser G'scheitmeier. So einen Blödsinn hab ich meiner Lebtag noch net g'hört. Und ich wunder mich, daß du sowas nachschwatzt."

Als die Hanni daraufhin mit dem plötzlichen Ausruf: „Ach, so laßts mich doch alle mitnander in Ruh!" in Tränen ausbrach, verriet sie, wie sehr ihr inneres Gleichgewicht durcheinander geraten war. Wenn ihr nun selber einige Zweifel gekommen waren, hätte sie das gewiß nie zugegeben.

Indes war der Hahnbichler-Hubert weitergestiegen, vorüber an der Hütte des Ropfen-Pauli, seines alten Freundes, den er bei seinem Rückweg aufsuchen wollte. Oft blieb er stehen, hob das Glas an die Augen und suchte die Wände ab, die tiefeingeschnittenen Scharten.

Und dann hatte er an diesem Tag die zweite glückhafte Begegnung. Dort drüben, auf einer kleinen Graszunge im Rotwandkar, schon ein gutes Stück außerhalb seines Reviers, sah er den Alten äsen. Völlig sorglos, wie es schien. Nur hin und wieder hob er kurz witternd den schmalen Kopf mit der schwarzen Maske, den prächtigen Krucken.

Der Hahnbichler-Hubert wußte, wie scharf das Auge einer Gemse war, wie fein ihre Witterung, und er hätte drauf geschworen, daß dieser Uralte ihn ebenfalls ausgemacht hatte, er mußte ihn zumindest im Wind haben.

Warum floh er denn nicht? Hatte er schon die Scheu vor dem Menschen verloren, hatte vergessen, welche Gefahr von ihm drohte?

Wennst in ein paar Tag net vorsichtiger bist, Alter, nachher derlebst den ersten Schnee heuer nimmer! durchfuhr es den Jäger, während er den Blick unverwandt auf dieses edle, starke Stück Wild gerichtet hielt.

Und auf einmal wurde ihm mit aller Deutlichkeit klar, daß er weit davon entfernt war, Jagdfieber zu verspüren. Und dann wurde ihm klar, daß er diesen uralten Gamsbock nicht erlegen konnte, nicht töten!

Er beobachtete ihn noch eine ganze Weile, wie er gravitätisch auf dem kleinen Grasfleck stolzierte, hier und dort etliche saftige Kräuter zupfte und sich offenbar so sicher wie im Paradiese fühlte.

Kein Haar sollte ihm gekrümmt werden, solange er sich auf der westlichen Seite des Wildbachs, im Staatsrevier, aufhielt!

Der Pfaffinger-Steff hatte den Uralten auch ausgemacht, droben in seiner luftigen Höhe und vor allem, was ihn besonders freute, in seinem Revier. Er hatte aber auch den Hahnbichler gesehen, was ihm ein schadenfrohes: „Ich fürcht, Herr Ober-Revierjäger, diesmal bleibt dir der Schnabel sauber!“ entlockte.

Selbst jetzt noch, als er nach seinem morgendlichen Reviergang in seine Jagdhütte zurückkam, schmunzelte er vergnügt vor sich hin.

Er hatte sich in der kleinen Jägerstube, das war eigenes Revier in dieser geräumigen, hochnoblen Jagdhütte, gerade niedergesetzt, als ihn das Brummen eines Fahrzeugs aufschreckte. Und schon rumpelte er mit einem: „Kreizteifi, sie werden doch net heut schon kommen?“ aus der Tür.

Klar, das war der Geländewagen des Barons, der im Jagdhaus drunten stand, den er selber nur selten benutzte.

Und nun glaubte der Pfaffinger-Steff seinen Augen nicht zu trauen. Die Frau, die er da sah, wie sie sich aus dem plumpen Gefährt schwang, ließ ihm schier den Atem stocken, entlockte ihm ein: „Ja, wo gibt's denn sowas!“ Hätte sich nicht geichzeitig auf der anderen Seite die Martha, die Haushälterin vom Jagdhaus drunten, herausgezwängt, hätte er fast geglaubt, daß ihn eine Halluzination narrte.

„Grüß Gott!“ rief ihm nun diese – so kam sie ihm jedenfalls vor – atemberaubend schöne Frau in bayrisch gefärbtem Hochdeutsch zu. „Gell, Sie müssen der Herr Pfaffinger sein!“ Sie streifte sich im Näherkommen die

Handschuhe ab, fuhr sich durchs dunkle Haar. Sie war ganz in Chamois – respektive Gamsleder, wie er mit Kennerblick feststellte – gekleidet; eine rassige Person, der man's gleich ansah, daß sie wer war!

Langsam erholte auch er sich von seiner Überraschung, und er gab mit einem halb bewundernden und doch recht vorsichtigen Schmunzeln zu: „Eigentlich hab ich den Herrn Baron erwartet . . ."

„Leider kann mein Schwiegervater nicht kommen. Der Arzt hat ihm diese anstrengende Pirsch verboten. Aber mein Mann möcht für etliche Tage heraufkommen."

Aha, also die Jung'! Ausschau'n tut's wie Ende zwanz'ge, aber sein muß sie eine Mittdreißgerin! „Nachher sind Sie also die Frau Baronin von Mehlen?!"

Sie bot ihm die Hand und stellte sich mit einem ungezwungenen: „Mehlen! Die Baronin vergessen wir da heroben", vor.

„Und ich bin bloß der Steff, wenn's recht ist." Er schaute sich nach der Wirtschafterin um, die sich bereits mit dem Gepäck abmühte. „Jessas, Frau Martha, so lassen S' doch das ganze Zeugs stehen! Das räum ich schon eini; da müssen S' Ihnen net damit abplagen!"

Das breite, gutmütige Gesicht der Wirtschafterin zerrann zu einem wohlwollenden Schmunzeln; auch sie hatte er mit seiner einnehmenden, lockeren Art längst um den Finger gewickelt; schon von Anbeginn, seit er bei ihr im Jagdhaus wohnte. „Tragst mir gleich zuerst die Kisten in die Küch eini! Und die Koffer von der Frau Baronin", sie, die so stolz auf diesen Titel ihrer Herrschaft war, ließ sich diese Anrede um nichts abgewöhnen, „die kannst hernach holen."

Frau Bettina von Mehlen hatte sich schon ein wenig

umgeschaut, sichtlich beeindruckt von der malerischen Lage der Jagdhütte, die fast über der Baumgrenze, doch noch im Schatten der letzten Föhren und Lärchen lag. Von hier genoß man einen freien, weiten Blick auf die umstehenden Gipfel, die zum Greifen nahe schienen.

„Wunderschön ist es da heroben", sagte sie, als sie den anderen ins Haus folgte.

„Herr, du meine Güte, wie schaut's denn da aus!" rief die Haushälterin mit übertriebenem Erschrecken, kaum daß sie einen Blick in die geräumige Küche geworfen hatte. „Ein Glück, daß ich gleich mit heraufgekommen bin! Da wären S' allein sauber aufgeschmissen gewesen, Frau Baronin, bei dieser Unordnung, in der so ein Mannsbild haust."

„Also fürs Putzen und Saubermachen zahlt mich der Herr Baron fei net", verteidigte sich der Steff nicht allzu ernst. „Da gibt's schon Wichtigeres."

Etwas später, als Frau von Mehlen in ihrem Zimmer war, erschien der Steff bei der Wirtschafterin in der Küche und erkundigte sich nach dem Befinden des alten Herrn Barons, wie es tatsächlich um ihn stand.

„Net schlecht. Aber mei, alt wird er halt."

„Daß er sich den Gamsbock auskommen laßt", murmelte er kopfschüttelnd, „versteh ich net. Ob das der junge Herr . . .?"

„Es muß ihm eh recht leid drum gewesen sein, wie mir die Frau Baronin verzählt hat", tat sie wichtig. „Aber sie selber ist ja auch ganz narrisch drauf, auf diesen Teufelsbock . . ."

„Waaas?" entfuhr es ihm geradezu entsetzt. „Jetzt sagen S' bloß noch, ich muß ein Weiberleut auf die Pirsch . . .? Und noch dazu auf so einen . . ." Ihm verschlug's die Sprache.

„Reg dich net auf. Unsere Frau Baronin ist eine passionierte Jägerin. Früher, vor ihrer Heirat, da ist sie mit ihrem Vater auf die Jagd, sie stammt aus einer Münchner Brauerei."

Er hörte nicht mehr hin, er konnte sowas nicht verstehen, er nahm dies fast als eine Zumutung für ihn, einen Jäger, einen Mann, auf. Argwöhnisch wandte er schließlich ein: „Warum ist sie denn nachher früher nie mit zu uns herausgekommen?"

„Weil's halt ihr Mann, unser junger Herr Baron, net gern sieht. Weißt ja selber, daß er für die Jagd net viel übrig hat . . ."

„Und jetzt auf einmal . . ."

Ihre Stimme zu einem Flüstern senkend, fiel sie ihm ins Wort, verriet ihm vertraulich: „Wie's halt ist in so einer Ehe", schmunzelte dazu wissen. „In die ersten Jahr, da laßt sich die Frau so manches verbieten und ausreden; da ist sie eh mit die Kinder aufg'räumt. Aber jetzt, wo sie aus dem Gröbsten heraus sind, eh in der Schul fort, und der Mann auch allweil beschäftigter wird, da hat sie's halt endlich durchg'setzt. Es hat ihr unser alter Herr Baron dabei viel geholfen. – Weißt es ja auch, wie arg es ihm ist, daß der Jung für die Jagerei gar nixn übrig hat." Sie huschte an die Tür, horchte, und erst als nichts zu hören war, fuhr sie fort: „Es muß daheim einigen Aufstand gegeben haben, weil sie aufg'muckt hat, wie dem Wolfgang schon wieder ein G'schäft wichtiger gewesen ist, als die Pirsch bei uns herunten. Sie hätt auf ihn warten sollen, hat er gemeint . . ."

„Woher wissen S' denn das alles so genau?"

„O mei, Frauensleut reden halt untereinander so allerhand. Außerdem kenn ich halt unseren jungen Herrn Baron schon von Kindheit an." Sie zögerte etwas, doch dann gab sie zu: „Und eins sag ich dir: Wenn unser alter Herr Baron einmal nimmer ist, wird sich für uns g'wiß etliches ändern; und wohl kaum zum Bessern! Und drum sollten wir uns mit ihr, der jungen Frau Baronin, gut stellen! Führ sie auf den Gamsbock, mach ihr die Freud! – Mußt es dir ja net anmerken lassen, daß du sie, bloß weil sie eine Frau ist, net ganz für voll nimmst als Jäger."

Er nickte mit einem verstehenden Schmunzeln. Dabei gestand er sich ein, daß es schwer vollstellbar war, diese Frau nicht für voll zu nehmen. Freilich, was die Pirsch betraf, wäre ihm ein Mannsbild doch wesentlich lieber gewesen. Aber damit stiegen die Chancen, den Alten vielleicht doch selber zu erlegen. Er bezweifelte, daß diese verwöhnte Frau die Strapazen einer anstrengenden Pirsch aushielt.

„Ich werd mir schon Müh geben", versprach er mit einem Augenzwinkern. „Ich hab schließlich schon so manchen Jagdgast herumg'schleppt, der sein G'wehr kaum richtig hat halten können. – No ja, dafür werd ich zahlt." Mit einigem Sarkasmus setzte er hinzu: „Ich hab halt bloß noch keine Erfahrung, wie man solchene Damen auf der Pirsch behandelt, denn da geht's net allweil fein zu."

„Da wird's net viel brauchen; sie ist ein netter, recht unkomplizierter Mensch."

Währenddessen stand Bettina von Mehlen am geöffneten Fenster ihres behaglich möblierten Schlafzimmers, genoß den würzigen Kieferndugt, den ein sanfter Wind herantrug, diesen herrlichen Ausblick.

Wirklich schade, daß ihr Mann nicht dabei war. Ob er doch noch kam, um mit ihr ein paar erholsame, ruhige Tage hier heroben zu verbringen?

Nein, sie wollte jetzt nicht mehr zurückdenken oder

die kostbare Zeit mit Warten verbringen. Sie wollte sich lieber auf die morgige Pirsch freuen, auf einen schönen Tag in dieser freien Natur.

Plötzlich mußte sie an den jungen, so gut aussehenden Jäger denken, und dabei dachte sie mit einem belustigten Lächeln: Viel Freud scheint er mit mir nicht zu haben! Er hat richtig enttäuscht ausgesehen. Halt auch ein Mannsbild! Aber auch von ihm laß ich mir diesen so hart erkämpften Aufenthalt hier nicht verderben! Ich werd ihn schon irgendwie herumkriegen!

Damit fing sie am besten gleich an. Sie verließ ihr Zimmer, stieg die Treppe hinab.

Im großen Jagdzimmer, dessen Wände von Geweihen und Gehörnen starrten, war niemand. Doch ein Armvoll klobiger Scheite lag vor dem Kachelofen.

„No, wie finden S' alles, Frau Baronin?“ fragte die Wirtschafterin, die soeben eintrat.

„Einfach herrlich!“ Sofort schränkte die junge Frau jedoch ein: „Noch schöner wär's natürlich, wenn mein Mann oder mein Schwiegervater dabei sein könnten.“

„Er wird ja sicher bald nachkommen, der junge Herr Baron.“

Ohne darauf einzugehen, wechselte sie das Thema, fragte: „Wo ist denn der Jäger? Hat er sich mit mir schon ein bißerl abgefunden? Denn so sonderlich erbaut ist er über uns zwei nicht gewesen.“

„Mit einer weiblichen Gesellschaft, da bin ich mir ganz sicher, findet sich der Steff allweil ab. Das ist einer, der hat's faustdick hinter die Ohren, Frau Baronin . . .“

„So hab ich's nicht gemeint.“

„Und ich wollt damit auch bloß sagen, daß er es sich nie anmerken lassen tät, wenn ihm was net ganz paßt. Besonders keiner Frau gegenüber“, stellte Martha sofort klar. „Wenn er auch ein Hallodri sein mag, so weiß er doch, was sich g'hört."

„Wo find ich denn diesen Ausbund an Höflichkeit?" erkundigte sich Bettina von Mehlen mit leiser Ironie.

„Der ist nimmer da. Ich hab ihn zu die Almen hinübergeschickt, um frische Milch und Rahm zu holen."

„Kann ich mich ein bißl nützlich machen? Soll ich was helfen?"

„Naa, naa, dank schön, Frau Baronin. Das braucht's net", lehnte die Martha entschieden ab. Zum einen hatte sie es nicht gern, wenn noch jemand in ihrer Küche herumgschaftelte, ihr eh bloß im Weg stand. Denn sie wußte, allzu weit war's mit den hausfraulichen Qualitäten einer Baronin nicht her, und zum andern war sie der festen Meinung, daß eine so feine Frau so was gar nicht können durfte, wofür man sie, die Köchin, bezahlte. Eine Dame, eine wirkliche, die stellt sich nicht in die Kuchl, das gehörte sich nicht.

Da Bettina diese altmodische Einstellung inzwischen kannte, ließ sie es dabei bewenden. „Ich schau mich derweil noch ein bißl um."

„Wenn S' den Buckel hinaufgehen, Frau Baronin, dann haben S' einen schönen Ausblick auf die Wildbachalmen hinüber", rief ihr die Martha noch nach, die bereits mit Töpfen und Pfannen herumfuhrwerkte.

Mit einem Milch- und einem Rahmkanndl stieg der Steff inzwischen zur Pointneralm hinunter. Es war für ihn selbstverständlich, für seine Herrschaft frische Milch zu besorgen, der Martha diese kleine Gefälligkeit zu erweisen.

Noch ehe er die Alm erreichte, hatte die Hanni ihn erspäht, lief ihm entgegen. Und so wie jedesmal folgte auf eine stürmische Begrüßung ein vorwurfsvolles: „Aber lang bist nimmer dagewesen!"

„Ja, ich weiß. Aber du verstehst, der Dienst . . ."
„Für wen holst denn die Milli?"
Nun erklärte er, daß ihn seine Herrschaft überrascht hatte, daß aber vorerst nur die Baronin mit der Haushälterin angekommen war.
„Und gar kein Mannsbild?" wandte sie sichtlich irritiert ein.
Ausweichend entgegnete er: „Der alte Baron ist net so wohlauf, und der jung, der wird schon noch nachkommen, sobald er derweil hat."
„Und sie, geht sie vielleicht gar mit dir zum Jagern?"
„No ja, vermutlich schon. ich hab mich mit ihr noch kaum richtig unterhalten", tat er gleichmütig.
Aber schon war ihr Interesse geweckt, und sie erkundigte sich mit echt weiblichem Argwohn: „Wie schaut sie denn aus? Wie alt ist sie eigentlich?"
Ein gelassenes Achselzucken, ehe er beiläufig erwiderte: „Mei, wie so eine halt ausschaut."
Diese Antwort schien sie durchaus nicht zu befriedigen, etwas ungeduldig wollte sie wissen: „Wic denn? Ist sie schön, jung?"
Er wußte genau, wie Madeln auf derlei Fragen rcagierten, wenn man sie ehrlich beantwortete. Umständlich versuchte er auszuweichen: „Was heißt schon schön? Die Geschmäcker sind halt verschieden. Freilich, grad schlecht schaut sie net aus . . ."
„Wie alt ist sie?"
„Keine Ahnung; so was fragt man doch net. – Aber komm jetzt weiter, die Frau Martha wartet mit dem Essen auf mich . . ."
„Waaas? Du ißt mit denen?" entfuhr es ihr, und es war herauszuhören, wie wenig ihr das gefiel. Überhaupt paßte ihr plötzlich so einiges nicht mehr so ganz. Denn

für sie würde er ganz gewiß nicht mit zwei Millikannen durch die Gegend rennen!

Diese Baronin mußte sie sobald wie möglich in Augenschein nehmen. Man mußte schließlich wissen, mit wem man es zu tun hatte; wenn auch im etwas übertragenen Sinn!

„Soll ich dich auffibegleiten?"

Jetzt war er es, der schier aus allen Wolken fiel. „Bist narrisch? Das geht doch net. Ich kann doch net so einfach . . . Wie stellst dir denn das . . .? – Und überhaupts tät das die Lies gar net erlauben", fiel es ihm gerade noch rechtzeitig ein, ehe er sich vollends vergaloppierte.

Die Hanni war klug genug, es vorerst dabei zu belassen, doch sonderlich beruhigt war sie nicht. Und so war es nicht verwunderlich, daß sie auf ihr Hauptanliegen, den weißen Gamsbock, völlig vergaß.

Als der Pfaffinger-Steff den Kaser betrat, hantierte die Lies am Herd, erwiderte seinen Gruß mit dem üblichen kurzangebundenen Brummen. Doch dann sah sie seine Kannen, fügte ein etwas freundlicheres: „Ah, ist die Herrschaft schon da?" hinzu. „Milli und Rahm wie allweil?"

„Ja, sei so gut. Und schreibst wieder alles z'samm, nachher verrechnen wir, wenn . . ."

„Wie lang bleiben sie denn?"

„Da bin ich überfragt", mußte er zugeben. „Bist am End schon zum Abtrieb gerichtet?"

„Schmarrn!" raunzte sie abweisend. „Brauchen sie jeden Tag frische Milli?"

„Naa, jeden zweiten."

„Dann bleiben sie also doch länger?" fragte nun die Hanni, während die Lies mit den Kannen verschwand.

„Das kann ich net sagen, das kommt halt ganz auf die

Pirsch an . . . Und wann der junge Herr Baron kommt", fügte er hastig hinzu, um neuerlichen Fragereien auszuweichen.

Schon kam die Lies wieder zurück, registrierte verwundert, daß der Jäger sich noch immer nicht niedergesetzt hatte. „Aha, pressiert's heut?"

„Ja, die Martha wartet drauf. Ist der Rahm auch frisch?"

„Naa, an sauern werd ich dir gegeben haben!" raunzte sie gereizt zurück.

Da machte er lieber, daß er schnellstens wieder davonkam. Er wurde jedoch das Gefühl nicht los, daß sich hier irgendwas zusammenbraute. Es wurde wirklich allerhöchste Zeit, daß er sich wieder ein wengl mehr um die Hanni kümmern konnte – und das, ohne ständig die Argusaugen der alten Lies fürchten zu müssen.

Nun war die meiste Arbeit des Jahres, bis auf die Kartoffel- und Rübenernte, getan; das Vieh weidete auf den sommermüden Wiesen, auf denen die ersten Herbstzeitlosen ihre blaßblauen Kelche öffneten. Die Zeit der gesellschaftlichen Ereignisse, der Hochzeiten, Kirchweih-Feiern und der Märkte rückte heran.

Jetzt fuhr auch der Hausierer-Michl wieder über Land. Denn endlich hatten auch die Bäuerinnen wieder derweil, sich das kunterbunte Warenangebot auf seinem Wagen, der zu einem Miniaturkaufhaus umfunktioniert worden war, anzusehen und hoffentlich auch zu kaufen.

Auch ins abseits gelegene Finken-Sachl lenkte der geschäftstüchtige Michl, der längst jeden Hof und seine Leute mit Namen kannte, seinen klapperdürren Gaul, der den rumpelnden, scheppernden und klirrenden Wagen zog. Er machte durchaus nicht nur dort halt, wo er sich ein Geschäft versprach; er kehrte in jedes Haus, in jedes Gehöft zu, auch wenn er daraus oft nicht mehr mitnahm, als eine Neuigkeit oder einen Gruß, eine Botschaft an Freunde und Verwandtschaft. Denn über alles informiert sein, war eine seiner Geschäftspraktiken, und mindestens ebenso wichtig, wie sein nieversagender Humor, seine Sprüche. So war es selbstverständlich, daß er einem wandelnden Tagblatt glich, daß er über so manches besser Bescheid wußte, als sämtliche Zeitungen zusammengenommen. Reden mußte man halt mit den Leuten, insbesondere in so abgeschiedenen Dörfern, wo ohnehin selten genug etwas Aufregendes passierte, dann kam man auch ins Geschäft mit ihnen.

Ja, der Hausierer-Michl verstand seine Sache; er gehörte seit vielen Jahren schon dazu, und war längst zu einer festeingerichteten Institution geworden, die niemand mehr hätte missen mögen.

Als die Annamirl dieses Klappern und Scheppern hörte, wußte sie, dies konnte bloß der Hausierer-Michl sein. Nur daß dieser Besuch bei ihr keine sonderliche Freude oder Aufregung hervorrief, da sie noch nie zur zahlungskräftigen Kundschaft gehört hatte.

Trotzdem trat sie mit einem freundlichen Lächeln aus der Haustür, vor der soeben der rührige Geschäftemacher seinen Gaul zügelte.

So überschwenglich wie ein alter Bekannter, rief ihr der spindeldürre Michl, seinen zerfransten Strohhut lüftend, entgegen: „Grüß dich, Annamirl! Hab's schon gehört, daß du den Hof gewechselt hast. Recht hast, denn allweil die gleiche Supp'n frißt auch ein Hund net!" Daß er über sie auch sonst noch so einiges gehört und erfahren hatte, überging er rücksichtsvollerweise. „Geht was ab?" fragte er, mit großartiger Geste auf seinen Wagen weisend, auf dem so ziemlich alles aufgehängt, angenagelt und präsentiert war, was der Mensch zum Leben brauchte. Ausgenommen davon waren Lebensmittel und Naturalien, konnte er statt dessen jedoch mit einem umfangreichen Sortiment an Heilkräutern und diversen Arzneien aufwarten; alles hundertprozentig garantiert und todsicher wirksam.

Auch die Augen der Annamirl, sie hätte wohl sonst kein normales weibliches Wesen sein müssen, glitten neugierig und begehrlich über die dargebotenen, vielfältigen Verlockungen, während sie aber standhaft ablehnte: „Naa, Michi, eigentlich net."

„Ah, geh zu", lachte der fahrende Händler nur und zwinkerte mit seinen flinken, verschmitzten Äuglein. „Ein Haferl oder ein schöns kupfernes Pfanndl wird doch die zukünftige Finkenbäuerin brauchen können?! In das alte Glump, das gut genug für den Simmerl seine einschichtige Mannsbilderwirtschaft gewesen ist, wirst doch auch net einiheiraten mögen."

Einem Menschen wie ihm durfte man so was, wenn er auf den Busch zu klopfen versuchte, gewiß nicht übel nehmen. Und so lachte auch die Annamirl, ehe sie glaubhaft versicherte: „Diesmal hast dich sauber getäuscht, Michi, oder du hast dich ansingen lassen. Ich bin bloß die Magd auf dem Hof und kann ohne das Einverständnis vom Bauern gar nix kaufen. Er selber ist auch gar net daheim, fuhrwerkt irgendwo fürs Forstamt."

Mit einem gutmütigen Lachen übertrieb er: „Der Finken-Simmerl kriegt halt auch seinen Hals net voll gnug. – Aber no, einer so riegelsamen Hauserin wie dir kann er sein Zeugl derweil schon überlassen." Bedauernd setzte er hinzu: „Und ich hab g'hofft, ich komm grad z'recht, daß bei enk eine Hochzeit ausgerichtet wird. Denn ich hätt alles dabei, was einem jungen Ehestand fehlt, was ihn erst richtig zünftig macht."

„Naa, naa, Michi, da bist an der falschen Adress", kam es unbekümmert von der Annamirl, die längst wußte, wie seine Scherze und Anspielungen zu nehmen waren. „Hast sonst was derfragt, wo's bald eine Hochzeit gibt?"

Freimütig und ohne zu zögern erklärte er: „Bei die Voglsamerischen, deinem vorherigen Bauern, hab ich mir sagen lassen, soll sich bald was z'sammenschieben."

„Ah, was! Da schau her, der Hansl macht also schon ernst . . ."

„No ja, wie's halt ist: angebaut hat er halt! Bei der Kumpf-Leni; keine schlechte Partie!"

„Du weißt mehra wie unsereins", mußte sie überrascht zugeben. „Ich wünsch ihnen jedenfalls viel Glück. Es soll ihnen nur gut geraten, das Heiraten. Der Hansl ist kein unrechter Bursch, und das Sach, das die Leni mitkriegt, kann sich g'wiß auch sehen lassen. – Da wird die Voglsamer-Thekla net wenig stolz drauf sein!" Mit einem Schmunzeln fügte sie hinzu: „Sie wird sich net lumpen lassen und fest einkaufen bei dir." Sie trug ihren vorherigen Brotgebern nichts mehr nach.

„Geb's der Herrgott, daß's wahr ist", murmelte er und verdrehte hurtig die listigen Äuglein gen Himmel. Doch daraufhin gab er vertraulich zu: „Aber das mehrere G'schäft erwart ich mir schon im Nachbarhof, von der Pfaffingerin."

„Heiratet der Alois auch endlich?" entfuhr es ihr überrascht.

„Haa, ich fürcht, der ist noch zu geizig dazu. Drum möcht ich net wissen, was er sagt, wenn seine Mutter den Steff . . ."

„Der Steff?" Sie spürte, wie plötzlich alle Farbe aus ihrem Gesicht wich, und doch gelang es ihr, sich zusammenzunehmen. Dabei klopfte ihr Herz so heftig, daß sie fürchtete, er könnte es hören.

„Es geht doch die Red, daß der schneidige Jager vom Herrn Baron mit der Pointner-Hanni so gut wie versprochen ist. Da wird schon was dran sein. Und auf's Geld wird bei so einer Heirat halt auch allweil geschaut. Da sorgen die Großbauern schon dafür, daß allweil alles schön beinander und auf einem Haufen bleibt. – Kein Wunder, wenn's heißt, daß es die Pfaffinger-Berta schon jetzt vor lauter Stolz schier z'reißt."

„Ja, ja, magst schon recht haben, Michi", pflichtete sie ihm geistesabwesend bei, derweil sich ihr vor Schmerz fast das Herz im Leib umdrehte. Plötzlich trat sie an den Wagen und sagte entschlossen: „Ein Haferl und ein Pfanndl könnt ich schon brauchen. Der Bauer wird nix dagegen haben, wenn ich ein wengl was kauf."

„No, da siehst es", strahlte der rührige Händler. „Reden muß man mit die Leut, nachher fallt ihnen allweil ein bißl was ein, was abgeht."

Als das kleine Geschäft abgewickelt war, bedankte er sich so überschwenglich, als habe man ihm eine gesamte Aussteuer abgekauft. Dann schepperte er wieder von dannen, als hätte er Tschinellen geladen.

Die Annamirl stellte das erstandene Geschirr achtlos beiseite, ließ sich wie erschöpft auf einen Stuhl fallen und starrte mit leeren Augen vor sich hin.

Nun also war es soweit, es gab keine Ausflüchte, keinen Selbstbetrug mehr, der Steff heiratete eine andere! Also doch die bildsaubere, vermögende Pointnertochter! Dann war damals schon ihre Eifersucht nicht unbegründet gewesen . . .

Es wurde der Annamirl klar, daß sie dies hätte längst

einsehen müssen, anstatt die Augen zuzumachen und zu hoffen. Auch wenn es noch so wehtat, mußte sie nun zugeben, daß sie ihr Herz an einen nichtsnutzigen, selbstsüchtigen Hallodri gehängt hatte, der nur auf ein kurzes Abenteuer ausgewesen war. Belogen und betrogen hatte er sie, und sie war einfältig genug gewesen, ihm zu vertrauen, ihm immer wieder zu glauben.

Diese bittere Erkenntnis tat doppelt weh, da sie mit ihrem ganzen Herzen dabeigewesen war und sich ihm völlig ausgeliefert hatte. Nun mußte sie allein für alles bezahlen, während er sich geschickt aus allem herausgehalten, den eigenen Vorteil dabei nie aus den Augen gelassen hatte.

Wenn es wirklich stimmte, daß sich alle Schuld schon hier auf Erden rächt, dann mußte einer wie der Pfaffinger-Steff noch einmal schwer bestraft werden! Doch so ganz konnte sie an diese tröstliche Spruchweisheit nicht glauben. Es sah vielmehr eher danach aus, als ob das Glück stets nur auf der Seite des Stärkeren stand, denjenigen nie verließ, der sich rücksichtslos nahm, wonach ihn gelüstete, ohne sich um diejenigen zu scheren, die auf der Strecke blieben. Man durfte halt nicht zimperlich sein, wollte man möglichst viel vom Leben haben!

Als der Finken-Simmerl gegen den Abend zu heimkam, hatte die Annamirl immer noch gerötete, verweinte Augen. Lange konnte er nicht an sich halten, dann mußte er doch fragen: „Ist was B'sonders gewesen heut?"

Sie schüttelte den Kopf. „Naa, naa, nix B'sonders, Bauer. Bloß der Hausierer-Michi ist dagewesen. Ein wengl ein G'schirr hab ich ihm abgekauft. Es wird dir doch recht sein? Ich hab's vom Eiergeld zahlt."

„Freilich, wenn wir's braucht haben", erwiderte er betont gleichmütig. Aber es wollte ihm nicht so recht in den Kopf, daß sie der alte Hausierer so durcheinandergebracht haben konnte. Er getraute sich jedoch nicht näher nachzufragen; schließlich ging es ihn auch nichts an. Sie ließ ihn weder an ihrer Vergangenheit noch an ihrem jetzigen Leben teilhaben. Er sah, sie war unglücklich, er hätte ihr geholfen, wenn er nur gewußt hätte, wie.

Der Pfaffinger-Steff durfte seine Bedenken wegen der jägerischen Fähigkeiten der Frau Baronin getrost vergessen. Bereits auf dem ersten Pirschgang zwangen ihm ihre Erfahrung, ihr Wissen und ihre körperliche Ausdauer Hochachtung ab.

Auf steilen, oft unwegsamen Pfaden und Steigen kletterte sie erstaunlich gewandt, hatte dabei immer noch einen guten Blick für ihre Umgebung. Außerdem sah sie in ihrer jägerischen Tracht, der Bundhose und dem Lodenjanker, wie er fand, bildsauber und schneidig aus.

Sie waren mit dem Tagwerden aufgebrochen und standen nun, da die Sonne das Kar in blendendes Licht tauchte, schon hoch über den Almen. Man hatte etliches Wild ausgemacht und beobachtet, das bereits mit der zunehmenden Wärme in die schützenden Unterstände zog. Man stieg jedoch weiter, vielleicht ließ sich der Uralte aufspüren.

Bis hier herauf verstieg sich kein Rehwild, das war Gamsrevier; und wieder hatten beide die Ferngläser vor den Augen.

Plötzlich rempelte der Steff seine Begleiterin ganz respektlos an, deutete zur Rotwand hinüber.

Sie hatte verstanden, folgte mit dem Glas seiner ausgestreckten Hand. Jetzt hatte sie ihn im Visier, diesen kapitalen Gamsbock, und da entfuhr ihr ein erregtes: „Mein Gott, ist das ein prachtvoller Bursche!“

Und schon schien der Graue etwas im Wind zu haben, warf den Kopf hoch und stob mit einem scharfen Pfiff in die nackte Felswand hinein, hielt auf ein kleines Geröllfeld zu und war dann in einem Latschendickicht verschwunden. Kein Steinchen hatte sich gerührt, alles war wie ein lautloser Spuk gewesen.

Heftig, vom Jagdfieber gepackt, stieß Bettina von Mehlen hervor: „Den holen wir uns! Ich muß ihn haben! Gleich morgen, am ersten Tag, wenn . . ."

„Langsam, net so gach!" dämpfte er ihre Begeisterung. „Er steht im Nachbarrevier. Er taucht aber bald da und bald dort auf, ist so unstet wie ein Berggeist. Den müssen wir abpassen und grad recht derwischen."

„Ich laß mir diesen Gamsbock nicht entgehen. Und wenn wir von der Früh bis in die Nacht auf den Beinen sein müssen. – Jetzt versteh ich meinen Schwiegervater, warum es ihm so leid getan hat, daß er nicht dabei sein kann."

„Wir sind etliche Jahr schon hinter ihm her . . ."

„Aber heuer gehört er uns. Dieses Gehörn muß zur Trophäen-Schau, es ist für einen ersten Preis gut."

Bei ihrer geradezu fiebrigen Begeisterung sah der Steff seine Hoffnung, den Bock selber zu erlegen, langsam, aber sicher entschwinden. „Wird schon werden. Ab morgen haben wir Feuer frei."

„Und wenn er das Revier nicht wechselt?" wandte sie ein. „Die anderen werden auch kaum schlafen."

„Der Hahnbichler vom Forstamt laßt den Bock schon seit einiger Zeit nimmer aus die Augen", fiel er ihr vorschnell ins Wort. „Da werden schon auch etliche drauf herpassen."

„Und wir haben das Nachsehen."

„Nix da, Frau Baronin! Man muß schon auch ein

wengl auf sein Glück vertrauen", wandte er zuversichtlich ein.

„Und auf einen erfahrenen Jäger", bemerkte sie mit einem raschen, vielsagenden Blick.

Es war dieser kurze Blick, der ihm das Blut schneller durch die Adern trieb, ihn fast ein wenig nervös machte. „Kehren wir wieder um, eh's zu heiß wird", meinte er und ging auch schon voran.

Auf ihrem Abstieg schlug Bettina von Mehlen vor: „Ich hätt mir die Almhütten gern aus der Nähe angeschaut. Könnten wir nicht . . .?"

Noch ehe sie ausgeredet hatte, lehnte er vorschnell ab: „Jessas, wo denken S' denn hin! Das wär ein riesiger Umweg, denn hernach müssen wir das Kar wieder auffikraxeln. – Wissen S', ich hab mir denkt, daß Sie sich unterm Tag ein wengl ausruh'n, und daß wir uns auf den späten Nachmittag noch einmal auf die Pirsch machen. Vielleicht steht der Sechserbock am Lärchboden drunten ein."

Sie war sofort begeistert. Als er höflich anbot, ihr das schwere Gewehr abzunehmen, lehnte sie dankend ab. Von Anstrengung war ihr kaum etwas anzumerken; man sah es ihr vielmehr an, wie sehr sie diesen Pirschgang genoß.

Kreizteifi, das ist schon eine Frau! gestand er sich mit wachsender Bewunderung ein.

Auch Bettina von Mehlen gefiel dieser junge, unkomplizierte und zudem noch recht gutaussehende Mann. Sie fand seine Gesellschaft erfrischend und amüsant. Wenn sie in seinen schwarzen Glutaugen ab und zu ein bewunderndes Aufblitzen entdeckte, erschien ihr das nur natürlich. Sie war's gewohnt, Männerblicke auf sich zu ziehen. So ein bißl Bewunderung war für sie noch kein Anlaß, irgendwelche Schlüsse zu ziehen oder sich gar Sorgen zu machen.

Als sie hoch über den Almen den breiten Rücken des Wildmandl überquerten, an dessen Nordflanke die Jagdhütte lag, beschlich den Steff ein etwas mulmiges Gefühl bei dem Gedanken, was die Hanni wohl zu seiner reizvollen Begleiterin sagen würde. Ihm war bei der Vorstellung, die beiden könnten sich begegnen, durchaus nicht recht wohl. Die Hanni konnte recht unbeherrscht sein, ihr fehlten der Schliff und die Bildung, von feinen Umgangsformen war sie unbelastet. Dies war ihm früher nie aufgefallen, kam ihm merkwürdigerweise jetzt auf einmal zum Bewußtsein.

Sie hatten es nicht mehr weit bis zur Jagdhütte, als ihnen ein junger Bursch, mit einer hohen Kraxe auf dem Rücken, entgegenkam. Es war der Ropfen-Hiasl, der sich vom Jäger ein argwöhnisches: „Wo kommst denn du her?“ gefallen lassen mußte. Bereitwillig erklärte er daraufhin: „Wir haben am Hirschgraben drüben einen Holzschlag, und da hab ich nachgeschaut.“ Mit einem verstehenden Schmunzeln bot er scherzhaft, doch mit einem spöttischen Unterton an: „Schaust halt in meine Kraxen eini, ob sich zwischen dem Pauli seiner Wochenzehrung ein Haserl oder ein Böckl versteckt hat!“ Dabei glitt sein Blick immer wieder verstohlen zur Baronin.

Es klang etwas wichtigtuerisch, als der Pfaffinger nun erläuterte: „Es g'hört halt zu meiner Dienstpflicht, daß man weiß, was einer in unserm Revier zu suchen hat.“ Sich an seine Begleiterin wendend, fuhr er fort: „Das ist der Hofsohn vom Ropfenbauern, der dem Senn den Wochenbedarf bringt.“

„Einem Senn? Gibt's denn so was überhaupt noch, daß ein Mann eine Alm bewirtschaftet?“ tat sie überrascht.

„Bei uns schon", versichert der Hiasl eifrig, versuchte offensichtlich ein Gespräch in Gang zu bringen. „Und was für ein Senn! Da müssen S' weit suchen, bis sie wieder so ein Unikum finden, wie unser Pauli eins ist." Sein Grinsen wurde breiter. „Bloß ein wengl streng schmekken tut er; das vertragt net ein jeder."

„Wir müssen unbedingt bei ihm zukehren, Steff", schlug sie, neugierig gemacht, vor.

„Wenn S' wollen, nachher können S' ja gleich mit mir . . ."

Ehe der Hiasl allzu vertraulich wurde, wandte der Jäger ein: „Diesmal nimmer, Hiasl. Wir sind jetzt froh, wenn wir in der Hütt'n sind."

Mit einem bedauernden Achselzucken verabschiedete sich der junge Ropfensohn und setzte seinen Weg fort.

Bettina von Mehlen gestand: „Mich hätt's schon interessiert . . ."

„Ich bitt Ihnen, der alte Pauli ist ein wengl unappetitlich und nimmer ganz eben im Kopf." Auf ihren forschenden Blick hin meinte er abfällig: „Außerdem müssen S' dann sein verrucktes Gschwätz, das er um den alten Gamsbock hermacht, anhören."

„Was denn für ein Geschwätz?"

„Der alte Spinntisierer glaubt, daß auch sein letztes Stündl geschlagen hat, wenn's dem Alten an den Kragen geht", entgegnete er lachend.

„Ach was!" entfuhr es ihr leicht betroffen. „Ich kenn eine etwas andere Version: Einem alten Jägerglauben zufolge stirbt der Schütze innerhalb eines Jahres, der einen weißen Gamsbock erlegt!"

„Jessas, Sie werden doch net so abergläubisch sein? Außerdem ist unser Alter auch net richtig weiß!" hielt er ihr lachend entgegen. „Woher wissen S' denn das überhaupt?"

„In Salzburg steht im Haus der Natur ein silbergrauer Gamsbock, den der österreichische Thronfolger Franz Ferdinand im Salzburgischen erlegt hat."

„Er wird doch dabei net umg'kommen sein?" rumpelte es ihm nun doch bestürzt heraus.

„Der Erzherzog wurde zehn Monate später von einem Attentäter erschossen; es war der Anlaß zum Ersten Weltkrieg."

„Doch net alles zwegen einem Gamsbock?" wandte er allen Ernstes zweifelnd ein.

Es hatte wohl keinen Sinn, darauf einzugehen, und so meinte sie dazu nur knapp und leicht sarkastisch: „Wohl kaum."

„Ja, aber . . ., nachher versteh ich net, warum . . .?"

„Schon gut. Mich hat nur die Geschichte mit diesem Senn daran erinnert. Gehen wir!"

Ob er etwas Verkehrtes gesagt hatte? Oder war sie doch abergläubisch? Wie sollte ein Mensch wie er sich auch mit so einer Frau schon viel auskennen?!

Auch die Pointner-Hanni machte verwunderte Augen, als sie den Ropfen-Hiasl das Kar von der Seite des Wildmandl herunterkommen sah. Sie wollte schon verschwinden, denn er hatte Dirndln gegenüber ein recht anzügliches Mundwerk; aber es war zu spät.

„Wart ein wengl, Hanni, ich muß dich was fragen", rief er ihr zu, kam unter seiner hohen Kraxe mit merkwürdig gaukelndem Schritt den Steilhang heruntergesprungen.

Die Hanni fand, er war gradso unschön wie seine Schwestern, die ihm wohl als drei Hauskreuze erhalten bleiben würden. Vielleicht verdiente er schon deshalb ein wenig Nachsicht.

Sie sollte dies gleich darauf schon bereuen.

„Du, grad ist mir dein Jager begegnet", begann er noch etwas außer Atem. „Mei Liaba, der hat was Rassig's dabeigehabt! Kruziment, war das ein Weiberleut! Und wie sie dahergestiegen ist, mit der Büchs über der Schulter, direkt wie eine aus dem Film . . ."

„Mit der Büchs?" entfuhr es ihr.

„Nix anders! Sie sind grad von der Pirsch gekommen", berichtete er getreulich. „Und so wie die ausschaut, schießt sie auch wie der Teife."

„Warum, wie schaut sie denn aus?" rutschte es ihr unversehens heraus.

„Hast du sie noch net g'sehen?" tat er verwundert, begann die Situation insgeheim zu genießen. „No ja, ich kann den Steff verstehn, wenn's ihm lieber ist, daß du sie net zu G'sicht kriegst. Da könntest ja glatt eifersüchtig werden."

„So ein Schmarrn! Das ist doch bloß die junge Baronin, und sie ist ja auch erst gestern gekommen. – Wie alt ist sie denn?"

Der Hiasl ließ sich Zeit, schien zu überlegen, wobei er sich über sein scharf vorstehendes Kinn fuhr. „Schwer zu sagen. So um die Dreißge, aber g'stellt wie ein jung's Madl. – Ehrlich, so eine ist mir mein Lebtag noch net untergekommen; einfach ein richtig's Prachtweib."

Das brachte nun das Haferl vollends zum Überlaufen, so daß sie gereizt zurückfauchte: „Seit wann verstehen denn die Bauernbuben auch schon was davon?"

Doch der Hiasl grinste ungerührt und erwiderte: „Zumindest grad soviel wie ein Jager!" Zufrieden registrierte er die beabsichtigte Wirkung; ein scharfer Zug war um ihre Mundwinkel erschienen.

„Da kann ich ja bloß lachen! Außerdem wird der Steff

kaum Freud dran haben, wenn er ausgerechnet ein Weiberleut durchs Revier zarren muß."

„Also, wirklich, Hanni, mir wär nix aufgefallen, daß er grad zwider hergeschaut hätt", tat er naiv. „Ehnder das Gegenteil. Er ist recht besorgt um sie gewesen, was man ihm auch net verdenken kann. Da tät ein jeder an seiner Stell das Beste!" Hier lachte er anzüglich. „Herrgott, hat der Steff ein Massel! Ich sag's ja allweil: Jager müßt man sein!" Er blinzelte sie vielsagend an.

„So, bist jetzt alles losgeworden?" schnappte sie zurück.

Ehe er ging, spielte er noch seinen letzten Trumpf aus. „Als zukünftige Pfaffingerin und Jagersfrau wirst sie ja g'wiß bald kennenlernen, die schöne Baronin."

„Ich bin gar net so b'sonders scharf drauf. Auf mich machen solchene Leut keinen so großartigen Eindruck."

Aha, da war also doch der Bauernstolz zum Durchbruch gekommen. Gerade deshalb wandte er noch mit einigem Sarkasmus ein: „Da wird dir schon nix anders übrigbleiben, als daß du dich gut mit ihnen stellst, mit die Dienstherr'n von deinem Zukünftigen. Da wirst dich schon z'sammreißen und deinen Stolz hinunterschlucken müssen, schon um seinetwegen"; dazu lachte er boshaft.

„Da bist irr! Den Teife werd ich tun", rutschte es ihr unbeherrscht heraus.

Nun machte er, daß er davonkam, stimmte jedoch ein Gstanzl an, das vom freien Bauernleben handelte, und davon, daß man sich weder um einen Edelmann noch um den Kini zu scheren brauchte, weil man Herr auf seinem eigenen Grund und Boden war.

So ein Misthackl, ein gscherter! sagte sie sich spinngiftig, als sie dem Hiasl aus schmalen Augen nachschaute. Was sie am meisten ärgerte, war die Tatsache, daß offensichtlich etliche Bröckchen Wahrheit in seinen Anspielungen und Vorhaltungen steckten.

Plötzlich fielen ihr die Worte der Lies ein, daß es die Tochter vom Pointner nicht notwendig hatte, für diese Leute zu putzen. Vielleicht würde ihr schon beim nächsten Besuch von Steffs Dienstherrschaft kein Sträuben mehr helfen. Dann war sie nicht mehr Pointnertochter, sie war die Frau des Jägers, die Hand anzulegen hatte, wo es nötig war.

„Und derweil stolziert er mit ihr im Revier herum!" entfuhr es ihr bitter, mit heiß aufsteigender Eifersucht. Ob die Baronin wirklich so verführerisch schön war oder der Hiasl nur übertrieben hatte, um sie aufzuzwicken? Diese Frage und die Vorstellung, daß der Steff mit ihr allein – oder doch fast allein – in der einsamen Jagdhütte hauste, machte sie ganz krank, ließ ihr keine Ruhe mehr.

Sie wußte schon jetzt, daß sie diese Frau, die mit einem Gewehr herumstieg, vielleicht sogar Jagd auf den weißen Gamsbock machte, nicht mochte. Sie war ihr, noch ehe sie sie kennengelernt hatte, aus tiefster Seele zuwider.

Solche Weiber gehören net da her; sie sollen in der Stadt bleiben und uns unseren Frieden lassen!

Sie hatte keine Ahnung, woher sie den Ausdruck „Flintenweib" hatte, aber er schien ihr genau auf diese Baronin zu passen, die ihren Spaß am Töten wehrloser Kreaturen hatte.

Ob es dem Pfaffinger-Steff klar war, daß er sich ein bißl arg viel um seinen Jagdgast kümmerte? Ob es der Baronin bewußt wurde, daß ihr Benehmen, ihr Ton dem Jäger gegenüber immer mehr an Distanz verloren und sie damit in ihm vielleicht falsche Hoffnungen weckte?

Sie hatten den ganzen Nachmittag miteinander verbracht, hatten sich Jagderlebnisse erzählt und über so manchen Spaß gelacht. Und dabei war man sich auf eine burschikose, fast kameradschaftliche Art immer nähergekommen, bis sie nur noch zwei junge Menschen waren, die beide Freude an der Jagd hatten, es genossen, sich darüber zu unterhalten, sich einander mitzuteilen.

Bettina von Mehlen vergaß ihre Probleme, die sie noch gestern beschäftigt hatten. Und wenn sie doch hin und wieder auftauchten, wurden sie beiseitegeschoben. Sie war fest entschlossen, sich diesen Aufenthalt hier durch nichts verderben zu lassen.

Diese malerische Umgebung, fern von allem Trubel, von neugierigen, beobachtenden Blicken, tat noch ein übriges, um sie schnell aus sich herausgehen zu lassen. Sie konnte sich im Augenblick keinen Platz vorstellen, an dem sie lieber gewesen wäre.

Sein Weinglas leerend, schlug der Steff vor: „Wenn Ihnen was an dem Sechserbock liegt, Frau von Mehlen, nachher sollten wir's wieder packen. Ich fürcht, er wird kaum auf uns warten."

„Ich bin gleich soweit", stimmte sie ihm sofort begeistert zu.

Als er ihr nachblickte, glomm ein verräterischer Glanz in seinen Augen. Die Nähe dieser schönen und interessanten Frau, der ungewohnte Weingenuß am hellichten Nachmittag waren eine gefährliche Mischung, die er bereits zu spüren bekam. Und er war noch dazu jemand, der sich der Weiblichkeit gegenüber nicht beherrschen konnte!

Er mußte dieser Versuchung widerstehen, denn er durfte nicht vergessen, wer sie war! Sie war die Schwiegertochter seines Jagdherrn, die Frau von dessen Sohn, der über kurz oder lang auch Besitzer dieses Revieres sein würde; den es nur einen Federstrich kostete, ihn, den Jäger, aus seinem Dienst zu entlassen. Freilich, es war nicht gesagt, daß jemand von einem Abenteuer etwas erfahren mußte. War es, wie verlockend es auch sein mochte dieses Risiko wert?

Steff, reiß dich z'samm! befahl er sich selber. Da könntest in das schönste Schlamassel einirumpeln, hernach hilft dir kein Teife und kein Herrgott nimmer! Und die reiche Heirat mit der bildsauberen Pointner-Hanni kannst auch vergessen!

Bei diesem drohenden Gedanken nahm er sich vor, den heutigen Abend bei der Hanni zu verbringen; das brachte ihn gewiß auf andere, gesündere Gedanken. Schließlich gehörte es nicht zu seinem Dienst, den ganzen Tag und andauernd um die Baronin herum zu sein. Er hatte sie auf die Pirsch zu führen, und damit war seine Pflicht erledigt. Davon, daß er seiner Herrschaft auch sonst die Zeit vertreiben mußte, stand nirgends etwas geschrieben. Er war Jäger, Heger und Pfleger des Jagdrevieres und kein Hofnarr!

Er hatte sich mit diesen Überlegungen selber ganz schön in Rage gebracht, war entschlossen, sich auf keinerlei Waghalsigkeiten einzulassen, bis er am End noch den Boden unter den Füßen verlor. Immerhin wußte er um seine Schwäche dem schöneren Geschlecht gegenüber, wie schnell sein heißes Blut den Verstand rauschig machte.

Ja, er würde ihr jetzt gleich und sofort sagen, daß es mit dieser abendlichen Bockpirsch nichts mehr werden würde, weil . . .

Aber da kam Bettina von Mehlen auch schon mit einem fröhlichen: „So, ich bin soweit!“ zur Tür herein. „Können wir?“

Und weil der Weg zur Hölle mit guten Vorsätzen gepflastert ist, hatte auch der Steff die seinigen schon bei ihrem Eintreten wieder vergessen. „Ja, freilich, Frau von Mehlen!“ antwortete er, ohne zu zögern.

Gleich darauf gingen sie ein Stück talwärts, durch lichten, sich allmählich verfärbenden Lärchenbestand, bis sie zu einer Schonung mit dichtstehenden, jungen Kiefern kamen. Dort war ein gut gedeckter Ansitz errichtet, von dem aus man über eine kleine Lichtung freien Blick über die Schonung hatte.

Sanft bewegten sich die zarten Wipfel im kühlen Abendwind, der vom Berg herunterstrich und schon den bitter-herben Geruch des Herbstes mit sich brachte.

Es war nur eine recht schmale Holzbank, bloß ein Brett, auf vier Pfosten genagelt, das hinter der schützenden Rindenwand angebracht war, die sie vor den scharfen Augen des Wildes verbergen sollte. Beide mußten sie eng zusammenrücken, um auf dieser Sitzgelegenheit Platz zu finden; sie hielten ihre Gewehre auf den Knien, um es sofort griffbereit zu haben, sobald das erwartete Wild sich zeigte.

Es durfte weder gesprochen noch ein anderer Laut verursacht werden, um die scheuen Tiere nicht vorzeitig aufmerksam zu machen.

Während Bettina von Mehlen angestrengt durch den schmalen Sehschlitz, der in die Rindenwand geschnitten war, spähte, hatte der Jäger Mühe, sich auf die Lichtung zu konzentrieren. Immer wieder irrte sein Blick über das angespannte Gesicht dieser schönen Frau; ihre Nähe ließ siedende Erregung in ihm aufsteigen.

Gerade noch rechtzeitig sah er, wie Bewegung in den kaum mannshohen Kiefern entstand. Er berührte ihre Schulter, schob den Gewehrlauf lautlos durch den Sehschlitz.

Sie nickte verstehend, tat es ihm nach und wurde von fieberhafter Spannung erfaßt; den Finger hatte sie bereits am Abzug.

Fast lautlos traten zwei Muttertiere, gefolgt von diesjährigen Kitzen, aus dem grünen Dickicht, verharrten witternd, die schlanken Hälse gestreckt, die Lauscher spielend, ehe sie vollends auf die Lichtung heraustraten, und auch schon zu äsen begannen.

Zaghaft, die Luft immer wieder mit den schwarzglänzenden Nüstern prüfend, folgten nun drei Schmaltiere. Und dann erst trat er aus der Schonung. Ein starker Bock mit sechssprossigem Gehörn, an den Rosen dick beperlt.

Es schien, als äugte er geradewegs in ihre Richtung, als er reglos verharrte.

Aber da krachte auch schon der Schuß. Noch während Bettina vom Rückstoß etwas nach hinten geworfen wurde, brach der Bock, soeben noch im Sprung begriffen, zusammen. Und in panischer Flucht stob das Rudel auseinander, jagte in langen Sätzen dem schützenden Dickicht zu, indes ihrem Gebieter die schönen, dunklen Lichter brachen.

„Waidmanns Heil! Ich gratulier, Frau von Mehlen! Ein guter, sauberer Schuß!" rief nun der Jäger begeistert, aber auch erleichtert aus, streckte ihr seine Hand entgegen.

In ihrer Freude, ihrem Stolz, den Bock so waidgerecht getroffen zu haben, im Überschwang ihrer Erregung, fiel sie ihm um den Hals, lachte ebenfalls befreit und glücklich. „Waidmanns Dank!" antwortete sie, ehe sie ihn losließ und aufsprang.

Doch diese Umarmung, die nichts weiter bedeutete, sie hatte nur einer spontanen Regung nachgegeben, brachte den Steff vollends aus dem Gleichgewicht; sein Blut und sein Herz standen schier in Flammen.

Als er ihr dann den Bruch reichte, konnte er sich kaum beherrschen, sie nicht in die Arme zu reißen, ihren lachenden Mund stürmisch zu küssen.

Plötzlich entdeckte auch sie dieses verräterische Glimmen in seinen Augen, das mehr verriet als nur die Freude an der erfolgreichen Pirsch. Aber auch sie war losgelöst von allen Konventionen; und was wäre denn solch ein Erfolg ohne Bewunderung? Sie war eine Frau und Stimmungen unterworfen, und nun herrschte eine Stimmung, die aufregend und zugleich ungezwungen war; eine Atmosphäre, die sie vieles abstreifen und vergessen ließ. Sie wurde wieder zu einem übermütigen, jungen Geschöpf, das sich an ihrem Dasein freute, das sein Leben genoß.

Und so war es auch zu verstehen, daß sie seinen Blick mit geradezu unbeschwerter Herausforderung erwiderte, als sie sich den grünen Bruch, dessen Nadelspitzen in den dunkelroten Schweiß des erlegten Tieres getaucht waren, ansteckte.

Während er nun die Läufe des Rehbocks zusammenband, ihn schulterte, nahm die Dämmerung rasch zu; hier im Wald herrschte bereits Zwielicht.

„Steff, Sie müssen mir die Freude machen und auf diesen geglückten Schuß ein Glas mit mir trinken!" strahlte sie ihn mit echter Herzlichkeit an.

Dies ermunterte ihn zu dem etwas zweideutigen Einwand: „Ihnen könnt ich eh rein gar nix abschlagen; wirklich gar nix!" Dabei wagte er einen neuerlichen tiefen Blick in ihre vor Freude sprühenden Augen.

Bettina von Mehlen war keineswegs so naiv, um nicht zu wissen, wohin dieses so erregende, ja belebende Spiel steuerte. Die Entschuldigung dafür hatte sie schon parat: Ihr Mann brauchte nur nachzukommen; nichts weiter würde geschehen!

Nur Steffs gute Vorsätze waren reinweg allesamt beim Teufel. In ihm war nur noch der Wunsch, diese Frau in seinen Armen halten zu dürfen. Er hätte viel, alles drum gegeben, mit ihr nur eine einzige Nacht zu verbringen.

Da es sich unter seiner schweren Last des Rehbocks ohnehin verbot, viel zu reden, konnte er sich ungeniert seinen schwülen Gedanken und Überlegungen hingeben, während die Baronin munter drauflos plauderte, ohne Antwort zu erwarten.

Als sie in die Jagdhütte zurückkamen, Frau Martha das Wildbret sah, war auch sie völlig aus dem Häuschen, konnte ihre Frau Baronin gar nicht genug bewundern und beglückwünschen. Auch das trug noch zur Hebung der glücklichen und ausgelassenen Stimmung bei.

Und dann kam natürlich die obligatorische Flasche, um auf diesen Meisterschuß anzustoßen.

Zur selben Zeit passierte drüben, in den Wildbachalmen, ein kleines, aber schmerzhaftes Malheur.

„Jessas, Jessas, naa, daß mir das jetzt noch g'schehen muß", jammerte und greinte die Lies, während die Hanni sie mehr schleifte als trug, um sie mit dem verletzten Bein in die Hütte zu transportieren.

Das alte Weibl war auf dem unebenen Grasboden in eine Vertiefung getappt, hatte sich dabei den Fuß verstaucht. Die rasenden Schmerzen im Knöchel trieben ihr die Tränen aus den Augen.

Als es das Madl endlich geschafft hatte, die immer noch laut vor sich hin zeternde Lies in die Stube und auf die Bank zu zerren, fragte es verstört: „Heiland, was sollen wir denn jetzt grad anfangen? Du brauchst schnellstens Hilf . . ."

„Ich brauch schnellsten einen Enzian", fiel ihr die Alte

ins Wort. „Mach rasch, eh mir schlecht wird!" Dabei streifte sie den wollenen Strumpf vom schmerzenden Knöchel, der bereits anschwoll, sich blaurot verfärbte.

„Jessas, Maria und Josef, den hast dir gebrochen", entfuhr es der Hanni, als sie ihr das steinernde Krugel in die Hand drückte.

„Ach was, Schmarrn! Verstaucht ist er halt." Sie setzte die Steinflasche an die Lippen, nahm etliche kräftige Schluck des scharfen Gebräus und schnappte nach Luft. „Ah, aber das hilft", schnaufte sie mit wässrigen Äuglein auf. „Mir wird schon viel besser."

„Wir müssen was drauftun, Umschläg machen."

„Ein Pechverband muß her! Der halt alles fest z'samm, treibt die G'schwulst z'ruck."

„Wir haben keinen mehr. Den letzten haben wir der Kalbin um den kranken Haxen gebunden. Ich renn schnell zum Pauli ummi . . ."

„Nix da, kommt gar net in Frage. Von dem brauch ich nix, will auch nixn. Richt eine Schüssel mit eiskaltem Essigwasser her und etliches Leinenzeug, nachher wird's schon werden!"

Anfangs kühlte zwar der Umschlag, doch der Schmerz kam mit unverminderter Stärke zurück.

Nachdem sich die Lies zum drittenmal aus der Krugel gestärkt, respektive etwas betäubt hatte, meinte sie kleinlaut: „Wennst mir vielleicht doch zum Steff in die Hütt'n auffilaufen tätst. Er hat g'wiß was, auch gegen den Wehdam."

Die Hanni nickte nur, riß sich die Arbeitsschürze herunter und sah im Hinausgehen gerade noch, wie die Lies erneut nach der Steinflasche griff.

Es wurde nun schon finster, und vernünftiger wäre es gewesen, in der Ropfenalm, beim Pauli, um Hilfe zu fragen. Doch zum einen war die Lies dagegen, hätte schon aus purem Eigensinn gar nichts angenommen, und zum anderen war dies die Gelegenheit, die Baronin in Augenschein zu nehmen; die Eifersucht ließ ihr keine ruhige Minute mehr.

So behende wie eine von Paulis Geißen kletterte sie den steilen Latschenhang hinauf, über scharfes Geröll. Bis sie die Jagdhütte vor sich liegen sah, die hellerleuchteten Fenster, war es stockdunkel geworden. Doch nun war es nur noch ein Katzensprüngl bis zur Baumgrenze hinunter.

Als die Pointner-Hanni auf das große Blockhaus zuging, wurden ihre Schritte auf einmal zögernd, wollte ihr Mut sie verlassen. Ehe sie jedoch anklopfte, trat sie an eines der Fenster, spähte hinein. Was sie sah, ließ ihr schier den Herzschlag stocken. Sie machte sofort kehrt, stolperte mit tränenblinden Augen zurück in die Nacht.

Doch dieses Bild hatte sie immer noch vor Augen, es ließ sich nicht verdrängen: Der Steff hielt diese fremde Frau in seinen Armen, küßte sie.

Sie begann zu laufen, rannte, bis ihr der Atem ausging, sie verschnaufend stehen bleiben mußte. Und plötzlich wischte sie sich mit dem Handrücken trotzig über die Augen, wandelte sich dieser wilde Schmerz in ihr in Erbitterung, gemischt mit Stolz. Sie hätte nicht die Pointner-Hanni sein müssen, wenn sie so einem auch nur noch eine einzige Träne nachweinte!

Was ihr ein wenig half und sie tröstete, war die Einsicht, daß sie schon während der letzten Zeit auf einiges gekommen war, was ihr nicht gefallen hatte. Viele hatten sie gewarnt, doch sie hielt sich für klüger, wollte nicht einsehen, daß man einen leichtlebigen Menschen nicht änderte. Sie hatte es halt wissen wollen. Und nun wußte sie es!

Mit einem, wenn auch noch ein bißl kläglichen: „Lieber der erst Verdruß wie der letzt!" setzte sie ihren Weg fort; die Lies wartete auf Hilfe.

Jessas, was sollte sie ihr denn sagen? Um nichts in der Welt wollte sie zugeben, was sie gesehen hatte. Nun würde sie halt doch zum Pauli . . .

Da sah sie plötzlich unter sich das Aufzucken eines Lichtscheins, der sich schwankend bergauf, auf sie zubewegte. „Alle guten Geister stehen mir bei!" entfuhr es ihr erschreckt, während sie auf das sonderbar schaukelnde, hüpfende Licht starrte. Schon wollte sie einen Bogen schlagen, davonrennen, als eine Gestalt auftauchte, sie den Hahnbichler-Hubert erkannte. Ein Aufatmen hob ihre Brust.

„Wo willst denn du mit der Latern hin?" rief sie ihm zu.

Daraufhin kam es knapp zurück: „Dir entgegen."

„Mir? Woher weißt . . .?"

Nun erklärte er, daß er sich um die Lies gekümmert, ihr einen Verband angelegt und sie in ihre Kammer gebracht hatte.

Er hatte diesen Unfall vom Ropfen-Pauli erfahren, der den Ausrutscher seiner Nachbarin beobachtet hatte. „Und da hab ich halt nachgeschaut, wie's geht, ob man vielleicht daheim Bescheid sagen sollt. Es ist aber nix gebrochen."

„Gott sei Dank! Denn ich hab nix mitbracht." Etwas zerquält fügte sie hinzu: „Es ist niemand daheim gewesen."

„Gspaßig, daß um so eine Zeit keiner . . ."

„Nachher geht's ihr also besser?!" fiel sie ihm hastig ins Wort. „Es wär gar net notwendig gewesen, daß du mir entgegengehst", fügte sie hinzu, und dabei tat es doch gut, wenn jemand sich um sie sorgte, zumal es in einer so ruhigen, selbstverständlichen Art geschah, die so gar nichts Aufdringliches hatte.

„Wie leicht kann eins im Finstern ausrutschen und liegt nachher hilflos da“, erwiderte er nur.

„Da muß ich dir also jetzt vergelt's Gott sagen; auch daß du dich um die Lies angenommen hast“, wandte sie halb verlegen und doch spröde ein.

„Deswegen hab ich's net getan!“

Im Weitergehen fragte sie, woher er das Verbandszeug gehabt habe.

„No, vom Pauli halt.“ Mit einem leisen Lachen fuhr er fort: „Sie hat zwar g'faucht und gezetert wie ein Drachen, aber ich hab's glattweg überhört. Und hernach, wie ihr leichter gewesen ist, ist sie doch ganz handsam geworden.“

Der Abstieg nahm nun ihre ganze Aufmerksamkeit in Anspruch, so daß sich eine weitere Unterhaltung von selber verbot.

Der Jäger begleitete sie bis vor die Almhütte, und als er sich von ihr verabschiedete, bemerkte er noch einmal: „Also merkwürdig ist es schon, daß du in der Jagdhütten vom Baron keinen angetroffen hast. Es wird doch nix passiert . . .?“

„Naa, naa, g'wiß net. Was soll denn da schon passieren? Sie werden halt alle mitnander noch ein wengl herumspaziert sein“, stieß sie mit gepreßter Stimme hervor. „Gute Nacht, Hubert! Und nochmals vergelt's Gott für alles!“

Sie kam ihm zwar heute verändert, ein wenig seltsam vor, aber das machte vielleicht ihre Sorge um die Lies. Zwar etwas enttäuscht, daß sie ihn gar nicht erst gefragt hatte, ob er noch ein wengl bleiben wollte, aber doch wieder mit der Überzeugung, daß sie das liebenswerteste Madl war, das er kannte, setzte er seinen Weg fort.

Indes horchte die Hanni an Lies' Kammertür, und als sie das gewohnte pfeifende Schnarchen hörte, fiel ihr ein Stein vom Herzen. Ein wahrer Glücksfall, daß sie ihr heute nicht mehr unter diese wachsamen, scharfen Augen treten mußte. Auch wenn sie sich an ihren Stolz klammerte, der ihr über diesen bitteren Schmerz ein wenig hinweghalf, fühlte sie sich zutiefst verletzt, kostete es sie noch heiße Tränen. Aber sie wollte mit dieser ersten grausamen und so ernüchternden Erfahrung ihres Lebens allein fertig werden.

Die Lies hatte eine ruhige Nacht verbracht, woran gewiß der als schmerzstillend vermeinte Enzian ncht ganz schuldlos gewesen war.

Doch in aller Herrgottsfrüh zeterte sie schon wieder: „Hanni, hilf mir außer aus dem Bett!"

Nun ja, ein lieblicher oder gar aufreizender Anblick war die alte Sennerin in ihrem Bett keiner, mit dem festgezurrten, weißen Kopftüchl, das sie für die Nacht bevorzugte, dem zerknitterten Unterkittel und den wärmenden Bettsocken.

„Hat dich der Hubert auch so gesehen?" rutschte es der Hanni mit einem versteckten Schmunzeln heraus.

„Ah was, Wichtigkeit!" kam es knurrend zurück. „Aber da därfst weit geh'n, bist du wieder so einen hilfsbereiten Menschen triffst." Abfällig setzte sie hinzu, schwang dabei den eingebundenen Fuß vorsichtig auf die Bettkante: „Da könnt eins glatt sterben und verderben, bis von dem Deinigen eine Hilf gekommen wär."

Die Hanni wiederholte ihren Spruch, daß sie niemanden angetroffen hatte, fragte gleich darauf hastig: „Wie geht's denn?"

„Ländler tanzen kann ich freilich net, aber es wird schon werden. Hilf mir jetzt! Ein wengl umeinanderhatschen kann ich alleweil."

Da die Hanni den Starrsinn der Alten kannte, sparte sie sich Widerspruch, half ihr von der mageren Lagerstatt herunter. Sie würde schon Ruh geben, wenn ihr der Wehdam zu groß wurde.

Als die Lies auf dem verstauchten Fuß aufzutreten versuchte, sank sie mit einem leisen Aufächzen aufs Bett zurück, befahl jedoch sofort: „Bring mir den Haselnußernen! Da kann ich mich aufstützen und kann den Haxen schonen."

Also machte sich die Hanni wortlos auf die Suche nach dem festen Haselnußstecken und brachte ihn ihrer störrischen Begleiterin.

Und wirklich schleppte sich das alte, aber ungemein zähe Weibl, auf den Stecken gestützt, hinaus in die Stube; war aber schnell froh ums Niedersitzen.

„Meinst net, daß doch was gebroch . . .?"

„Blödsinn! Der Hubert sagt, da ist nix gebrochen", kam es unwirsch zurück.

„Er kann auch net einischauen und ist kein Dokter."

„Wer ein richtiger Jager ist, der versteht sich auf solchene Sachen", wurde sie schnell und streng belehrt.

Da drangen plötzlich schaurige Töne, ein kreischender Singsang, der sich in den Wänden brach, durchs geöffnete Fenster.

„Jessas, da droben muß einer den Verstand verloren haben", entfuhr es der Hanni, und sie ging ans Fenster. „Heiland, der da droben, in der Wildmandlschlucht, das muß der Pauli sein!"

Es konnte nur der alte Senn sein, der da die lange Sandrinne, die sich aus dem tiefen Einschnitt der Wildmandlwand ergoß, hinaufmühte, dabei sang und johlte, und unter seinen Tritten Steinlawinen zum Abgehen brachte. „Meiner Seel, jetzt ist er übergeschnappt!"

In dieses aus der Höhe herunterhallende Gekreisch mischte sich nun das glucksende Lachen der Lies. „So ein alter Bazi!" Dies hatte beinahe liebevoll geklungen, vergaß sogar ihr Lieblingswort Paulis etwas strengen Geruch betreffend. „Der ist alles andere als übergeschnappt. Der weiß genau, was er tut, auch wenn ihm gar net nach Singen und Jodeln zumut ist. – Naa, naa, naa, ist dir das ein hinterdruckter Loder!"

„Warum?" kam es verständnislos zurück.

„Schwören trau ich mir, daß da droben jetzt einer hockt, der vor lauter Wut kocht". Dazu lachte sie schadenfroh. „Dem wird dem Pauli seine lustige Treibjagd net schmecken. Und ein Spitzbub will ich sein, wenn sich da heut im Steff seinem Revier noch ein Schwanzl blicken laßt."

„Du meinst, er vergrämt ihm den alten Gamsbock?"

„Aber schön sauber. Er hat den Bock g'wiß ausgemacht und schreckt ihn mit seiner Singerei am Herüberwechseln." Sie hieb sich mit der flachen Hand auf das spitzige Knie und fügte mit boshaftem Kichern hinzu: „Ich gäb was drum, wenn ich jetzt dem Pfaffinger sein G'sicht sehen könnt."

Dieses Gesicht sah bei dem schrillen Gsangl des Ropfen-Pauli alles andere als erheitert aus. Das hatte ihm jetzt gerade noch gefehlt!

Man hatte sich an diesem Morgen etwas Zeit gelassen, ehe man sich auf die Pirsch machte. Beide waren sie nach diesem langen Abend ziemlich verkatert; und das nicht nur, was den schweren Kopf anbelangte, auch inwendig, moralisch.

Mit der Ernüchterung war ihnen klar geworden, wozu sie sich beinahe hatten hinreißen lassen. Es war besonders Bettina, die von heftigen Gewissensbissen geplagt wurde, sich vor sich selber schämte. Und so hatte man sich recht einsilbig und befangen auf den Pirschgang gemacht, war gemächlich zur Wildmandlschneid hinaufgestiegen.

Da sang und kreischte es plötzlich vom Rotwandkar herüber:

„Hejuche, droben auf der Roten-Wand,
hejuche, hab ich an Jager gspannt!
Hejuche, der auf mich aberzahnt,
hejuche, droben von der Wand!"

Der Steff sprang auf, stieß all seinem Zorn und seiner Verstimmung Luft machend hervor: „Den Kragen sollte man ihm umdrehen. Ich könnt ihn glatt abipelzen, diesn alten Deppen."

Sich unvermittelt vom Felsbrocken erhebend, auf dem sie mit verschlossener Miene gesessen hatte, meinte seine Begleiterin knapp: „Ich geh zurück. Bei diesem Gejohl und Geschrei hat das doch keinen Sinn mehr."

„Soll ich mitkommen?" fragte er ohne rechte Begeisterung. Als sie den Kopf schüttelte, setzte er grimmig hinzu: „Dann kauf ich mir inzwischen den Alten. Ich laß mir doch von dem den Bock net vergrämen, die ganze Pirsch verhunzen." Etwas beherrschter, einlenkend, rief er ihr noch nach: „Aber bittschön aufpassen!" Seit dem Morgen hatte er noch keine persönliche Anrede gebraucht, hatte es vermieden, sie mit dem vertrauten Du oder dem distanzierten Sie anzusprechen. Er war sich nun sicher, daß es ihr lieber war, so zu tun, als wäre nie etwas geschehen.

Während die Baronin den schmalen Steig benutzte,

stieg er den Steilhang, der mit Krüppelkiefern und Almrauschstauden bewachsen war, fast senkrecht hinab, hielt geradewegs auf die Almen zu. Er wollte im Pointner-Kaser warten, bis der Pauli seinen lärmenden Morgenspaziergang beendet hatte, ebenfalls herunterkam.

Als er über das tauglitzernde, wie mit Glasperlen bestreute Almfeld auf die Sennhütte zuschritt, trat die Hanni heraus, machte sich am Brunnen zu schaffen.

Daß das Gejohle, das eben noch vom Gewänd widergehallt war, verstummte, fiel ihm nicht auf. Beim Anblick des Madls drückte ihn doch das Gewissen. Doch er tröstete sich rasch mit einem: Was sie net weiß, macht sie net heiß!

Verwundert stellte die Hanni fest, wie gelassen sie blieb, als sie den Steff auf sich zukommen sah. Nur einen kurzen Augenblick lang erschien wieder dieses Bild vor ihren Augen, das sie durchs Fenster gesehen hatte.

„Guten Morgen, Herzerl!“ rief er ihr zu, ehe er, von neuem erzürnt, über seine Schulter wies und fragte: „Hast ihn auch g'hört, den Damischen?“

„Was willst?“ fiel sie ihm spöttisch ins Wort. „Jeder kann singen, so laut er mag und wo er mag.“

„Aber net in meinem Revier, wenn er mir das Wild verschreckt“, wandte er gereizt – und noch immer ahnungslos – ein.

„Was heißt denn: mein Revier? Soviel ich weiß, hat ein jeder das Recht hinzugehen, wo er mag. Die Berg gehören, wenigstens bis jetzt, allweil noch jedem. Auch wenn das ein paar net paßt, die glauben, daß sie sich alles . . .“

„Jessas, was ist denn in dich gefahren? Warum bist denn gar so grantig heut?“

Ein harter Glanz lag in ihren Augen, als sie schneidend erwiderte: „Daß du dir überhaupts noch zu fragen traust? Wir zwei sind fertig mitnander, daß du's gleich weißt."

„Aber Herzl . . ." brachte er unsicher hervor, überlegte fieberhaft, ob und woher sie etwas wissen konnte.

„Ich bin net dein Herzl, das merkst dir! Das kannst von mir aus zu deinem Flintenweib sagen, zu deiner sauberen Baronin, wo ich bloß sag: pfui Teife!"

„Jetzt will ich aber schon wissen, wie du . . .?"

„Du hast durchaus kein Recht, daß du dich jetzt auch noch aufmanndelst", schnitt sie ihm eiskalt das Wort ab. „Deine Lügen kannst dir dersparen, ich weiß es besser. Gestern hätt ich deine Hilf braucht . . . Aber zum Glück gibt's auch noch andere wie dich. Der Hubert hat net lang gewartet . . ."

„Aha, daher weht der Wind!" entfuhr es ihm. „Darauf hätt' ich auch selber kommen können, daß der umeinanderspekuliert und dann nix Eiligers zu tun hat, als dir die Ohren vollzublasen. Aber wart, diesen falschen Hund kauf ich mir!" Ohne eine Erwiderung abzuwarten, machte er kehrt und rannte auch schon mit langen Schritten das Almfeld hinunter.

Mit diesem Feinspinner, der ihm in die Quere kommen wollte, würde er abrechnen.

Auch der Hahnbichler-Hubert hatte das unverfrorene Störmanöver des Ropfen-Pauli beobachtet. Selbst jetzt noch, er kochte sich in seiner Hütte ein verspätetes Frühstück, schmunzelte er vergnügt vor sich hin.

Diese einfache Jagdhütte hatte man errichtet, um sich den weiten Weg vom Tal herauf zu ersparen; viel Bequemlichkeit gab es hier nicht. Er selber hauste hier nur jeweils etliche Tage, wenn die Jagd im Herbst aufging, dann ging's ohnehin wieder ins tiefer gelegene Revier.

Da er beim ersten Tagesgrauen aufgebrochen war,

spürte er jetzt einen anständigen Kohldampf und schlug sich ein halbes Dutzend Eier in die Eisenpfanne, in der bereits etliche Speckscheiben bruzzelten. Wer soviel auf den Beinen, in der frischen Luft war, brauchte ein kräftiges Essen.

Da wurde die Tür plötzlich aufgestoßen, und der Pfaffinger-Steff kam hereingerumpelt, heiße Wut in den Augen. Grußlos ging er zum Angriff über, stieß heiser hervor: „Ich möcht mich bei dir bedanken, daß du mich bei der Hanni so wieselflink verpfiffen hast. Aber bild dir nur ja keine Schwachheiten ein, daß du dich hinterrucks an sie heranmachen kannst. Denn mit dir, da werd ich schon fertig!" Damit versuchte er, sich auf den verblüfften Jäger zu stürzen.

Der Hubert verzichtete darauf, erst lange zu fragen, was dieser Überfall bedeuten sollte, denn er hatte nicht vor, sich den Buckel volldreschen zu lassen. Fragen konnte er nachher alleweil noch, und drum langte er jetzt lieber blitzschnell hin.

Er hatte den Steff am Hemdkragen gepackt und schleuderte ihn durch die Stube, daß er rücklings auf der brettharten Liegestatt landete.

Rasend vor Zorn zischte ihm der Pfaffinger zu: „Dir zeig ich's!" Er schnellte auf, sprang seinen Widersacher erneut an. Aber schon wurde er wieder auf den Kreister geworfen. Noch ehe er einen neuerlichen Versuch machen konnte, fühlte er sich hochgerissen und zur Tür gezerrt. Mit einem gewaltigen Stoß wurde er aus der Hütte hinausbefördert, so daß er hart auf dem Waldboden landete.

Sich die Hände an seiner Hose abwischend, rief ihm der Hubert noch zu: „Wennst noch was auf dem Herzen hast, brauchst es bloß sagen. Aber eins schwör ich dir,

Brüderl, beim naxtenmal kommst net so glimpflich davon. Und jetzt schaust, daß du in dein Revier ummikimmst!“ Rief's und schlug die Tür krachend hinter sich zu.

„Jetzt sind mir meine Ochsenaugen auch verbrennt“, fluchte er leise vor sich hin, als kohlschwarzer Rauch aus der Pfanne stieg.

Ein wahres Glück, daß sich der Steff inzwischen aufgerappelt hatte, denn soeben wurde die Tür noch einmal geöffnet und mit kraftvollem Schwung ergoß sich der schwärzliche, fettriefende Inhalt der Pfanne ins Freie, haarscharf an ihm vorbei.

Als sich der Hubert nun ein weiteres halbes Dutzend Eier in die Pfanne schlug, dachte er über diesen Vorfall eingehender nach. Vielleicht hätte er den Steff doch lieber vorher fragen sollen? Denn jetzt war's wohl zu spät dazu. Aber allzu schwierig war es nicht, sich den wahren Sachverhalt zusammenzureimen, was ihn zu der Ansicht ermunterte, daß seine Aktien bei der Pointner-Hanni am Ende doch gar nicht so schlecht standen.

Zur selben Zeit marschierte der Pfaffinger-Steff fuchsteufelswild bergauf, seiner noblen Jagdhütte zu. Er hatte das dumpfe Gefühl, momentan unter keinem günstigen Stern zu stehen. Vorerst mußte er sich jedoch mit dem grimmigen Wunsch begnügen, es dem Hahnbichler, diesem windigen Staatsjäger, schon noch einzutränken; ungestraft hatte der ihn hinausgeschmissen! Und bei der Hanni, da kam er ihm schon gleich gar nicht zuvor. Das wollte er schnell wieder einrenken, sobald er etwas mehr Zeit hatte. Das wäre ja gelacht!

Am meisten wurmte ihn aber der Ausrutscher bei seiner schönen Frau Baronin. Doch woher sollte ein zwar schneidiger und strammer Naturbursch wie er auch wissen, wann es so eine ernst meinte? Obgleich er nun wahrhaftig kein heuriger Has war, auf reiche Erfahrung zurückgreifen konnte, kannte er sich mit derlei Damen nicht aus. Außerdem, und das ließ er sich nicht nehmen, hatte es auch ihr nicht schlecht gefallen. Er hätte halt abwarten sollen, anstatt sich hinreißen zu lassen . . .

Diese Scharte mußte er auswetzen, und nichts konnte ihn in ihrer Gunst wieder schneller steigen lassen, als eine erfolgreiche Pirsch auf den weißen Gamsbock.

Es war gegen Mittag, als der Steff in der Jagdhütte aufkreuzte, Frau Bettina von Mehlen ihn mit einem etwas unterkühlten: „Na, haben S' dem alten Störenfried ordentlich Bescheid gesagt?" empfing.

„Der hat sich leider gar nirgends sehen lassen", erwiderte er überzeugend, zog sich verstohlen den Janker über das an der Brust auseinanderklaffende Hemd, an dem etliche Knöpfe fehlten. „Aber ich hätt schon einen Plan, Frau Baronin, wie uns der Bock g'wiß net entgeht."

Den Anflug seines spitzbübischen Schmunzelns übersehend, entgegnete sie knapp: „Da bin ich aber gespannt."

Und nun legte sich der Steff ins Zeug, erklärte ihr sein Vorhaben, das weniger jägerisches Können als vielmehr beharrliche Ausdauer erforderte, um sofort parat zu sein, sobald der Gamsbock in ihr Revier herüberwechselte. Denn, so plante er, immer konnte der Pauli mit seiner Katzenmusik auch nicht zur Stelle sein. „Bloß, Frau Baronin, wenn er uns das noch etlichemal so betreibt, nachher hat er's g'schafft, dieser damische alte Spinner, und den Bock kriegt für ein Zeitl keiner mehr zu G'sicht, er ist wie vom Erdboden verschwunden."

„Und wie wollen S' denn das verhindern?"

„Nimmer länger herwarten! Wir dürfen alle zwei, dem Bock und dem Pauli, keine Zeit nimmer lassen für ihre Fopperei. Drum wär halt mein Vorschlag, wenn wir heut noch einmal . . ."

„Sie glauben doch nicht, daß der Gamsbock heut noch einmal auftaucht?"

„Vielleicht doch, Frau Baronin. Und vielleicht rechnet der Pauli auch net damit, daß wir uns noch einmal die Müh machen. Wenn's sein muß – und Ihnen liegt wirklich so viel an dem Bock –, könnten wir im Kar droben übernachten, sind mit dem ersten Büchsenlicht schon mitten im Revier. Da müßt's doch mit dem Leibhaftigen zugehen, wenn uns der Alte diesmal auskommt."

Da brauchte es keine weitere Überredungskunst mehr, sie stimmte sofort zu. „Ich hab's meinem Schwiegervater versprochen, daß ich ihm diese Trophäe bring. Ich möcht' ihn nicht enttäuschen."

Noch in der Hitze des frühen Nachmittags verließen der Pfaffinger und die junge Baronin von Mehlen, beide mit hochbepackten Rucksäcken, die Jagdhütte.

Drunten in den Wildbachalmen bemerkte niemand, daß sie über ihnen in die Wildmandl-Wand einstiegen, sich immer westlich hielten, bis sie zu einem schmalen Felsplateau unterm Sattel kamen. von hier aus hatten sie das Halbrund der Gipfel und Wände vor sich, konnten hineinsehen, wie in eine gewaltige, überdimensionale Arena. Mit einem guten Fernglas und der nötigen Aufmerksamkeit entging ihnen kaum etwas. Doch jetzt hieß es warten.

Als man es sich hinter einem mageren Latschengebüsch, das halbwegs Deckung gab, etwas bequem gemacht hatte, raunte der Jäger, während er die Umgebung mit dem Glas absuchte: „Sobald er über der Wildbachschlucht herüber ist, gehört er uns. Wichtig ist vor allem, Frau Baronin, daß er net von der Wand herausgeschossen wird. Net daß er sich irgendwo auf Nimmerwiedersehn derfallt, wo man ihn nimmer findet. Da heißt's halt, Nerven behalten und abwarten, bis er günstig steht. Aber das wissen S' ja eh selber . . ."

„Vorausgesetzt, er läßt sich überhaupt noch blicken, nach dem Spektakel heut früh", konnte sie sich nicht beherrschen, zweifelnd einzuwenden.

„No ja, könnt schon sein. Wenn er bis morgen in der Früh net auftaucht, nachher kriegt ihn für etliche Zeit keiner mehr zu G'sicht. Ich kenn ihn."

Genau darauf hoffte auch der Ropfen-Pauli. Trotzdem wollte er gegen den Abend hin, wenn das Wild auszog, wieder seine eigene lärmende Treibjagd abhalten. Es müßte schon mit dem Teufel zugehen, wenn man ein so scheues Wild damit nicht in die Flucht schlagen konnte!

Dieser wunderliche alte Senn war wie besessen von dem Gedanken, diesen Gamsbock, ein letzter Inbegriff der freien Natur, der Berge, vor dem Zugriff des Menschen zu retten. Er kümmerte sich wenig um Sagen und Legenden, die seit Urzeit die Phantasie, aber auch die Habgier der Menschen beschäftigten. Er sah und verstand jedoch soviel, daß die Welt zusehends ärmer wurde an vielem, was schön und kostbar war. Das konnte der Herrgott nicht gemeint haben, mit dem Satz in der Heiligen Schrift, der da heißt: Macht Euch die Erde untertan?!

Der Pauli hatte die Scharte, die Wildbachschlucht, kaum aus den Augen gelassen, jedoch den Hängen zum Wildmandl hinauf keine sonderliche Aufmerksamkeit geschenkt. Um diese Zeit, noch so früh am Nachmittag, traf man schwerlich einen Jäger an; schon gar nicht nach einer so anstrengenden Frühpirsch. Denn auch das Wild hielt sich noch in seinen Unterständen auf, wartete den Abend ab.

Doch selbst der Pauli hatte nicht mit der Unbekümmertheit des Alten gerechnet. Vielleicht gab es drüberhalb der Schlucht ein paar besonders anziehende Geißen, denen er nicht widerstehen konnte, die er nun in der beginnenden Zeit des Treibens seinem Rudel noch einverleiben wollte. Denn noch ehe die abendliche Kühle einsetzte, stolzierte der Gamsbock, hoch über den Almen, gravitätisch dem tiefeingeschnittenen Kar zu; der Grenze zwischen den beiden Jagdrevieren.

Es brauchte schon die scharfen Habichtsaugen des Pauli, um den hellen, silbergrauen Punkt hoch droben im Gewänd auszumachen. Und er wußte sofort, was sich da auf die Wildbachschlucht zu bewegte.

Lieber Herrgott, er därf net ins andere Revier! durchfuhr es ihn siedendheiß. Gleichzeitig sah er ein, wie wenig er von hier unten ausrichten konnte, um diesen Vorwitzigen zum Umkehren zu zwingen.

Er mußte da hinauf, so schnell wie möglich, mußte ihm seinen Weg abschneiden!

Mit einer ungeheureren Behendigkeit begann dieser fast siebzigjährige Senn das Kar, das gleich hinter seiner Hütte steil anstieg, senkrecht, fast in der Geraden, hinaufzuklimmen.

Doch der Uralte war schier himmelweit über ihm und bewegte sich mit geradezu tödlicher Sicherheit aufs Kar, die tiefe Schrunde des Wildbachs zu.

Der Pauli hetzte und keuchte, zog sich an zähem Gesträuch hinauf, wenn seine Füße den Halt auf lockerem Gestein verloren. Bald hämmerte und dröhnte das Blut in seinen Ohren, rann ihm der Schweiß brennend in die

Augen. Er kannte nur den einen Gedanken: Er mußte den Alten da droben zum Umkehren zwingen. Aber er kam so verzweifelt langsam vorwärts; er war nur ein Mensch und keine Gams.

Da begann der alte Ropfen-Pauli in seiner Verzweiflung plötzlich mit brüchiger, heiserer Stimme zu singen und zu jodeln, so laut er nur konnte.

Droben verharrte der Gamsbock, schaute wie indigniert auf diesen Störenfried hinab und begann dann, anstatt wie erwartet kehrtzumachen, in langen, mächtigen Sätzen auf die Schlucht zuzujagen, war bald im schattigen Kar verschwunden.

Jetzt hatte er den Alten ins andere Revier getrieben! Vielleicht gelang es ihm noch, wenn der Bock so gescheit war, einige Zeit in der Schlucht verharrte, wartete, bis die Luft rein war, ihn einzuholen, zu umgehen und wieder zurückzuscheuchen?

Doch mit diesem Gejohle waren auch andere aufmerksam geworden.

Wie gebannt starrten der Pfaffinger und die Baronin durch ihre Ferngläser, warteten voller Spannung darauf, daß der Gamsbock nun irgendwo diesseits der Schlucht auftauchen würde.

Während Bettina von Mehlen mit der Linken das Glas an den Augen hielt, tastete sie bereits mit der Rechten nach ihrem Gewehr, zog es auf ihre Knie.

„'zefix, er muß doch irgendwo kommen!" preßte der Steff mit leiser, vor Erregung rauher Stimme hervor, suchte über dem scharfen Grat der Schlucht jeden Fleck, jede Staude ab.

Er war anscheinend zu aufgeregt, war nur noch Jäger, als daß er auf seine Begleiterin geachtet hätte, wartete mit fiebernder Ungeduld auf das Erscheinen des Grauen.

Und plötzlich kam er, dieser Uralte, immer noch mit kraftvollen Sätzen vorwärtsjagend. Was er beabsichtigte, verstand sich von selbst: Er wollte über den Grat hinüber, wo Sicherheit für ihn war. Aber noch mußte er einen freien Hang überqueren, und dort würde er ein prächtiges Ziel abgeben.

Aber da krachte der Schuß; zu früh abgegeben, in der Ungeduld wohl auch zu ungenau berechnet und gezielt.

Duch das scharfe Glas beobachtete der Steff den Schuß, die Kugel hatte den Gamsbock nur am rechten Hinterlauf getroffen.

Der Uralte knickte im Sprung ein, brach zusammen, versuchte sich aufzuraffen, kam jedoch in der steilen Wand zum Abrutschen und sauste hinab, direkt auf eine mit Latschen bewachsene Felsnase zu, die sich über die Schlucht hinausstreckte. Er fiel in dieses Gestrüpp, das seinen Sturz in die Tiefe bremste. Doch dort mußte er sich unglücklicherweise verfangen haben, denn nichts rührte sich mehr.

„Himmiherrgott, warum haben S' denn net warten können?" entfuhr es dem Steff unbeherrscht. „Angeschweißt haben S' ihn! Und jetzt liegt er dort drunten mit einem zerschossenen Hinterlauf, wo keiner dazu kann. Bluatssauerei!"

„Was erlauben Sie sich! Schließlich sind Sie der Jäger, hätten wissen müssen, wie ungünstig von hier aus . . ."

„Kann ich was dafür, wenn Sie's net derwarten können?" fiel er ihr respektlos ins Wort, wohl wissend, daß Angriff die beste Verteidigung ist.

Und sie ließ sich in ihrer Verwirrung tatsächlich einschüchtern, murmelte ein kaum vernehmbares: „Es tut mir ja selber leid."

„Das hilft jetzt viel!" knurrte er, hob das Glas erneut an

die Augen, beobachtete den latschenbewachsenen Felsvorsprung.

Sie tat es ihm gleich, fragte: „Gibt's denn keine Möglichkeit, daß wir . . .?"

„Ausgeschlossen ohne ein Seil und einen, der sichert."

„Mein Gott, wenn er doch nur da hinunterfallen würde, dann wäre er erlöst."

„Freilich, sonst nix mehr! Nachher hab ich den Schlamassel, wenn Sie ohne das Gewichtl, Ihrene Trophäe . . . Jessas, so schaun S' doch! Was ist denn jetzt das?" stieß er hervor.

Sie sah nur die Latschen, in denen der Gamsbock hilflos über der Tiefe hängen mußte, in den knorrigen, starken Ästen verfangen.

„Da drunten! Sehen S' ihn net, den alten Narren, den Ropfen-Pauli?! Er ist schuld, daß . . ." Hier verschlug es ihm die Sprache, bei dem, was er sah.

Der alte Senn war über den Grat der Schlucht heraufgestiegen, sich an jedem Halt, den er greifen konnte, emporwindend. Er kam dem überhängenden Felsvorsprung, auf dem das verletzte Tier lag, stetig näher.

Was hatte dieser verschrobene Alte vor? Was wollte er bei dem angeschossenen Bock? Herrgott, wenn man doch da nur hinab könnte; irgend etwas tun!

Immer höher schob sich der Pauli an die Felsnase heran, immer weiter zog er sich hinauf, dieser ausgemergelte, verbrauchte Mensch; die Sorge um den verletzten Bock mußte ihm Riesenkräfte verleihen.

Auch Bettina von Mehlen stockte der Atem, als sie die Bemühungen des Alten durchs Glas verfolgte; auch sie fragte sich, was er denn eigentlich beabsichtigte. Was, wenn er abstürzte?

Noch mehr Angst, als daß der Pauli abstürzen könnte,

hatte der Steff vor dem, was geschah, wenn er den Felsvorsprung erreichte. Er konnte den angeschossenen starken und nun gefährlichen Gamsbock nicht mit den bloßen Händen angehen. Was wollte er denn?

Dann war es soweit. Der Pauli hatte es geschafft und jetzt sah man ihn in den Latschen verschwinden.

„Der muß ganz und gar verruckt sein!" murmelte der Jäger.

Was da droben wirklich geschehen war, würde niemand mehr erfahren. Ob der Uralte den Menschen, der als Retter aus seiner Pein gekommen war, angefallen hatte oder ob dies der einzige Ausweg war, den der Ropfen-Pauli sah . . .

Denn plötzlich kam Bewegung in die überhängenden Latschenwipfel, und dann stürzten beide in die Tiefe, hinab in die wildtosende Schlucht.

Die Ahnung, die der alte Senn seit langem mit sich herumgetragen hatte, hatte sich erfüllt. – Wenn's den Alten über die Wänd abireißt, dann ist auch meine Zeit vorbei! –

„Mein Gott, das hab ich nicht gewollt", kam es erschüttert von der Baronin, deren Gesicht aschfahl geworden war. „Nein, das nicht!" Sich jedoch sofort zusammennehmend, stieß sie hervor: „Wir müssen hinunter, vielleicht . . ."

„Da gibt's nix mehr zu helfen", fiel ihr der Steff schroff ins Wort. „Der Alte war nimmer ganz richtig im Kopf. Keiner hat Schuld!"

Und schon flackerte fast so etwas wie Dankbarkeit in ihrem Blick auf, sogar einige Erleichterung.

So tragisch der Ausgang dieser Pirsch auch war, mußte der Pfaffinger-Steff jetzt in erster Linie an sich selber denken, und deshalb schlug er vor: „Ich bring Sie in die Jagdhütt'n zurück, Frau Baronin. Dann fahr ich gleich ins Dorf, meld den Unfall und sag der Bergwacht Bescheid, denn ohne Ausrüstung kann ich allein eh nix ausrichten . . . Sie verstehn?"

Natürlich verstand sie, daß ihr schneidiger Jäger keinen sonderlichen Wert darauf legte, diese gefährliche Bergung eines bis zur Unkenntlichkeit zerschmetterten Toten allein zu übernehmen.

Und bei dieser Vorstellung wurde ihr plötzlich übel, begann sie, nun da der erste Schock nachließ, am ganzen Körper zu zittern.

„Jessas, um Gott's willen, Frau Baronin, was ist Ihnen denn?"

„Es geht gleich wieder. – Aber wir sollten doch lieber den bequemeren Weg zurück nehmen."

Ob es ihm nun paßte oder nicht, der Gang über die Almen blieb ihm nicht erspart. Was ihn dort erwartete, ließ sich leicht denken.

Im Pointner-Kaser war man schon mit Paulis Gejohle, das nur ganz schwach und dünn herunterdrang, aufmerksam geworden, was die Lies zu einem mißbilligenden: „Fangt er jetzt schon mitten am Tag mit seinem Geplärr an", veranlaßte.

Die Hanni saß auf der Bank vor der Hütte, flocht Girlanden aus roten und blauen Kreppapierstreifen für den Almabtrieb. Sie konnte es kaum noch erwarten heimzukommen; heim zu den Eltern und heim ins Tal, wo Betrieb war und Leben. Sie hörte kaum noch hin auf dieses ständige Gebrumm und Gekeife. In ihrem Kopf braute sich etwas zusammen, da hatte sich etwas festgesetzt, etwas Neues und für sie ungeheuer Aufregendes und – davon war sie bereits überzeugt – Wichtiges. Und darüber grübelte sie und dachte angestrengt nach, denn das war eine Entscheidung, die sie selber, für sich ganz allein treffen mußte. Vielleicht die erste, gewiß aber die wichtigste in ihrem bisherigen Leben.

Sie zuckte erschreckt zusammen, als ein Schuß die friedliche Stille zerriß, das Echo von den Wänden zurückrollte, dumpf wiederhallte.

Und schon kam von der Lies, obwohl auch sie erschrocken war, ein verächtliches: „Bagasch übereinander! Alles müssen s' kleinweis niedermachen und ausrotten."

„Ob's den Alten . . .?" Hannis Hände sanken in den Schoß, während sie angestrengt lauschte. „Hörst du noch was? Der Pauli singt nimmer."

„Singen ist gut", kam es mürrisch zurück. Aber nun schlurpte die Lies doch humpelnd hinaus aufs Angerl, hob die Hand an die Augen und spähte zu den Wänden hinauf.

„Siehst du was?"

„Naa, gar nix", damit kam sie wieder zur Hütte zurück, setzte ihre Arbeit fort. Sonderbar war nur, daß sie immer wieder aufhorchte, sehr viel öfter als ansonsten einen Blick zur Nachbaralm hinaufwarf.

Es war etwas mehr als eine Stunde vergangen, als die Lies ausrief: „Jetzt da schau her! Der Steff, und die ander muß die Baronin sein."

Mit einem: „Ich bin auf alle zwei net scharf", raffte die Hanni ihre Girlanden zusammen. Ehe sie in der Hütte verschwand, fügte sie ein hastiges: „Frag du, was sie geschossen haben!" hinzu.

„Gar nixn. Das könnt ich doch sehen, wenn er was dabei hätt."

Daraufhin hob ein erleichtertes Aufatmen Hannis Brust. Ehe sie jedoch die Tür zuzog, sah sie, daß ein anderer den Almgrund heraufkam. Sie legte aber auch auf einen Diskurs mit dem Hahnbichler-Hubert keinen Wert.

Es war dem Pfaffinger lieber, das tragische Geschehen ohne Beisein der Frau Baronin zu erklären, denn er dachte gar nicht daran, irgendwelche Schuld auf sich zu nehmen; was sie aber nicht unbedingt mitzuhören brauchte.

Auch Bettina von Mehlen war noch zu entnervt, um diesen Leuten mit der schrecklichen Nachricht gegenübertreten zu wollen, so daß sie den Vorschlag ihres Jägers, sich hier inzwischen etwas auszuruhen, dankbar annahm, sich ein gutes Stück oberhalb der Pointneralm niedersetzte.

„Gut, daß ich dich treff", rief der Steff seinem Kollegen schon von weitem zu. Die handfeste Auseinandersetzung zwischen ihnen schien vergessen, es war jetzt nicht die Zeit dazu, persönliche Händel auszutragen. Er wartete aber doch, bis er außer Hörweite seiner Begleiterin war, ehe er hastig berichtete: „Es hat ein Unglück gegeben . . ."

Und dies veranlaßte auch die alte Lies, ungeniert zu den beiden zu treten, während ihr ein ahnungsvolles: „Doch net der Pauli?" entfuhr, sich ihre Hände in der Schürze verkrallten.

Viel gab es nicht zu beschönigen, als nun der Steff den grausigen Ablauf des Geschehenen in abgehackten Sätzen schilderte. Er dämpfte seine Stimme etwas, so als fürchtete er gehört zu werden, als er abschließend hinzufügte: „So eine laßt sich halt nix sagen. Schweißt ihn auch noch an", hier schüttelte er wie in grimmigem Zorn den Kopf. „Ich fahr, sobald wir in unserer Hütt'n sind, ins Tal und sag dem Ropfenbauern und der Bergwacht Bescheid."

„Und dem Pointner. Sagst, daß wir nimmer länger herobenbleiben, auf dera Mordalm“, spie ihm die Lies, mit der eine seltsame Veränderung vor sich gegangen war, förmlich ins Gesicht.

„No, no, no . . .“

„Halts Maul und kümmer dich um deine feine Baronin!“ fiel ihm der Hubert mit drohender, verachtungsvoller Stimme ins Wort. „Net daß ich mich diesmal vergeß.“

Der Blick, den die beiden Jäger kreuzten, verhieß nichts Gutes, ehe sich der Steff umwandte, grußlos davonging.

Als er die Baronin erreicht hatte, schrie die Lies plötzlich ein haßerfülltes: „Mörder!“ hinter ihnen her, ehe sie in ein trockenes Schluchzen ausbrach.

Da legte der Hubert seinen Arm um die knochigen Schultern des alten Weibleins und sagte: „Laß gut sein. Es war ein Unfall. Ein Unglück, grausam und doch so unsinnig und unnütz.“

Widerstandslos ließ sich nun die Lies, humpelnd und schwer auf seinen Arm gestützt, in die Hütte führen.

Durchs geöffnete Fenster hatte die Hanni alles mitgehört. Sie schluckte, wischte sich hastig über die Augen, als die beiden nun eintraten. Obgleich es in ihr rebellierte und rumorte, sie ihren Zorn und die Trauer am liebsten laut herausgeweint und hinausgeschrien hätte, blieb sie doch stumm. Es war dieser offensichtlich tiefe und für sie etwas unerwartete Schmerz der Lies, der sie so still werden ließ.

Ein halbes Leben lang war sie die erbitterte Feindin des Ropfen-Pauli gewesen, hatte diese Feindschaft – vielleicht auch bloß aus Langeweile? – gepflegt und künstlich aufrechterhalten, hatte keine Gelegenheit versäumt, ihm eins auszuwischen. Warum auf einmal diese schmerzliche Trauer um diesen sonderbaren Menschen, neben dem sie jahrelang hergelebt hatte?

Irgendwie hatten sie halt doch zusammengehört, waren – trotz des gegenteiligen äußeren Anscheins – zusammengewachsen in vielen Almsommern, waren beide ein Stück Almgeschichte geworden. Vielleicht auch ahnte die alte Sennerin, daß mit diesem Tod und dem Ende des Uralten etwas unwiederbringlich verloren war?

Nein, sie kam nicht dahinter, und doch mußte es da mehr, irgendein Geheimnis gegeben haben.

Da sagte der Hahnbichler unvermittelt: „Wenn's dir hilft, Lies, und weil der Pauli ein guter Freund von mir gewesen ist, einer, den ich geachtet hab, probier ich's jetzt gleich allein, ob ich ihn herausholen kann. Denn vor morgen früh kommt von den andern g'wiß keiner herauf."

„Vergelt's Gott, Hubert!" kam es dankbar zurück.

„Ich muß mir grad noch etliches aus meiner Hütt'n holen", entgegnete er, ließ die beiden Sennerinnen allein.

Und erneut geschah etwas Seltsames mit der alten Lies. Als wäre nun genug getrauert – oder schämte sie sich ihres so offen gezeigten Schmerzes jetzt doch? – stieß sie hervor: „Das ganz Glump kannst wegräumen!" wies dabei auf den Wust bunter Papiergirlanden, der auf dem Tisch lag. Doch so hart, wie sie sich gern gegeben hätte, war sie nicht, denn schon wurde ihre Stimme wieder brüchig, als sie hinzufügte: „Ich hab mir meinen letzten Almabtrieb auch anders . . ." Sie mußte sich wieder schneuzen. „Ich wär jetzt gern ein wengl allein, möcht ihm ein Vaterunser beten, diesem eigensinnigen Narren. – Und wennst du ihm noch einen G'fallen tun willst, nachher kümmerst dich um seine stinkerten", hier konnte sie ein Schluchzen nicht unterdrücken, wischte sich hastig mit dem Handrücken über die Augen, „um seine Goaßen. Sie müssen gmelcht werden und in den Stall . . ."

„Ja, ja, ich geh gleich", versprach die Hanni vorschnell, froh, wenigstens irgend etwas tun zu können. Doch sie brachte die Frage nicht aus dem Sinn, warum sich die Lies erst jetzt, da es zu spät war, mit dem Ropfen-Pauli aussöhnte. Warum wartet der Mensch stets, bis es zu spät ist für so vieles, das unwiederbringlich verloren und dahin, nie wieder gutzumachen ist?

Nein, so wollte sie nicht werden! Und darum durfte sie nicht nur darauf warten, was geschah; sie mußte ihr Leben selber in die Hand nehmen.

Der Sixten-Hansi war so flink bergauf gerannt, wie es halt bloß ein Vierzehnjähriger schaffte, der sich noch dazu von seinem Botengang etliche Markl erhoffte. Daß er sich darin nicht täuschte, wußte er aus Erfahrung, denn die Frau Martha war nie kleinlich, wenn er ihr bei der Gartenarbeit zur Hand ging, Besorgungen erledigte oder sich sonstwie nützlich machte.

Kein Wunder, daß die Martha kugelrunde Augen machte, als sie den Nachbarsbuben die Lichtung heraufkommen sah, ihm entgegenrief: „Es wird doch nix passiert sein?"

„Naa, naa, Frau Martha! Bloß ein Telegramm für die Frau Baronin ist gekommen, und da hab ich mir denkt, es ist g'wiß wichtig, und ich brings herauf."

„Das war g'scheit von dir, Hansi. Komm mit herein, nachher kriegst gleich eine Brotzeit; und durstig wirst auch sein."

Das stämmige Bürschl gab ihr den schon etwas zerknitterten Umschlag, und sie meinte mit einigem Bedauern: „Wird halt vom jungen Herrn Baron sein, daß er doch net kommt.“ Länger dachte sie darüber nicht nach.

Kaum eine halbe Stunde später, der Sixtenbub hatte sich schon wieder auf den Heimweg gemacht, kamen die Baronin und der Jäger von ihrem Pirschgang zurück.

„So bald hätt' ich Sie net z'rückerwartet. War's wieder nix?“ erkundigte sich die Martha geschäftig. „Aber gut, daß Sie da sind, ein Telegramm ist gekommen. – Arg müd schauen S' aus, Frau Baronin. Soll ich Ihnen gleich einen Kaffee . . .?“

„Nein, danke, lassen Sie nur. Wir haben etliches hinter uns“, murmelte Bettina von Mehlen erschöpft, riß das Telegramm auf.

„Was ist denn, Steff? Was hat's denn gegeben?“

Noch ehe der Jäger, der ebenfalls deutlich verstört wirkte, etwas antworten konnte, murmelte Frau von Mehlen: „O nein!“ ließ sich in einen Sessel fallen. Ohne aufzublicken, fügte sie mit rauher Stimme hinzu: „Mein Schwiegervater ist ganz plötzlich und unerwartet gestorben; Herzinfarkt!“

„Jessas naa, so ein Unglück!“ entfuhr es der Haushälterin zutiefst erschrocken.

Aber auch dem Steff gab es einen Riß, und für einen Moment flackerte so etwas wie Angst in seinem Blick auf.

„Wenn Sie mir jetzt doch vielleicht eine Tasse Kaffee . . .? Ich muß sofort packen und noch heute zurückfahren.“ Bettina von Mehlen war keine Frau, die ihre Gefühle offen zur Schau stellte. Als sie sich nun erhob, hatte sie sich bereits wieder so weit gefaßt, daß sie tun konnte, was getan werden mußte.

Das grausame Geschehen während des Tages verlor an

Bedeutung, war von einem anderen, für sie tragischerem Ereignis abgelöst worden.

Ob sie noch an den weißen Gamsbock dachte? Wohl kaum. Die Erinnerung daran würde bald seinen Schrekken verlieren, würde zu einem Jagderlebnis verblassen, das im Kreise Gleichgesinnter die Runde machte.

Steffs Überlegungen zielten in eine ähnliche Richtung, als er sich sagte: Sie hält sich aus allem heraus, und ich kann sehen, wie ich mit dem Schlamassel zurechtkomm. Jetzt, da der alte Baron nicht mehr war, der ihm viel freie Hand gelassen hatte, würde ein schärferer Wind wehen. Und diese ärgerliche Sache mit dem Ropfen-Pauli und dem Uralten war gewiß wenig geeignet, um sich bei seinem neuen Dienstherrn einzuführen. Denn die Baronin würde alle Verantwortung auf ihn abschieben. Sowas kannte man schließlich von diesen Herrschaften.

Mit Einbruch der Dunkelheit kam der Hahnbichler-Hubert unverrichteter Dinge zur Pointneralm zurück. Seine Ausrüstung hatte nicht ausgereicht, um den Toten zu bergen.

Die Lies nickte nur, stellte zu seiner Erleichterung keine weiteren Fragen, denn er behielt den grausigen Anblick, den er nur von weitem gesehen hatte, lieber für sich. Gleich darauf ließ er die beiden Sennerinnen allein, die alle Hände voll mit den Vorbereitungen für den bevorstehenden Abtrieb zu tun hatten. Nun würde er dieses Madl, das ihm so gut gefiel, wohl so bald nicht mehr zu Gesicht kriegen. Ob er sich da nicht in etwas verrannt hatte, das für ihn ohnehin unerreichbar war? Er war halt nun einmal keiner wie der Pfaffinger-Steff, auf den die Weiblichkeit flog; und schon gar nicht so eine wie die bildhübsche Pointnertochter.

Nein, die Hanni verschwendete keinen weiteren Gedanken an diesen gewiß sympathischen und aufrechten Jäger; sie hatte anderes im Kopf, und das ließ sie nicht mehr los.

Es war spät geworden, bis man alles beinander hatte, was mit ins Tal hinunter mußte. Die Lies saß schon eine ganze Weile auf der Bank, hatte den verletzten Fuß auf einem Schemel; sie mußte ihn schonen, um den morgigen Abstieg zu schaffen. „Wer mag naxtes Jahr da herin hausen?" meinte sie etwas wehmütig. „Aber mich bringen keine zehn Roß da nimmer herauf", setzte sie entschieden hinzu.

„Mich ganz g'wiß auch net!" kam es aus der angrenzenden Speiskammer.

„Willst also doch noch Pfaffingerin werden?"

„Um nix auf der Welt! Der kann mir bis in alle Ewigkeit gestohlen bleiben. – Was tun wir denn mit dem Topfen?"

„Abseihen und mitnehmen. – Und der Hubert . . .?"

Man hörte Geschirrklappern, dann ein gelassenes: „Als ob's außer Heiraten für ein Madl sonst nix gäb. Ich hab von die Mannsbilder vorerst die Nas'n voll. Allweil bloß herwarten, bis er endlich kommt, und zu allem ja und amen sagen, weil er ja eh alles besser versteht wie so ein dumms Weiberleut . . ."

„No, no, alle sind net gleich."

„Ach, geh mir doch zu!" Die Hanni erschien mit der Topfenschüssel und erklärte: „Vielleicht heirat ich überhaupt nie."

Dies entlockte der Lies nun doch ein vages Schmunzeln, als sie ihr entgegenhielt: „Willst deinem Bruder ein Lebtag lang einen billigen Dienstboten machen, als Hauskreuz auf dem Hof bleiben?"

„Da wär ich ja von ihm gradso abhängig. Naa, naa, ich möcht selber was tun, auf eigene Füß stehen . . ."

„Du hast doch nix g'lernt!“

„Kann ich allweil noch.“ Damit klatschte der wässrige Topfen in ein Sieb.

Es klang etwas geringschätzig, als die Lies einwandte: „Willst gar wie die Kainzenbauern-Irmi eine Frisös werden?“

Nun kam die Hanni an den Tisch, setzte sich und erwiderte mit Nachdruck: „Ganz recht hat sie gehabt, die Irmi; jetzt hat sie einen richtigen Beruf. Allweil mehr von den jüngeren Bauerndirndln lernen jetzt was . . .“

„Laufen daheim von der Arbeit davon!“

„Die mit die neuen Maschinen allweil weniger wird, leichter und schneller geht. Die Zeit ändert sich.“

„Freilich, bald werden sie auch auf der Alm eine Melch-Maschin brauchen und eine elektrische Zentrifug und einen Radio, wenn net gar auch noch einen Fernsäh!“

Diesen verächtlich hervorgestoßenen Einwand übergehend, gestand das junge Madl ganz offen: „Weißt, ich möcht halt auch einmal selber was entscheiden können, selbständiger sein. Aber so lang man allweil bloß daheim ist . . .“ Hier zuckte sie resignierend mit den Schultern. „Recht viel anders, das ist mir klar geworden, wär es auch net, wenn ich jetzt schon geheiratet hätt . . .“

„Da werden deine Leut aber Augen machen, wenn . . .“

„Sie werden mich schon verstehen, sind vielleicht sogar erleichtert drüber. Denn gern haben sie es eh nie gesehen, daß es ausgerechnet der Steff sein hat müssen.“

„Ja, ja, dein Dickkopf halt und die Gutheit von deine Leut! Und ich fürcht fast, daß du jetzt auch noch diese damische Spinnerei durchsetzt.“

„Du, das ist keine Spinnerei, das ist wichtig.“

„Was willst denn überhaupts werden?“

Es klang erstaunlich nüchtern und gerade deshalb

umso ernstzunehmender, als die Hanni eingestand: „Viel Auswahl hab ich g'wiß nimmer, ich werd ja bald zwanzge. Wenn's nur ein richtiger Beruf ist, bin ich zufrieden. Denn jede Arbeit hat ihre guten und schlechten Seiten. Ich möcht' die Schneiderei gradso gern lernen wie die richtige Kocherei, aber auch die Arbeit in einem Büro möcht ich gern machen; im Schreiben und Rechnen war ich in der Schul allweil die Beste. – Hätt mich schon damals einer dazu angehalten, daß ich mir überleg, was ich werden will, wär alles viel einfacher . . ."

„Ich versteh's trotzdem net", fiel ihr die alte Sennerin kopfschüttelnd ins Wort. „Ein Madl aus so einem Hof! Könnt die größte Bäuerin werden! Aber naa, das ist ihr net gut genug."

„Das hab ich doch gar net gesagt! Bloß . . ."

„Hör mir auf! Heiraten soll ein jung's Madl, einen Mann und die Kinder versorgen."

„Und du? Was ist denn nachher mit dir?" wandte die Hanni halb ernst und halb scherzend ein. „Du hast doch auch nie geheiratet, hast allweil gesagt, du könntest kein Mannsbild um dich haben."

Da hob das alte Weibl ruckartig den Kopf, sah eine ganze Welt mit seltsam in sich gekehrtem Blick ins Leere, ehe es ein abweisendes, wieder in den gewohnt zänkischen Ton verfallendes: „Heut freilich nimmer!" hervorstieß.

Wieder spürte die Hanni, daß es in diesem arbeitsreichen, mühevollen und doch so bescheidenen, einfachen Sennerinnen-Dasein auch einmal etwas Aufregendes und Bedeutungsvolles gegeben haben mußte.

Auch heute, obwohl die Lies zugänglicher als gewöhnlich war, würde sie nichts davon erfahren, denn schon erhob sie sich mit einem leisen Ächzen und einem abschließenden: „Spät ist's, legen wir uns nieder!"

Nur an Schlaf war heute für die alte Frau nicht zu denken. Sie lag in ihrem hohen, schmalen Bett, hatte das hellgemusterte Bettkopftüchl, ohne das sie sich nie niederlegte, fest unterm Kinn zusammengezurrt und ließ die hölzernen, schon ganz abgegriffenen Rosenkranzperlen durch die von schwerer Arbeit gekrümmten Finger gleiten. Obgleich die welken Lippen lautlose Gebete formten, glitten ihre Gedanken zurück in eine längst vergangene Zeit.

Sie sah sich wieder als junge, tüchtige Sennerin hier heroben auf der Pointneralm werken, und drüben in der Nachbaralm hauste der Pauli, ein Bruder des damaligen Ropfenbauern. Ein etwas sonderbarer, verschlossener und wohl auch recht mißtrauischer Mensch war er von jeher gewesen, und so hatte es schon ein Zeitl gedauert, bis man sich näher und schließlich doch zusammengekommen war.

Der Pauli stammte aus einem stattlichen Hof, hatte ein schönes Erbteil zu erwarten, und so durfte die Lies, die damals noch Liesi gerufen wurde, hoffen, einmal Bäuerin in einem eigenen, wenn auch bescheidenen Gütl oder Sachl zu werden; für die damalige Zeit eine Aussicht, die einem Dienstboten nur sehr selten widerfuhr. Es wäre gewiß alles recht und richtig geworden, hätte es da nicht einen jungen Wildschütz gegeben, dem sie „halt grad noch zwegen der alten Freundschaft“ in ihrer Hütte Unterschlupf gewährt hatte. Und weil der Teufel seiner Kundschaft zwar hilft, sie letztlich aber auch holt, war ihr der Pauli dahintergekommen. Aus und vorbei war's. Ob es sein Rechtsempfinden oder Eifersucht oder ob es nur verletzte Eitelkeit war, weshalb der Ropfen-Pauli von einem Tag auf den anderen nichts mehr von ihr wissen wollte, erfuhr sie nie. Was und wie sie es auch anstellte, er ließ sich nicht mehr umstimmen; er wollte nichts mehr von ihr wissen.

Diese erste und einzige Erfahrung mit der Weiblichkeit hatte dem scheuen, zurückhaltenden Pauli für den Rest seines Lebens genügt; von da an wurde er noch eigenbrötlerischer und mit der Zeit auch wunderlicher.

Die Lies konnte ihm seinen Starrsinn sein Lebtag lang nicht verzeihen und war zu seiner erbitterten Feindin geworden, bekämpfte und bekriegte ihn, wo und wann immer sie Gelegenheit dazu hatte. Der schneidige Wildschütz war all dies nicht wert gewesen, denn er hatte sich bei ihr nie mehr wieder blicken lassen. Doch auch das schob sie dem Pauli in die Schuhe, rechnete es ihm als seine Schuld an.

Erst an diesem Tag, nun da alles vorbei und längst zu spät war, leistete sie ihm Abbitte, weinte noch einmal ein paar bittere Tränen um ihn und um die vertane, vergeudete Zeit, die ihrer beider Leben gewesen war.

Nichts verbreitet sich schneller als Unglücksnachrichten. Eine Nachricht jedoch, in die Aberglauben und Übersinnliches hineinverwoben werden, bläht sich im Nu zu einer wahren Unheilsbotschaft auf.

Selbst ansonsten nüchterne, besonnene Menschen scheinen gegen derlei Geschichten nicht gefeit zu sein, erinnern sich sofort an die kaum widerlegbare Weisheit, daß es zwischen Himmel und Erde mehr Dinge gibt, als der Mensch sich träumen läßt!

Auch die Wetzelsberger-Theres, ein kühl rechnender, stets auf den Vorteil ausgerichteter Mensch, war davon nicht ausgenommen. Bis sie jedoch an diesem Vormittag in den Finkenhof hinauskam, hatte ihre Neuigkeit schon das Ausmaß einer unheimlichen, gespenstischen Schrekkensmeldung angenommen.

„Gott sei Dank, daß ich dich antreff!“ rief sie, sprang von ihrem Fahrrad, noch ehe sie richtig zum Halten kam.

Der Finken-Simmerl trat aus der Roßstalltür heraus, säuberte bedächtig Striegel und Bürste, während er ohne sonderliche Neugier fragte: „Was gibt's denn so Wichtig's?“

„Sie bringen heut das Vieh von der Alm herunter, ich weiß es von der Ropfin, und du sollst . . .“

„Heut schon? Warum?“

Sie ließ ihren Bruder nicht ausreden, mußte ihre Nachrichten loswerden und haspelte in einem einzigen Satz und ohne Luft zu holen herunter: „Sie haben den weißen Gamsbock geschossen, der wo doch verflucht ist, die Baronin, du weißt schon, wo der Pfaffinger Jager ist und im gleichen Augenblick ist der alt Baron maustot umg'fallen und der Ropfen-Pauli ist mit dem Teifisbock gradwegs in die Wildbachschlucht abigeritten und die Bergwacht ist schon ausg'ruckt, daß man ihn außerholt, auch maustot, versteht sich, und einen Kaiser – halt, daß ich dir net ebbas Falsches sag – kann auch ein Kini gewesen sein, haben sie neulich auch umbracht, weil er so einen weißen Gamsbock g'schossen hat, und drum kommt heut das Vieh von der Alm heim und du mußt . . .“

Hier wurde es dem Simmerl nun doch zu anstrengend und zu verwirrend, so daß er ihr mit einem ungeduldigen: „Ich versteh grad soviel, daß heut von der Alm abtrieben wird“, ins Wort fiel. „Was soll mit dem Pauli sein?“

So, als hätte sie es mit eigenen Augen gesehen, antwortete sie überzeugend: „Er ist auf dem weißen Gamsbock, den die Baronin g'schossen hat, pfeilgrad in die Wildbachschlucht abigeritten.“

Er hätte sich ja gern an die Stirn getippt, um ihr zu zeigen, was er davon hielt, getraute es sich aber dann doch nicht zu tun. „Von einem weißen Gamsbock hab ich noch nie gehört . . ."

„Unsereins freilich net, aber die Jager haben's g'wußt. Das ist akkurat so, wie mit dem weißen Hirsch, der vom Heiligen Hubertus, und dem Kreuz zwischen die Hörndl. Das haben wir doch schon in der Schul beim Herrn Kopratter aus dem Katechismus g'lernt."

Der Simmerl war in die gleiche Schule gegangen, hatte sogar den gleichen Katechismus wie sie mehr oder weniger lückenhaft, beim selben Kooperator, auswendig lernen müssen, doch von dieser Sache war ihm nichts erinnerlich; was er ihr dann auch mit einem verständnislosen Kopfschütteln zu verstehen gab. „So einen Krampf hab ich nie g'lernt. Aber jetzt möcht ich schon wissen, was mit dem Pauli wirklich passiert ist, und warum das Vieh heut schon . . ."

„Brauchst grad ins Dorf gehen, nachher wirst es schon hören."

„Ich frag lieber beim Ropfenbauern nach", war seine knappe Antwort.

Drinnen, in der Kuchl, kochte der Annamirl das Zwetschgenmus über, so daß sie ihren Horchposten verlassen mußte und an den bereits übel zugerichteten Herd rannte, über den bereits klebriger, rotbrauner Zwetschgensaft klumpig herabrann, auf der Kochfläche zu brenzlich riechenden Krusten verbrannte.

„Heilige Maria, das auch noch! Und grad, wenn sie da ist!"

Sie vergaß das soeben Gehörte, dem sie nur soviel entnommen hatte, daß der Steff in diese mysteriöse, verworrene Geschichte verwickelt sein mußte. Zwar bangte sie um ihn noch immer, aber im Augenblick war diese

Sauerei auf dem Herd wichtiger, und sie riß nervös den überkochenden Tiegel beiseite, wobei erneut einiges des brodelnden Inhalts überschwappte.

Und schon hörte sie ein aufkreischendes: „Jessas, was ist denn in deiner Kuchl los? Da schmeckts und rauchts außer, wie wenn dir einer das Dach überm Kopf anzunden hätt!"

Wie nicht anders erwartet, kam die Wetzelsbergerin gleich darauf durch die Tür hereingeschossen, begann heftig mit den Armen gegen den Rauch anzuwedeln und zeterte: „Jessas Maria und Josef, was hast denn wieder ang'stellt, dumm's Ding? Naa, naa, ein Kreuz ist's mit so einem jungen Gschoß!"

„Die Zwetschgen sind mir überkocht", gab die Annamirl kleinlaut und überflüssigerweise zu, wischte und putzte, daß der Dampf aufging.

„Kannst net aufpassen?! – Aber ich sag's ja allweil, es ist nix aufg'richt mit so einer! – Her mit einem Schaber!"

Als sich dann der Finkenbauer vorsichtig durch die Kuchltür hereinschob, völlig schutzlos durfte er die Annamirl seiner beinharten Schwester auch nicht überlassen, da heulte die Theres mit einem schrillen: „Auweh!" plötzlich auf, ließ den eisernen Musschaber klirrend auf die Herdplatte fallen und hielt die Hand, das Gesicht schmerzverzerrt, in die Luft.

„Jessas, Jessas, was hast denn jetzt wieder getan?" entfuhr es dem Simmerl erschrocken.

„Was denn schon! Brennt hab ich mich halt", fauchte sie zurück. „Das hat man von seiner . . ."

„Was mußt dich denn auch einimischen", konnte er sich nicht beherrschen, ihr entgegenzuhalten.

Sie hielt die Hand unters kalte Wasser, der Schmerz ließ sofort nach, aber sie zeterte ungeniert, ohne sich um die

Annamirl zu kümmern: „Das hast jetzt von so einer! So ein Saustall ist mir mein Lebtag noch net untergekommen . . .“

„Was? Wo haben wir einen Saustall, ha?“ fiel ihr nun der Simmerl aufbegehrend ins Wort. „So was brauchst net sagen . . .“

„Schau dir den Herd an! Ist das vielleicht nix?“

„Das kann allweil passieren, und das wird bei der Annamirl schon wieder sauber.“

„Ja, ja, hilf ihr nur. Wirst es schon noch sehen, wohin du noch kommst. Macht's nur so weiter mit eurer Wirtschaft, über die sich eh schon das ganz Dorf das Maul z'reißt.“ Letzteres war eine glatte Erfindung von ihr.

Während die Annamirl mit hochrotem Kopf danebenstand, am liebsten in den Erdboden versunken oder davongelaufen wäre, obwohl sie bereits von der Voglsamerin an Grobheiten gewöhnt war, meinte der Finkenbauer mit betonter Gelassenheit: „Das kannst ruhig mir überlassen, Theres! – Ich muß jetzt zum Ropfen außi und nachfragen, was da eigentlich los ist. Annamirl, schau, daß eingestreut ist, wenn das Vieh heimkommt in den Stall!“ Er ging, überließ die beiden Weiberleute sich selber.

„Mei Liaba, den hast ja schon sauber eing'wickelt“, keifte die Wetzelsbergerin, besah sich ihre feuerrote Blase, die sich auf ihrer rechten Handkante, vom kleinen Finger aufwärts, aufzog. „Aber noch ist net aller Tage Abend; das merkst dir! Ich, als seine Schwester, schau net zu, wie sich so eine ins g'machte Nest hockt. Und wennst um ein Fünferl einen Charakter hättst, nachher schaust dir um was anders und bringst meinen Bruder net länger ins G'red!“

„Ich hab da meine Arbeit, Wetzelsbergerin, und sonst

nix", war alles, was die Annamirl dazu herausbrachte, ehe sie die Kuchl verließ, in den Stall ging. Sie hatte längst gelernt, hinunterzuschlucken. Denn so war das nun einmal als Dienstbot.

Die Wetzelsberger-Theres verließ trotz ihrer schmerzenden Hand den Hof ihres Bruders, auf den sie als Elternhaus noch immer ein gewisses Anrecht zu haben glaubte, nicht ohne Inspektionsrunde. Auch die Kammer der Annamirl war davon nicht ausgenommen. Doch sie konnte auch darin nichts Aufschlußreiches oder gar Verdächtiges entdecken; nichts, was darauf hingewiesen hätte, daß sie mehr als nur eine Magd war.

Aber wirklich beruhigt war sie nicht, als sie wieder heimwärts radelte. „Ein Jahr noch, lieber Herrgott, bloß noch ein Jahr laß ihn standhaft sein und aushalten! Nachher ist meine Resi so weit, kann ihm den Hausstand führen." Sie dachte nur an den Hof, ans Sach, verschwendete keinen Gedanken daran, was sie damit von einer knapp Fünfzehnjährigen verlangte, ihr zumutete.

Derweil nun die Annamirl frisches Stroh einschüttete, alles für die drei Kalbinnen herrichtete, die von der Alm heimkamen, brachte sie nicht mehr aus dem Kopf, was sie von der Wetzelsbergerin über diese schier unglaublichen Vorgänge auf den Wildbachalmen gehört hatte. Auch ihr erschien das alles etwas zweifelhaft, sogar unwahrscheinlich, und doch sorgte sie sich gleichzeitig um den Steff; sie hing noch immer an ihm. Würde sie denn nie von ihm loskommen?

Es war Herbst geworden. Erste Nachtfröste hatten die üppige Blumenpracht in den Vorgärten zum frühen Welken gebracht. Doch die Bergwälder brannten in den sattesten Farben; das helle Goldgelb von Lärchen und Birken leuchtete zwischen dem kupfrigen Rot der Buchen im samtenen Grün der Tannen und Fichten. Und hoch droben schimmerten die Lärchen wie große goldene Kandelaber in ihrem herbstlichen Gefieder.

Auf dem Grab des Ropfen-Pauli verdorrten bereits die wenigen mageren Kränze, die den nackten Erdhügel kaum verdeckten.

Wilde Gerüchte und Geratsch waren auf ein fast normales Maß geschrumpft, würden bald ganz in Vergessenheit geraten, denn die Zeit blieb nicht stehen.

Draußen im abseits gelegenen Jagdhaus rechte die Martha das Laub von den Kieswegen, klaubte die braunglänzenden Kastanien auf und warf sie in einen Korb; sie wurden zur Winterfütterung des Wildes gebraucht. Das Zufallen der Gartentür ließ sie aufhorchen. „Jessas, wo kommst denn du her um diese Zeit?" rief sie dem Jäger entgegen, der zu Fuß kam.

„'s Auto ist mir steh'blieben", mußte der Steff verärgert zugeben. „Ich hab' es abschleppen lassen müssen. Aber das Schlimmste ist, daß wahrscheinlich der Motor hin ist."

„Sauber. Eine schöne Bescherung", entfuhr es ihr sichtlich beklommen. „Komm, ich mach uns z'erst einen Kaffee auf den Schrecken!"

Er nickte nur, folgte ihr ins Haus, fühlte sich offenkundig nicht ganz wohl in seiner Haut.

In der großen, weißgekachelten Küche setzte sich der Steff mit einem düsteren: „Himmiherrgott, ausgerechnet jetzt hat das sein müssen!" an den Tisch.

„Versteh schon. Ausgerechnet jetzt, wo wir eh nimmer b'sonders hoch im Kurs stehen, beim jungen Herrn", mußte sie ihm besorgt beipflichten, während sie am Herd hantierte. „Wirklich schad, daß mit der jungen Frau Baronin alles so dumm hat hergehen müssen."

Das war es auch, was ihm am stärksten zusetzte. „Weiß der Teife, was sie daheim alles verzählt hat. Unsereins kommt da ja nie zu Wort", murrte er. „So was bleibt allweil am Jager hängen. Noch dazu so einer wie unser junger Herr Baron, der eh net viel versteht, kaum was für die Jagd übrig hat . . ."

„Jetzt laß dir den Gaul net gleich scheu machen. Das wird sich schon wieder einrenken."

„Sie haben leicht reden, nach all die Jahr, wo Ihnen g'wiß nimmer gekündigt wird."

„Weiß man's? Etliche Jahr, bis ich meine Rente krieg', wär ich schon noch ganz gern geblieben." Sie wußte, Stellungen wie die ihrige waren selten; ihr redete keiner drein, und sie bekam einen ansehnlichen Lohn.

Als sie den Kaffee auf den Tisch stellte, dazu einen Teller mit knusprig braunen, butterglänzenden Rohrnudeln, erkundigte sie sich wie nebenbei: „Triffst die Pointner-Hanni jetzt gar nimmer? Wird nix mehr aus . . .?"

Kurzangebunden fiel er ihr ins Wort: „Geh, was soll ich denn mit so einer?!" Er riß eine Rohrnudel auseinander, tauchte sie in seinen Kaffee ein.

„Warum denn auf einmal damisch?" versuchte sie ihn aufzuziehen. „Bis vor kurzem war noch von einer Heirat die Red . . ."

Er war nicht der Mann, der eine Niederlage eingestand. „Ein Glück, daß ich die Kurvn grad noch rechtzeitig derwischt hab! So eine, mit solchene Flausen, kann ich net brauchen. Die muß sich schon einen Dümmern suchen, der solchene Spinnereien mitmacht."

„Die Hanni? Was denn für Spinnereien?"

Daß er sie erst vor wenigen Tagen besucht hatte, mit

ihr wieder auf gleich kommen wollte, sie ihn aber abblitzen ließ, ging sie nichts an, brauchte sie auch gar nicht zu wissen. „Eine Arbeit will sie, noch was lernen; und das in *ihrem* Alter. – Aber net mit mir! Das hab ich ihr klipp und klar gesagt. Ich brauch eine Frau, die für mich und für die Kinder da ist und für sonst nix mehr. Ich verlang ein Essen, das auf dem Tisch steht, wenn man heimkommt, und zwar ein anständiges, net so was schnell Z'sammgeschustertes. Verstehen S', was ich mein?"

Sie verstand schon, war aber doch einigermaßen verblüfft über das Gehörte. „Und die Pointnerischen? Was sagen denn die dazu?"

„Bei der Hanni ihrem Dickkopf werden sie ihr nimmer viel dreinreden können. Außerdem sind ja jetzt die Madeln schon mit achtzehn Jahr großjährig, dürfen selber bestimmen."

Daß dies auch für das starke Geschlecht galt, war für sie alle beide selbstverständlich; was einem jungen Mann gestattet war, blieb einem Mädchen noch längst versagt.

Unvermittelt wandte die Wirtschafterin ein: „Was will sie denn tun? Hat sie schon was in Aussicht?"

Es klang gereizt, denn dies alles wurmte ihn nicht schlecht, als er hervorstieß: „Als ob das für die Pointnerischen so schwierig wär! – Mich interessiert's ja nimmer, aber sie hat was vom Büro im Lagerhaus, wo sie vielleicht was in Aussicht hätt . . ."

„Was! Ja, da schau her! Am End noch im Büro, in der Buchhaltung . . ."

Mit spöttisch überlegener Miene und in abfälligem Ton unterbrach er sie: „Glaub's kaum bei ihren Vorkenntnissen. Sie werden sie halt ehnder zum Z'sammkehren brauchen und zum . . ."

„Das glaub ich jetzt wieder net, beim Pointner seinem Geld", fiel sie ihm mit leisem Sarkasmus ins Wort.

„No ja, von mir aus, soll sie selig werden. Ich frag' nimmer danach."

„Nachher kann aber die Lieb net gar so groß gewesen sein?!"

„Hören S' mir auf! Eine andere Mutter hat auch ein schön's Kind!"

„Naa, naa, naa, die jungen Leut heutigentags!" schnaubte sie, schüttelte dazu mißbilligend den Kopf. Aber gleich darauf überwog schon wieder die Sympathie für diesen feschen jungen Mann; schließlich war auch sie noch nicht ganz jenseits von Gut und Böse.

Und der Steff wußte stets, wo seine Vorteile lagen, wußte sie wahrzunehmen und meinte mit einem Augenzwinkern: „Früher hätt ich halt auf die Welt kommen sollen, Frau Martha", und damit verleibte er sich die dritte Rohrnudel ein.

Obgleich sie geschmeichelt lächelte, ihm noch fürsorglich eine Tasse Kaffee eingoß, entgegnete sie zweifelnd: „Glaub's kaum, daß ich auf so einen Hallodri hereing'fallen wär. – Naa, naa, ich bin ganz froh, daß ich allein geblieben bin, mir viel Ärger mit so einem Mannsbild derspart . . ."

„Gehen S' zu, allein ist's im Himmi net schön!"

„Das muß sich erst herausstellen."

Er leerte seine Tasse in einem Zug, wischte sich mit dem Handrücken über den Mund, und nun fiel ihm der zu Schanden gefahrene Wagen wieder ein. Aber er verschob diese unangenehmen Gedanken bis morgen, bis er genau wußte, wie weit es tatsächlich fehlte. Er erhob sich mit einem Vergeltsgott, denn daß sie ihn meistens mit verköstigte, war durchaus nicht selbstverständlich und nur ihrer Großzügigkeit zu verdanken.

Ehe er die Küche verließ, rief sie ihm noch nach: „Und wie machst das jetzt mit dem Auto?“

„Abwarten“, erwiderte er mit gespielter Unbekümmertheit.

Nein, seit jenem Unglückstag war nichts mehr so, wie es sein sollte.

Auch wenn man es nicht so ganz wahrhaben wollte, lebte man in einer ständigen ungewissen Spannung.

Als der Pfaffinger-Steff, zum Reviergang gerüstet, das Jagdhaus verließ, hatte sich der Himmel etwas überzogen, stiegen erste feine Nebelschwaden aus den Wiesen auf.

Etwas mehr als eine Stunde mochte er unterwegs sein, er befand sich bereits hart an seiner östlichen Reviergrenze, als er stehenblieb, das Glas an die Augen hob. Was er sah, verschlug ihm schier den Atem.

Dort drüben, durch ein lichtes Junghölzl, zog ein Hirsch. Und was für ein Prügel-Hirsch!

Sein überraschter, fast ungläubiger Blick glitt über die mächtigen Stangen; er zählte vierzehn Enden. Er hatte diesen starken, ja gewaltigen Vierzehnender noch nie zu Gesicht bekommen; und gleichzeitig registrierte er, daß auch keiner zum Abschuß freigegeben war. Dieser kapitale Bursch mußte von irgendwoher, aus einem entfernten Revier, eingewechselt sein. Zumindest hatte er ihn nie vorher ausgemacht. Aber das Jagdfieber hatte ihn bereits gepackt, die Gier, diesen prachtvollen König des Bergwalds zur Strecke zu bringen.

Er kam nicht mehr zum Überlegen, sein Entschluß stand fest, er mußte versuchen, den Hirsch zu treiben, anzusprechen und ihn in sein Revier herüberzudrücken.

Dies war ein Vorhaben, das viel jägerisches Können, Geschick und Erfahrung erforderte, wollte man das Wild nicht sofort vergrämen und in panische Flucht hetzen.

Dieser kapitale Hirsch zog so sorglos dahin, als wäre er in einem sicheren Gehege oder allein auf der Welt.

Immer auf den Wind achtend, versuchte der Steff nun, das Tier zu umgehen, geriet dabei immer weiter in fremdes Revier, achtete darauf jedoch längst nicht mehr. Er durfte ihm nicht zu nahe kommen, durfte seine Aufmerksamkeit nicht wecken, sonst . . .

Und dann hatte er seine Beute plötzlich aus den Augen verloren. Es hatte fast den Anschein, als wäre er einem Trugbild nachgejagt; das Wild war wie vom Erdboden verschwunden.

Er muß irgendwo in der Näh sein, im Unterholz steh'n! Ich laß nimmer länger aus, bis ich diesen Prügel-Hirsch wieder aufgespürt hab! So ein einmaliges Stückl laß ich mir doch net durch die Lappen geh'n!

Von Jagdleidenschaft gepackt, die jedes vernünftige Überlegen ausgeschaltet hatte, suchte er, pirschte er sich weiter. Er mußte ihn finden, aufstöbern; bald, denn es würde nicht mehr lange hell sein; im Holz begann es bereits zu dämmern, das Tageslicht nahm merklich ab.

Plötzlich hatte er ihn erneut ausgemacht, wie er gemächlich, nur ab und zu kurz sichernd, dahinzog. Tatsächlich hatte ihn der Hirsch umgangen, er selber hatte sich immer weiter von seinem Revier entfernt, war immer tiefer ins Nachbar-Revier geraten.

Himmiherrgott, und wenn er mir jetzt auch noch über den Lahngraben ummisetzt, den steilen Buckel auffizieht, nachher gut Nacht um sechse!

Da, auf einmal wurde der Hirsch unruhig, äugte sichtlich nervös um sich, während er den Äser witternd in den

Wind streckte, die Lauscher spielen ließ. Hell, fast weiß hoben sich die vierzehn Geweihenden gleich einer Krone im zunehmenden Dämmerlicht ab. Jeden Augenblick konnte er davonsetzen, in wilder Flucht auf Nimmerwiedersehen verschwinden.

Ein Mensch wie der Pfaffinger-Steff, der nie auf etwas verzichtete, konnte sich auch jetzt nicht beherrschen. Es hatte ihn wie ein Rausch gepackt, das gierige Fieber war in seinem Blut erwacht, schaltete jeden vernünftigen Gedanken aus.

Noch während der Hirsch, den prachtvoll bewehrten Kopf hocherhoben, um sich her sicherte, hatte er angelegt, zielte und drückte den Abzug durch.

Als der Schuß detonierte, krachend durch den Wald hallte, brach der Hirsch im Sprung zusammen.

Von einem ersten Siegestaumel erfaßt, rannte der Jäger auf das erlegte Wild zu, bis er wenige Meter davor stehenblieb, wohl wissend um die Gefährlichkeit eines so starken angeschossenen Hirsches. Erst als er die gebrochenen Lichter sah, trat er an die erlegte Beute heran, den Blick bewundernd auf die mächtigen Stangen gerichtet; ein Geweih, wie man es sich prachtvoller nicht vorstellen konnte.

Beim Anblick dieser Trophäe kam plötzliche Ernüchterung über ihn, wurde er sich bewußt, wozu er sich hatte hinreißen lassen. Da hatte er sich etwas Sauberes eingebrockt! Was er getan hatte, war nichts anderes als Wilderei, denn dies war nicht sein Revier. Er befand sich viel zu weit von seiner Grenze entfernt, um sich damit entschuldigen zu können, er habe das angeschossene Wild verfolgt. Zudem lag hier ein Hirsch, der auf keiner Abschußliste stand; ein Vererber, wie man ihn sich für einen gesunden, kräftigen Fortbestand des Wildes nicht besser wünschen konnte. Ein Jagdfrevel, so ein Tier abzuschießen!

Einen gemurmelten Fluch ausstoßend, überlegte er fieberhaft, wie er aus diesem Schlamassel herauskam, ohne sich den Haß und die Strafe des Forstamtes und der Jagdgenossenschaft zuzuziehen. Denn gerade über ihn würde man mit Genugtuung herfallen und ihm seine Lizenz entziehen; von der Schadenfreude und dem Spott, dem üblen Gerede ganz zu schweigen. Ganz zu schweigen auch davon, daß ausgerechnet sein neuer Dienstherr dafür kein Verständnis aufbringen, ganz gewiß nicht hinter ihm stehen würde. Freilich, wenn er mit dieser Trophäe ankam – ordnungsgemäß versteht sich oder doch zumindest so, daß man ihm rechtlich nichts anhaben konnte –, würde er gewiß wieder anders dastehen!

Doch wie stellte er es an? Für ihn allein war es unmöglich, diesen schweren Hirsch, der gut im Feist stand, in sein eigenes Revier zu transportieren. Er mußte außerdem damit rechnen, daß sein Schuß gehört worden war, daß er den Jägern des Forstamtes in die Arme lief. Er schaute sich um, versuchte sich zu orientieren, wo er sich überhaupt befand.

Er merkte sehr schnell, daß er weit, viel zu weit von seinem Revier und dem Jagdhaus entfernt war. Himmiherrgott, wenn man ihn hier mit diesem erlegten Wild erwischte, dann war er geliefert. Der Forstmeister würde sich gewiß nicht scheuen, ihm ein Verfahren anzuhängen, so wie jedem gewöhnlichen, ertappten Wilddieb.

„'zefixallelujah!" knirschte er, bis ihm in seiner brenzlichen Verwirrung der Finken-Simmerl einfiel. Das war die Rettung, mußte es sein!

Das Anwesen des Finken-Simmerl lag gleich unterm Wald, und wenn er ihm einen anständigen Fuhrlohn zusagte, würde er ihm den Hirsch gewiß transportieren. Einer wie der Finkenbauer, der sein Lebtag noch kein Gewehr in der Hand gehabt hatte, kümmerte sich weder um Jagdgesetze noch um Reviergrenzen, die kaum identisch waren mit dem jeweiligen Grundbesitz, dem darauf stehenden Wald. Nein, ganz gewiß sogar hatte der recht hinterkünftige Finken-Simmerl, der sich noch nie um etwas anderes als sich selber geschert hatte, nicht die blasseste Ahnung, wo die Grenzen der Jagdreviere verliefen. Und allein die Tatsache, daß er ihm einen Hirsch heimfuhrwerkte, war kein Anlaß, ein Aufhebens davon zu machen oder lästige Fragen zu stellen.

Als nun der Pfaffinger-Steff begann, den erlegten Hirsch hastig mit herumliegendem Reisig zuzudecken, viel brauchte es nicht, denn es würde bald finster sein, und es mußte schon mit dem Teufel zu gehen, wenn einer noch darüber stolperte, fiel ihm die Annamirl ein. Er war nicht gerade erpicht darauf, ihr in die Arme zu laufen; trotzdem nahm er dies noch als das kleinere Übel in Kauf. Wer weiß, vielleicht hatte er Glück und würde ihr gar nicht begegnen.

Mehr Gedanken verschwendete er an sie nicht.

Der Schuß hatte sehr wohl Aufmerksamkeit erregt.

Verschnaufend hielten die beiden Jäger an, als der Hahnbichler-Hubert zu seinem Kollegen sagte: „Ich wett um meinen Kopf, es war beim Lahngraben drüben."

Der Weißbacher-Ernst, ein Mann um die Fünfzig, wischte sich den Schweiß von der Stirn, indem er seinen Hut etwas lüftete, nickte nur und drängte trotz seines schweren Schnaufens zum Weitersuchen. „Es wird bald finster, Hubert, wir müssen diesen Lumpen erwischen, der am hellichten Tag in unserm Revier herumschießt."

Es grenzte an ein Mirakel, daß die beiden Forstbeamten dem Schützen nicht mehr begegneten, dessen Schuß sie so argwöhnisch und erregt gemacht hatte.

„Hubert, da schau auffi!“ entfuhr es dem Weißbacher, als er im Dämmerlicht zwischen den Bäumen aufwärts spähte. „Dort der Reisighaufen, der kommt mir verdächtig vor; den seh ich zum ersten Mal!“

Wer sonst als diese beiden sollten den Wald, das ganze Revier wie ihre Westentasche kennen? Schon ging es im Laufschritt bergauf, der Ältere stand dem Jüngeren im Tempo kaum nach.

„Da legst dich nieder!“ kam es geradezu erschüttert vom Hahnbichler, als er vor dem flüchtig zusammengetragenen, dürren Geäst stand, das den kapitalen Hirsch nur recht oberflächlich zudeckte. „Der Vierzehnender!“

„Da soll doch gleich . . .“ Hier versagte dem Weißbacher vor Empörung und heiß auflodterndem Zorn die Stimme.

„Herrgott, das gibt was!“ schnaubte der Jüngere und starrte auf das erlegte Wild.

„Das magst glauben! Der Forstmeister springt im Kreis, wenn er das erfahrt! Aber diesen Mistkerl kriegen wir, und wenn wir tagelang da hocken und herpassen müssen, bis er zurückkommt und sich den Hirsch holt“, knirschte der Weißbacher. „Schau dir diesen Prachthirsch an! Und so was wird einfach über den Haufen geschossen“, fügte er bewegt hinzu. „Eine himmelschreiende Schand, eine bodenlose Sauerei ist das! Aber das gibt ein Nachspiel, das sich gewaschen hat!“

„Ein verdammt sauberer Schuß. Dieser Lump muß Erfahrung haben, hat so was net zum ersten Mal getan.“

Während die beiden Jäger fluchend und schimpfend vor ihrem Fund standen, spähte der Pfaffinger-Steff zum

Finkenhof hinüber, dessen Stallfenster hell erleuchtet waren. Er schien tatsächlich ein vom Glück ständig begünstigter Mensch zu sein, denn soeben sah er, wie Mist durch die Luke des Roßstalls herausgeschaufelt wurde. Demnach also mußte der Simmerl bei seinen Gäulen im Pferdestall sein, während ihm das Licht aus den winzigen Kuhstallfenstern verriet, daß auch dort noch gearbeitet wurde.

Der Nebel wogte in dichten Schwaden über den Wiesen, erstes Sternengefunkel blinkte auf, als der Pfaffinger das kurze Stück bis zum Finkenhof zurücklegte und sofort auf die Roßstalltür zusteuerte.

Erstaunt riß der Simmerl seine Augen auf, als dieser überraschende Besucher zu ihm in den warmen, dampfenden Stall eintrat.

„Gut, daß ich dich antreff", begann der Steff erleichtert, doch mit einiger Hast. „Du könntest mir einen großen Gefallen tun. Ich hab droben, unweit vom Lahngraben, einen Hirsch g'schossen." Hier versuchte er aufmerksam in der Miene des anderen zu lesen, in der sich jedoch kein Muskel verzog. Insgeheim befreit aufatmend, fuhr er fort: „Wennst mir schnell einspannst, könnt ich mir viel Zeit und Plagerei dersparen. Denn bis ich von daheim . . ."

Wenig begeistert fiel ihm der Finkenbauer ins Wort: „Ich bin grad von der Arbeit heimkommen, hab grad ausg'spannt."

„Versteh schon, Simmerl", gab der Jäger mit einem ernsthaften Nicken zu. „Mir ist es ja selber ein wengl zwider, daß ich dich drum bitten muß. Ich zahl dir gern einen Zwanzger, wennst mir nur hilfst."

Zwanzig Mark für ein Stündl waren nicht zu verachten, da brauchte auch der Simmerl nicht lange zu überlegen. Doch noch ehe er zusagen konnte, bot der Steff an: „Also gut, ich leg noch einen Zehner drauf! Dir ist damit g'holfen und mir auch. Aber du mußt dich tummeln, eh's ganz stockfinster ist!“ Letzteres war überflüssig, da es bereits stockdunkel geworden war.

Der Finkenbauer fragte sich nicht lang, warum ihm der andere einen so großzügigen Fuhrlohn zahlte. Er holte seinen Fuchs aus dem Stand und führte ihn aus den Stall; alles tat er schweigend, in seiner bedächtigen Art. Nachdem er das Pferd vor einen leichten, zweirädrigen Wagen gespannt hatte, zuckelte er vom Hof. Bis die Annamirl mit der Stallarbeit fertig war, würde er eh wieder daheim sein.

„Allweil hinauf zum Lahngraben!“ rief ihm der Pfaffinger zu, dann schwang er sich auf den Karren, der nun rumpelnd und schüttelnd querfeldein zum Wald hinauf fuhr.

Um seinem Fuchs in der Dunkelheit den Weg zu weisen, führte ihn der Simmerl am Zaumzeug, suchte den kürzesten Weg, bis der schwarze Wald sie verschluckte.

„Wie weit denn noch?“ fragte der Bauer, ohne seine Stimme sonderlich zu erheben.

„Jetzt gradwegs auffi zum Graben, wo die Haselnußstauden stehen“, erklärte der Steff, der nun vom holpernden Gefährt geglitten war. Was ihn eigentlich bewog, ein Stück zurückzubleiben, hätte er sich selbst nicht genau zu sagen gewußt. Er hatte wohl doch eine heimliche Angst vor etwas Unvorhergesehenem. Man befand sich immerhin in fremdem Revier; und sein Vorhaben war alles andere als erlaubt.

Nichtsahnend trabte der Simmerl bergauf, seine Augen hatten sich an die Dunkelheit gewöhnt, er suchte für sein Fuhrwerk den besten Weg durch die Bäume. Auch er sah jetzt den schwarzen Buschen vor sich, das mußten die Haselnußstauden sein, und er steuerte direkt darauf zu und hielt an.

Da kamen plötzlich zwei Gestalten aus der Finsternis auf ihn zu, jede hielt ihm ein Gewehr entgegen, bis der eine, den er als den Hahnbichler erkannte, hervorstieß: „Jetzt, da schau her, der Finken-Simmerl!“ Seine Stimme schwankte vor verhaltener Wut und Empörung. „Jeden andern hätt ich ehnder verdächtigt wie dich! Jetzt verzähl uns bloß net, du bist net zwegen dem Hirsch da herobeň!“

Ganz verdattert stotterte der Simmerl: „Heiland, was soll denn jetzt das heißen? Was wollts denn eigentlich von mir?“ Erst jetzt sah er, daß er unmittelbar neben einem erlegten Hirsch stand.

Daraufhin kam es vom Weißbacher mit beißendem Sarkasmus: „Klar, daß wir auf ihn nie gekommen wären, wo er doch soviel fürs Forstamt fuhrwerkt und andauernd im Holz heraußen umeinanderkutschiert. Da möcht ich net wissen, wieviel Stückl der schon hat mitgehen lassen. Denn bei ihm fallt's ja am wenigsten auf. Da wird der Forstmeister aber Augen machen, wenn wir ihm ausgerechnet den fleißigen Finken-Simmerl mitbringen!“

„Jessas, was wollts denn grad von mir?“ fragte dieser erneut.

„Stell dich net dümmer als du bist“, fuhr ihn nun der Hubert schroff an. „Daß du den Hirsch gewildert hast, kannst doch jetzt nimmer ableugnen.“

Der Simmerl kannte sich nun gar nicht mehr aus, brachte unsicher hervor: „Ich . . .? Den Hirsch gewildert? Wie kommts denn auf die Idee? Der Hirsch g'hört doch dem Baron, dem Pfaffinger. Für ihn hätt ich ihn holen sollen.“

„Also was G'scheiters fallt dir nimmer ein? Wie kommst denn ausgerechnet auf den Pfaffinger? Was hätt denn der in unserm Revier zu suchen?" wurde nun der Hahnbichler-Hubert grob, fühlte sich auf den Arm genommen.

Jetzt endlich erinnerte sich der Bauer: „Ja, wo ist er denn eigentlich, der Pfaffinger? Der ist doch mit mir heraufgekommen . . ."

Das wurde nun auch dem Weißbacher zuviel, so daß er ihm ungehalten ins Wort fiel: „Für Vollidioten brauchst uns net halten! Spar dir deine dummen Ausreden! Bis wir ins Forstamt kommen, mußt dir schon was anders einfallen lassen! – Vorwärts jetzt, wir laden den Hirsch auf und bringen dich zum Forstmeister. Da kannst nachher dein Sprücherl aufsagen."

Der Finken-Simmerl war immer noch wie vor den Kopf geschlagen, schaute sich ganz verzweifelt nach dem Pfaffinger-Steff um, der wie vom Erdboden verschluckt war. Erst ganz langsam und allmählich dämmerte es ihm, daß er da in eine ganz üble Sache hineingeraten war, und daß es gar nicht so einfach sein würde, sich da wieder herauszuwinden, wenn ihn der Pfaffinger im Stich ließ. Immer noch wie benommen fragte er: „Ist das wirklich net dem Baron sein Revier?"

„Als ob du das net ganz genau wissen tätst", raunzte ihn der Weißbacher ärgerlich an. „Aber daß du uns den besten Hirsch herausgeschossen hast, das wirst doch hoffentlich schon wissen. Und dich hab ich allweil für einen ehrlichen Menschen gehalten!" Letzteres hatte angewidert geklungen.

Der Hahnbichler-Hubert stand dabei, wußte selbst jetzt, da die größte Überraschung vorüber war, immer noch nicht, was er von dem allem halten sollte, versuchte einzuwenden: „Ich weiß net . . ."

Aber schon fuhr sein Kollege erbittert fort: „Er ist halt einer von die ganz Hinterdruckten, der sich net einmal scheut, auch noch einen Unschuldigen anzuklagen. Als ob's der Pfaffinger notwendig hätt, daß er in unserm Revier wildert. Noch dazu einen so kapitalen Hirsch, der noch net einmal zum Abschuß freigegeben ist. So leichtsinnig ist kein Jager, wenn er einer bleiben möcht. Und nachher tät er ihn sich ausgerechnet auch noch von dir schön bequem heimfahren lassen. – Die G'schicht ist so dumm, daß ich net einmal drüber lachen kann."

Der Simmerl mußte einsehen, es hatte keinen Sinn, sich hier noch weiter zu verteidigen. Er konnte nur hoffen, daß ihm der Forstmeister mehr glaubte.

Indessen rannte der Pfaffinger-Steff so schnell es in der Finsternis möglich war und oftmals stolpernd durch den Wald, lief, bis er das Forsthaus erreicht hatte.

Völlig abgehetzt stürmte er in die Küche, stieß keuchend hervor: „Ich bitt' Sie um alles in der Welt, Frau Martha, Sie müssen mir helfen!"

„Um Gott's willen, was ist denn grad . . .?" Sie schlug bei seinem Anblick die Hände über dem Kopf zusammen.

Er brauchte ihr nichts vorzumachen, nichts zu verschweigen, denn er brauchte ihre Hilfe. Und so berichtete er in abgehackten Sätzen, was passiert war, er schloß jedoch mit einem beschönigenden: „. . . ich hab's ja auch für uns getan. Wissen S', Frau Martha, ich hab mir halt denkt, daß wir beim jungen Herrn Baron wieder besser dastehen."

„Mit einem gewilderten Hirsch?" wandte sie kopfschüttelnd ein, merkte jedoch gar nicht, daß er sie mit hineinzuziehen versuchte, sie zur Verbündeten machte, so wie es halt von jeher seine Art war, wenn es hart auf hart ging.

„Er hätt's ja nie erfahren, wo ich ihn geschossen hab."

„Und jetzt soll der Finkenbauer dafür gradstehen? Naa, Steff, ich glaub kaum, daß du damit durchkommst . . ."

„Leicht, wenn Sie mir nur helfen. Denken S' doch dran, was für uns auf dem Spiel steht", bedrängte er sie. „Sie brauchen gar nix anderes tun als zu sagen, daß ich das Haus seit dem Nachmittag nimmer verlassen hab, daß ich . . ., daß ich mich niedergelegt hab, weil . . ., weil ich einen verdorbenen Magen hab." Es hörte sich so einfach an, so unwiderlegbar und war gerade deshalb so gefährlich. „Jessas, Frau Martha, Sie können mich doch jetzt net im Stich lassen! Überlegen S' doch, was dann am End aus uns, der schönen Stellung wird! – Es kann gar nix schief gehen, wenn Sie . . ."

Auch sie mochte diesen so gewandten, gut aussehenden Menschen, der sich in seinem Eifer zu einer Dummheit hatte hinreißen lassen. „Aber schwören tu ich fei net!"

Mit einem kurzen, gezwungenen Auflachen fiel er ihr ins Wort: „Wo denken S' denn hin. Deswegen müssen S' doch net gleich schwören; es geht doch bloß um einen Hirsch. Wenn Sie sagen, daß ich zur fraglichen Zeit daheim gewesen bin, können sich die Forstleut auf den Kopf stellen und . . ."

„Und der Finkenbauer?"

„Dem passiert schon nix, weil er's net war. Einen Unschuldigen sperrt keiner ein", kam es überzeugend vom Steff. „Der redet sich schon heraus, da müssen S' Ihnen gar nix denken dabei!"

„Aber wie gesagt, beschwören tu ich dir gar nix . . ." Weiter kam sie nicht, denn er preßte sie mit einer überschwenglichen Umarmung an sich, die auch auf sie ihre Wirkung nicht verfehlte. „Wir zwei müssen doch z'sammhalten!" sagte er schmeichelnd und zugleich mit einer Vertraulichkeit, die etwas Verschwörerisches hatte. „Wir kommen da schon wieder heraus!"

Mit einiger Verwirrung sah sie ihm nach, als er sie mit einem erleichterten: „Ich leg mich jetzt nieder", allein ließ.

Nachdem der Forstmeister von seinen Jägern gehört hatte, was am Lahngraben geschehen war, starrte er den Finken-Simmerl so wütend wie ein gereizter Stier an.

Es war mucksmäuschenstill in der düsteren Amtsstube, und es hatte fast den Anschein, als würde dieser stattliche, respektgebietende Mann die Beherrschung verlieren, handgreiflich werden. Die Zornadern dick geschwollen, die Hände zu Fäusten geballt, fuhr er auf den Beschuldigten, der wie gelähmt dastand, noch kein Wort über die Lippen gebracht hatte, los: „Ausgerechnet von dir, Finkenbauer, hätt ich das net erwartet! Einer, der jahrelang bei uns sein Geld verdient hat, schießt mir den besten Hirsch zusammen, stiehlt mir das Wild unter der Nase weg! Aber das wird dich einiges kosten, darauf kannst du dich verlassen!"

Der Simmerl hatte seinen Hut bereits zwischen den Händen zu einem mürben Filzklumpen zusammengeknüllt, als er mühsam hervorbrachte: „Ich schwör's bei allem, was mir heilig ist, Herr Forstmeister, ich bin's net gewesen! Der Pfaffinger ist zu mir gekommen, daß ich ihm den Hirsch, der droben am Lahngraben liegt, heimfahren soll. Dreiß'g Mark hat er mir geben wollen. Aber wie wir hinaufgekommen sind, da . . ."

„Alles derlogen, Herr Forstmeister", fiel ihm nun der Weißbacher ungehalten ins Wort. „Das hat er uns auch weismachen wollen. Bloß war vom Pfaffinger weit und breit nix zu sehen. Zudem zahlt kein Mensch dreißig Mark für eine Stund Arbeit. Und daß der Pfaffinger am Lahngraben gar nix zu suchen hat, daß es unser Revier ist, das hat er doch auch wissen müssen. Er versucht doch bloß, die Sach einem anderen in die Schuh zu schieben."

Längst war dem Simmerl der Angstschweiß aus allen Poren ausgebrochen. „Von Reviergrenzen versteh ich nix, hab mich nie drum gekümmert", murmelte er; er hielt den Blick starr zu Boden gesenkt, um das zornige Gesicht des Forstmeisters nicht sehen zu müssen. „Es war genau so, wie ich gesagt hab! Und wenn man den Pfaffinger herholen tät, nachher wird er's schon zugeben müssen, daß er auf und davon ist, wie er die Jager gespannt hat."

Während der Weißbacher ein höhnisches Gesicht zog, wurde der Hahnbichler-Hubert nun doch etwas nachdenklich. Aber dies rührte wohl daher, weil er den Pfaffinger-Steff schon aus rein persönlichen Gründen nicht mochte und ihm somit alles mögliche an Schlechtigkeit zutraute.

„Du erwartest doch net, daß ich dir diese unwahrscheinliche G'schicht glaub'?" wandte der Forstmeister ein. „Ich muß dem Weißbacher schon recht geben, daß du die Sach einem andern in die Schuh schieben willst. Warum grad dem Pfaffinger? Kein Mensch ist so dumm, laßt sich einen gewilderten Hirsch von einem andern heimfahren."

„Es war aber der Pfaffinger-Steff, der mich geholt hat", konnte der Simmerl nur noch einmal wiederholen. „Woher hätt ich denn wissen sollen, wo der Hirsch liegt, wenn er es mir . . ."

„Weilst ihn selber geschossen und dort mit ein wengl Reisig zudeckt hast", hielt ihm der Weißbacher entgegen. „Du hast ja direkt daneben angehalten, aber von einem Pfaffinger haben wir weit und breit nix gesehen."

„Er wird halt ein Stückl z'rückblieben sein, und wie er euch gehört hat, ist er davon. Ich schwör's, ich hab damit net mehra zu tun, als wie ich gesagt hab. Warum geht denn keiner zum Pfaffinger und fragt nach, ob er beim Jagern gewesen ist?" beschwor der Finken-Simmerl die Forstleute eindringlich.

„Weil wir uns net gern lächerlich machen vor dem Herrn Baron", kam es erneut vom Weißbacher. „Wir lassen uns net gern für dumm halten, daß wir so einen Unsinn auch noch glauben, ihm auch noch nachgehen."

Nach einigem Überlegen kam es vom Forstmeister: „Deine Lage wird net besser, wennst uns an der Nasen herumführst!" Sich an seine Jäger wendend, fügte er jedoch hinzu: „Aber nachgehen müssen wir dieser G'schicht schon. Weißbacher, du fahrst außi, ins Jagdhaus, holst den Pfaffinger! Wenn er net daheim ist, nachher wartest auf ihn, wie lang's auch dauert! – Und du, Hubert, du bringst derweil das Fuhrwerk in den Finkenhof zurück! Denn so wie's ausschaut, kommt der Bauer so schnell net heim. Ich laß dich nämlich net eher gehen, Finkenbauer, als bis diese Sauerei aufgeklärt ist, bis alles zugegeben ist."

Nun muckte auch der Simmerl vorsichtig auf und murrte: „Ich geb net zu, was ich net getan hab! Da kann mich der Herr Forstmeister so lang dabehalten, wie er meint. Ich laß mir nix anhängen, mich ins Schlamassel einibringen."

„Herrgott, Finkenbauer, du steckst ja schon bis zum Hals drin", entfuhr es dem Forstmeister erbost. „Und mit deiner fadenscheinigen G'schicht kommst net heraus! Ich bin bloß g'spannt, wie du vor dem Pfaffinger dastehst?! Du kannst dich derweil hinsetzen, bis er kommt. Kannst es dir aber auch inzwischen überlegen und mir die Wahrheit sagen, eh wir uns auch noch den Ärger vom Baron zuziehen."

Die Lippen zu einem dünnen Strich zusammengepreßt, ging der Simmerl zu einem Stuhl und ließ sich darauf nieder. Kein Wort wollte er mehr sagen, da man ihm ja ohnedies nicht glaubte. Er war jedoch heilfroh, daß man sich nun wenigstens herbeiließ, den Steff zu holen und auch ihn zu verhören. Er konnte es nicht recht glauben, daß der Pfaffinger hier, vor seinen Augen, die Kaltblütigkeit aufbringen und behaupten würde, er habe mit der ganzen Sache nichts zu tun. So gewissenlos konnte doch kein Mensch sein!

Und wenn doch? Nun, dann sah es schlecht für ihn aus, denn er konnte sich unschwer ausrechnen, wessen Wort mehr Gewicht hatte und mehr galt. Schon jetzt hielt man ihn, den Kleinbauern, für den Täter, scheute sich sogar ein wenig, den Jäger des angesehenen Herrn Barons zu befragen. Mit ihm machte man nicht viel Federlesens, doch mit dem Baron wollte man es sich nicht verderben. Und bestimmt würde man diesen gemeinen Kerl, der ihm diese Suppe eingebrockt hatte, vorsichtiger anfassen als ihn. Aber dann, das schwor er sich, würde er sein Maul schon aufmachen, sich nicht länger an die Wand drücken lassen.

Der Fuchs schnaubte etwas unwillig, drehte einige Male den Kopf, wohl um zu sehen, wo denn sein Bauer blieb, aber dann ließ er sich doch vom Hubert zum Mitgehen bewegen.

Das Forstamt lag am Dorfeingang und der Finkenhof im hinteren Talende, und so hatte er ein schönes Stück vor sich; doch glücklicherweise kannte der Fuchs seinen Weg, wollte heim in seinen Stall. Als sie in die hell erleuchtete Dorfstraße einbogen, schlug es vom Kirchturm herab sieben Uhr.

Plötzlich schoß aus einer Seitengasse ein Radler heraus, schien es brandeilig zu haben. Es war die Pointner-Hanni, die scharf bremste und anhielt, als sie den Jäger erkannte.

„Der Hahnbichler-Hubert!" staunte sie. „Was tust denn du mit dem Fuhrwerk?"

Er war keiner, der den Finken-Simmerl noch tiefer ins Schlamassel hineintauchen wollte, und so erwiderte er ausweichend: „Braucht haben wir's, und jetzt stell ich's wieder z'rück." Er hoffte, sie würde sich damit zufriedengeben. Gleichzeitig allerdings registrierte er wieder einmal, wie bildsauber sie war, wie gut sie ihm gefiel; daß sein Herzschlag sich bei ihrem Anblick um einiges beschleunigte.

Die Hanni hatte anderes in ihrem hübschen, eigenwilligen Kopf, als sich darüber Gedanken zu machen. Auf seine Frage, wohin sie so spät noch wollte, gab sie bereitwillig und mit unüberhörbarem Stolz zur Antwort: „Ich hab heut' ausnahmsweis ein wengl später Feierabend, bin unserer Buchhalterin noch zur Hand gegangen."

„Eurer Buchhalterin?"

„Ich arbeit seit etliche Tag im Lagerhaus."

„Duuu . . .?"

„Ja, warum denn net?!"

Er hatte zwar schon etwas läuten hören, trotzdem fragte er: „Was sagt denn da der Steff dazu?"

Ohne darauf näher einzugehen, gab sie unbefangen zu: "Ich möcht auf eigene Füß stehen, selbständig sein, und drum will ich einen Beruf lernen."

„No, da kann man ja dann gratulieren", brachte er einigermaßen verblüfft hervor.

„Dank schön, Hubert! Ja, ich hab mich riesig gefreut, wie sie mich im Lagerhaus genommen haben. Da lern ich was vom Büro und auch vom Verkauf. Ist das net ein Glücksfall?"

Er tat sich mit einer Antwort etwas schwer, bis er schließlich hervorbrachte: „Für den Steff wahrscheinlich weniger."

„Ach, der! Das ist längst vergessen und vorbei. Wär eh nix Richtig's gewesen, ein Mannsbild, das nie da ist, allweil bloß unterwegs und grad halt noch zum Ausschlafen und zum Essen heimkommt. Naa, das wär für mich nix gewesen", erklärte sie aufrichtig, mit einem ungezwungenen Lachen.

„Nachher kommst demnach also im naxten Jahr nimmer auf die Wildbachalmen auffi?" fragte er überflüssigerweise, obgleich er bereits wußte, daß er sich auf dieses resche, unternehmungslustige und gewiß auch recht mutige Madl nun gewiß keinerlei Hoffnungen mehr zu machen brauchte.

„Als Sennerin einmal ganz g'wiß net", gestand sie mit einem Aufatmen.

Was blieb dem Hahnbichler-Hubert anderes übrig, als seine Träume zu begraben und ihr alles Gute für ihre neue Zukunft zu wünschen. Freilich, einen Trost hatte auch er: der Pfaffinger-Steff hatte ebenfalls das Nachsehen!

Und dies brachte ihn im Weiterzuckeln wieder auf andere Gedanken und Überlegungen. Ob die Anschuldigung des Finken-Simmerl am End doch nicht ganz aus der Luft gegriffen war? Er, für sein Teil traute dem Steff allerhand zu! Nur, um dies beweisen zu können, würde sich der Simmerl schon noch etliches einfallen lassen müssen.

Die Annamirl war schon eine ganze Zeit mit der Stallarbeit fertig, stand in der Kuchl am Herd bei der abendlichen Kocherei. Sie wunderte sich, wo denn der Bauer heut so lang blieb, und warum man nirgends etwas von ihm hörte.

Als das Essen auf dem Tisch stand, ging sie schließlich doch, um ihn zu suchen. Ihr Rufen blieb jedoch ohne Antwort. Auch im Roßstall brannte kein Licht.

Sie sah im Haus, im Schupfen und sogar auf dem Heuboden nach; aber vom Bauern keine Spur. Schließlich ging sie doch in den Roßstall, drehte das Licht an und sah, daß der Fuchs fehlte.

Er mußte also noch einmal mit dem Fuhrwerk fortgefahren sein. Merkwürdig, daß er ihr nicht Bescheid gesagt hatte. Sie nahm es jedoch als Zeichen, daß er bald zurück sein würde.

Daraufhin stellte die Annamirl das Essen ins Bratrohr, um es warmzuhalten, machte sich jedoch keine weiteren Sorgen.

Als sie etliche Zeit später dann das Fuhrwerk in den Hof rumpeln hörte, trat sie unter die Haustür. Sie glaubte ihren Augen nicht zu trauen, als sie den Hahnbichler erkannte, der neben dem Fuchsen herging, ihr ein heißes Erschrecken einjagte. „Um alles in der Welt, wo ist denn der Bauer?" brachte sie mit schwankender Stimme hervor. „Warum bringst du das Roß heim? Es wird ihm doch nix passiert sein?"

Der Hubert wußte nur wenig über die Freimooser-Annamirl, kannte sie nur flüchtig. Er versuchte, das Pferd anzuhalten, aber es hörte nicht auf ihn, es blieb erst knapp vor der Stalltür stehen, was ihm ein gereiztes: „So ein Häuter, ein bockbeiniger!" entlockte.

Dies wiederum veranlaßte die Annamirl, die ganz wirr

vor Sorge war, zu einem unbeherrschten: „Wo der Bauer ist, will ich wissen? Wo hast sein Roß her?“

„Also gestohlen hab ich's ihm net. Da hat schon ehnder er uns was gestohlen“, stieß er jählings hervor. Er war ansonsten ein friedfertiger, freundlicher Mensch, doch irgendwie gingen ihm die Nerven durch bei ihrem Ton. „Wir haben ihn beim Wildern derwischt, wie er grad einen Hirsch abholen wollt, beim Lahngraben droben! Ja, gell, da schaust?“

Zum Glück hatte es der Annamirl vor lauter Entsetzen die Sprache verschlagen, so daß sie kein Wort über die blaß gewordenen Lippen brachte, ihn nur aus schreckgeweiteten Augen anstarrte.

„Für uns war's gradso eine Überraschung wie für dich. Wer hätt denn das auch dem anständigen Finken-Simmerl zugetraut!“

Sie wollte etwas sagen, etwas einwenden, doch ihre Kehle war wie zugeschnürt, so daß sie nur heftig mit dem Kopf schüttelte und sich an die Stirn tippte, bis sie ein kaum hörbares: „Du mußt ja übergeschnappt sein, Jager“, hervorwürgte.

Er hätte es sich auch nicht zu erklären gewußt, was ihn so gereizt machte. War es diese ganze unsaubere Geschichte? Oder war es das Zusammentreffen mit der Pointner-Hanni, weil er seine Hoffnungen auf sie begraben mußte? Denn nun fuhr er sie grob an: „Naa, für dumm lassen wir uns net verkaufen! Net von dir und von deinem Bauern auch net.“ Und ehe er es sich versah, war ihm alles, was der Simmerl zu seiner Verteidigung vorgebracht hatte, herausgerumpelt. „. . . für so abdraht hätt ich ihn net gehalten. Der Pfaffinger wird sich wundern, für was er herhalten soll“, schloß er wütend. „Gell, jetzt hat's dir die Sprach verschlagen?!“

Es klang recht gspaßig, als sie dazu nur meinte: „Was soll ich sagen, wenn ihr angeblich eh schon alles so genau wißts!"

„Muß schon so gewesen sein. Denn was man mit eigene Augen sieht . . ." Er brach mitten im Satz ab, wandte sich zum Gehen. „Wann der Bauer heimkommt, weiß ich net. Der Forstmeister laßt ihn g'wiß net eher aus, bis er gestanden hat, und nachher muß ja auch noch die Polizei her! – Mir pressiert's, ich möcht dabei sein, wenn er dem Pfaffinger gegenübergestellt wird." Er nickte ihr nur kurz zu, dann ging er. Selbst einem so besonnenen Menschen wie ihm war die Aufregung zu Kopf gestiegen, kam der Ober-Revierjäger zum Vorschein.

Als er in der Dunkelheit verschwunden war, stand die Annamirl immer noch auf dem gleichen Fleck, versuchte einige Klarheit in das Gehörte zu bringen und auch noch einmal zu überdenken, was sie erfahren hatte.

Daß der Finkenbauer kein Wilddieb war, das stand für sie so fest wie das Amen im Gebet; dafür hätte sie jederzeit ihre Hand ins Feuer gelegt. Er war auch nicht der Mensch, der sich so verwegene, hinterhältige Geschichten ausdenken konnte. Alles, was er gesagt hatte, mußte stimmen; und davon war sie felsenfest überzeugt.

Demnach also mußte der Steff, während sie im Stall arbeitete, dagewesen sein, hatte dem Finkenbauern diesen merkwürdigen Auftrag erteilt und sich aus dem Staub gemacht. Sie begriff zwar nicht, warum er in einem fremden Revier wilderte, aber das war jetzt auch gar nicht wichtig. Viel wichtiger war die Tatsache, daß sich der Steff wieder eine heimtückische Teufelei geleistet hatte, für die ein anderer zahlen mußte. Daß dies ausgerechnet der Finken-Simmerl, der beste Mensch, den sie je getroffen hatte, sein mußte, der von diesem rücksichtslosen Lumpen hereingelegt wurde, das war zuviel. Das war mehr, als sie billigen und ertragen konnte.

Und auf einmal, ganz plötzlich, gingen auch ihr die Augen auf, sah sie die ganze Erbärmlichkeit dieses Mannes, der nur andere ins Unglück riß, erkannte sie seinen üblen Charakter. Sie empfand nur noch Abscheu und Verachtung, gemischt mit einem heißauflodernden Zorn, für ihn, der ihr alles bedeutet hatte. Wie hatte sie nur so lange brauchen können, um ihn zu durchschauen?

Sie hatte zu spüren gekriegt, wie gewissenlos er das Leben anderer zerstörte, wenn es ihm zu seinem eigenen Vorteil gereichte; wie hinterhältig und gemein er dabei vorging. Er würde gewiß keinerlei Skrupel haben, auch den Finkenbauern ins Unglück zu stürzen.

Doch diesmal sollte er sich verrechnet haben! Sie würde es nicht zulassen, daß dem Simmerl so böse mitgespielt wurde; und wenn sie sich der gleichen Mittel bedienen mußte, wie es der Steff so leichtfertig tat! Er scherte sich weder um Lug noch Betrug, ihm war nur mit der gleichen Waffe beizukommen.

Wenn sich dieses redliche Madl da auf etwas einließ, wovor ihm bereits jetzt graute, was ihr angst machte, so tat sie es nicht um des eigenen Vorteils willen, sondern nur, um einem Unschuldigen zu helfen, der einem Schurken weit unterlegen war.

Die Annamirl schirrte den Fuchs aus, brachte ihn in den Stall. Und dann nahm sie all ihren Mut zusammen und machte sich auf den Weg.

Ziemlich verspätet traf der Weißbacher mit dem Pfaffinger ein, so daß sie fast gleichzeitig mit dem Hahnbichler-Hubert im Forstamt ankamen.

Der Finken-Simmerl hatte sich indessen den Kopf

schier zermartert, wie er aus diesem Schlamassel wieder herauskommen sollte. Es war ihm jedoch nichts Brauchbares dazu eingefallen, was er zu seiner Entlastung hätte vorbringen können. Und schon beim Eintreten des Pfaffingers, seiner selbstsicheren, überlegenen Haltung wußte er, daß er von ihm nichts zu erwarten hatte.

Auch die Blicke des Weißbachers, mit denen er den Finkenbauern streifte, drückten Feindseligkeit aus, als er dem Herrn Forstmeister erklärte: „Es wär im Grund gar nimmer notwendig gewesen, daß ich den Pfaffinger mitbring, aber er selber hat es sich net nehmen lassen." Es klang schon recht wichtigtuerisch, als er fortfuhr: „Wie ich als erstes die Frau Martha vom Herrn Baron vernommen hab, war sie ganz aus dem Häusl. Die g'wiß ehrbare und hochanständige Frau hat mir bestätigt, daß der Steff den Nachmittag über daheim gewesen ist. Er hat sich niedergelegt, weil er was Unrechts gegessen haben muß. Er war noch im Bett, wie ich gekommen bin, ist extrig auf . . ."

Da fiel ihm der Steff aufgeregt ins Wort: „So was kann man schließlich net auf sich sitzen lassen, Herr Forstmeister! Das muß auf der Stell sofort geklärt werden, auch wenn man schlecht beinander ist."

Die Miene des Forstmeisters war undurchdringlich, als er einwandte: „No ja, Pfaffinger, Sie wissen ja selber, der Weißbacher hat's Ihnen ja gesagt, was der Finkenbauer gegen Sie vorbringt, daß Sie ihm den Auftrag gegeben haben sollen, den Hirsch am Lahngraben . . ."

Erregt, aber doch beherrscht unterbrach ihn der Steff: „Wie dieser Mensch da drauf kommt, ist mir ein Rätsel, Herr Forstmeister. Was hätt denn ich am Lahngraben zu suchen?" Mit dem Anflug eines verschmitzten Schmunzelns fuhr er fort: „Ein wengl kann man sich ja in der Reviergrenz irren, wie jeder zugeben muß. Aber es tät mir im Traum net einfallen, mich so weit ins Staatsrevier zu verlaufen. Es soll ja noch dazu ein Prügel-Hirsch gewesen sein, der zum Abschuß net frei . . ."

Etwas ungeduldig fuhr ihm der Forstmeister dazwischen: „Das erübrigt sich eh alles, da Sie ja, wie gesagt, daheim gewesen sind, das Jagdhaus net verlassen haben, im Bett gelegen sind." Dabei musterte er den hochgewachsenen, feschen jungen Mann mit durchdringendem Blick.

Ohne diesen Augen auszuweichen, entgegnete der Steff überzeugend: „Der Weißbacher hat's von der Frau Martha gehört, daß es so war. Aber Sie können sie auch gern selber noch einmal fragen." Weil er sich bereits als Sieger sah, fügte er noch mit eiskalter Frechheit hinzu: „Ich hätt eh net weit fort können, weil ich unseren Wagen heut Mittag in die Werkstatt bringen hab müssen. Auch das wird Ihnen der . . ."

„Ja, ja, ist schon recht, Pfaffinger", murmelte der Forstmeister irgendwie verdrießlich. Nun wandte er sich an den Simmerl, der ganz in sich zusammengesunken dasaß, die Schultern nach vorn hängend, nur immer wieder den Kopf schüttelte. „Jetzt hast es gehört, Finkenbauer, was aus deiner G'schicht geworden ist. Der Pfaffinger kann net gleichzeitig daheim im Bett und droben am Lahngraben gewesen sein. Er hat einen Zeugen. Wie kann ich dann dir glauben?"

Die beiden Jäger machten verdutzte Gesichter, denn auf einmal klang die Stimme ihres Vorgesetzten sehr viel weniger scharf als zu Anfang; jetzt, da alles klar auf der Hand lag.

Doch schon fuhr er fort: „Auch ein Advokat wüßt jetzt keinen Ausweg mehr. Also, wie steht's? Wie ist es tatsächlich gewesen?"

Dem Simmerl war in seiner nun aussichtslosen Lage ganz jämmerlich zumute. Mit einem hilflosen Achselzucken brachte er hervor: „Ich kann halt net mehra sagen, als daß er lügt, daß kein Wort davon, was er sagt, wahr ist! Ich schwör's!"

Zynisch fiel ihm nun der Steff ins Wort: „Eh du dich versündigst, einen Meineid schwörst, solltest dich zuerst auf deinen Geisteszustand untersuchen lassen. Es muß doch einer hirnkrank sein, wenn er solchene Märchen verzählt. Ich kann mir's net denken, was du gegen mich hast? Ich hab dir noch nie was in den Weg gelegt."

„Herrgott, Pfaffinger, wennst nur noch einen Funken G'wissen hast, nachher sag doch endlich die Wahrheit, wie du zu mir gekommen bist, in den Roßstall!" stieß der Bauer verzweifelt hervor. „Du kannst mich doch da net wie einen Verbrecher stehen lassen für etwas, wofür ich nix kann!"

Nun wurde der Steff laut, schrie erbost: „Kann ich vielleicht was dafür, daß du einen Hirsch gewildert hast? Wie komm denn ausgerechnet ich dazu? Warum hast dir denn net gleich einen anderen ausdenkt?" Sich unvermittelt an den Forstmeister wendend, tippte er sich vielsagend an die Stirn und setzte mit einem breiten, deutlich erleichterten Schmunzeln hinzu: „Jetzt geht mir ein Licht auf, warum ausgerechnet ich dafür herhalten soll."

„Nachher reden S' halt schon!" brummte der Forstmeister. „Denn ich kann mir, ehrlich gesagt, auch keinen rechten Reim drauf machen."

Es war dem Steff anzusehen, er hatte auf einmal die Überhand. Mit einem kurzen Lachen erklärte er nun: „Dieser damische Teifi wird halt tatsächlich gemeint haben, er schießt den Hirsch aus meinem Revier außer. Und darum hat er so getan, als ob er ihn für mich holen sollt, wie ihn die Jager derwischt haben." Sehr selbstsicher und mit einigem Sarkasmus fügte er hinzu: „Vor dem Staatsforst hat halt einer doch mehr Respekt, wie vor einer Privatjagd, Herr Forstmeister!"

Obwohl jeden der drei Forstleute diese Bemerkung ärgerte, erschien ihnen diese Darstellung doch plausibel und durchaus glaubhaft. Damit schien die Frage, warum ausgerechnet der Name des Pfaffingers genannt worden war, geklärt zu sein.

Auch der Simmerl wußte, es stand schlimm um ihn; aus diesem Gewirr, in das er da so unversehens hineingeraten war, fand er nicht mehr heraus. Ihm glaubte man kein Wort, und darum hatte es wenig Sinn, sich noch weiter zu wehren. Denn derjenige, der ihm als einziger hätte helfen können, stieß ihn nur noch tiefer ins Verderben.

Es fiel keinem auf, wie erleichtert der Pfaffinger-Steff auf einmal wirkte, beinahe heiter, als nun der Forstmeister mürrisch hervorstieß: „Dann wär ja soweit alles klar. Pfaffinger, es tut mir leid, daß . . ."

„Net der Red wert, Herr Forstmeister", fiel ihm dieser aufgeräumt ins Wort. „Aber arg gewurmt hätt es mich schon, wenn Sie mir eine solchene Sauerei zugetraut hätten."

Das war für den Simmerl zuviel. Er war aufgeschnellt, sprang mit einem Satz auf den Steff zu und keuchte: „Das wirst mir noch büßen, du Dreckskerl! Und wenn es das Letzte ist, was ich . . ."

Weiter kam er nicht. Denn schon hingen die beiden Jäger an ihm, rissen ihn zurück, während der Steff erschrocken etliche Schritte zurückwich, aufschrie: „Der ist ja nimmer bei Verstand!"

„Augenblickliche Ruhe will ich da herin haben!"

brüllte der Forstmeister dazwischen. „Rauferei wird mir keine angefangen! So weit kommt's noch! Finkenbauer, du hockst dich hin, gibst Ruh! Was du dir geleistet hast, langt schon überallhin, wird dir noch genug zu schaffen machen und dich teuer zu stehen kommen. Ich muß jetzt die Polizei verständigen."

Ohne jeden weiteren Widerstand, wortlos, ließ sich der Simmerl wieder auf seinem Stuhl nieder, als plötzlich durchdringendes Gebimmel zu hören war. Da zog jemand ungestüm an der Türglocke.

„Schau, wer's da so pressant hat, Hahnbichler!" befahl der Forstmeister.

Gleich darauf hörte man eine Mädchenstimme, die sowohl den Simmerl wie auch den Steff aufhorchen ließ, die recht energisch bat, den Herrn Forstmeister sprechen zu können.

Es war die Annamirl, die nun etwas ungestüm zur Tür hereingerumpelt kam; die Wangen trotz der feuchtkalten Nachtluft gerötet, in einen dünnen, fadenscheinigen Lodenmantel gehüllt. Nun schaute sie sich doch etwas befangen um, ehe sie auf den Ältesten der versammelten Mannsleute zutrat und tapfer begann: „Ich muß wegen dem Finkenbauern und dem anderen da eine wichtige Aussag' machen . . ."

„Was will denn jetzt sie noch?" kam es ruppig vom Pfaffinger, dem es mulmig zu werden begann.

Gar nicht unfreundlich sagte der Forstmeister: „Was ist denn, Madl? Wer bist denn eigentlich?"

„Die Freimooser-Annam . . ., Annemarie Freimooser heiß ich, und ich bin Magd beim Finkenbauern", antwortete sie, bemüht, einige Festigkeit in ihre Stimme zu zwingen. Und dann fuhr sie hastig fort: „Es ist alles so schnell gegangen, und ich bin ja auch so derschrocken, wie der Jager das Fuhrwerk zurückbracht hat . . ., aber soviel hab ich schon verstanden, daß man dem Bauern was anhängen, was in die Schuh schieben will, was net wahr ist . . ."

„Was muß denn die ihren Senf dazugeben, ha?" schrie der Pfaffinger dazwischen. „Seit wann hat sich denn eine Dirn in die Sach' von ihrem Bauern einizumischen, ha?" Mit einem schiefen, abfälligen Grinsen fügte er hinzu: „Es sei denn, sie steckt mit ihm unter einer Decken, der Bettdeck'n . . ."

Noch ehe der Simmerl erneut aufspringen konnte, hielten ihn zwei Paar Hände auf seinem Stuhl niedergedrückt. „Auch dafür wirst mir noch einmal büßen!" murmelte er mit knirschenden Zähnen.

Wenn die Annamirl bisher noch gezögert hatte, ängstlich gewesen war, so stand nun ihr Entschluß fest; sie wußte, sie tat das Richtige.

Nach einem warnenden, mißbilligenden Blick zum Steff hin forderte nun der Forstmeister sie auf: „Wenn du was zu sagen hast, nachher red! Wie du ja wissen wirst, hat man deinen Bauern dabei erwischt, wie er einen gewilderten Hirsch . . ."

„Das hab ich ihr schon gesagt", mischte sich nun der Hahnbichler-Hubert ein. „Wenn sie was wüßt, nachher hätt sie's doch auch mir sagen können."

Da kam es entschieden von der Annamirl: „Du bist net der Herr Forstmeister! Zudem war ich auch wie vor den Kopf geschlagen, weil du so getan hast, als ob bereits alles feststeht . . ."

„Sag mir, was du weißt!" forderte der Forstmeister sie etwas ungeduldig auf.

Der Simmerl hatte sich ein wenig aufgerichtet und sah das Madl erwartungsvoll an, während Steffs Miene all die so offen zur Schau getragene Selbstsicherheit verlor, ein unstetes Flackern in seinen schwarzen Augen erschien.

Den Blick starr auf die Hemdbrust des Forstmeisters gerichtet, begann sie nun mutig, sah Rettung und Heil nur in der Flucht nach vorn: „Wenn der Hahnbichler sagt, daß er bloß den Bauern mit dem gewilderten Hirsch angetroffen hat, so kann ich freilich net sagen, wo der Pfaffinger da gewesen ist . . .“

„No also“, kam es mit einem Aufatmen vom Steff.

„Ich weiß bloß soviel, daß er ums Finsterwerden bei uns, beim Bauern gewesen ist.“

„Sie lügt! Das ist net wahr!“

Ohne sich um den Pfaffinger zu kümmern, fragte der Forstmeister: „Hast du den Pfaffinger gesehen?“

„Wie soll sie mich denn gesehen haben, wo ich doch gar net dort gewesen bin, wie jeder weiß . . .“

„Sie sind jetzt ruhig! – Also, was ist, Madl?“

Annamirl schluckte krampfhaft, dann berichtete sie stockend: „Ich hab' grad mit der Stallarbeit anfangen wollen, da bin ich noch einmal hinaus, weil ich den Hühnerschlupf zumachen wollt. Wie ich über den Hof bin, hab' ich im Roßstall jemand reden hören, die Tür und auch das Mistloch waren offen.“

Sichtlich erregt fiel ihr der Forstmeister ins Wort: „Hast auch gesehen, wer bei deinem Bauern gewesen ist?“

Nickend bestätigte sie: „Ja, denn es hat mich auch interessiert, drum hab ich durchs Fenster geschaut. – Es war der da, der Pfaffinger!“

Aller Augen waren auf das Mädchen gerichtet, nur der Steff starrte mit blassem Gesicht zu Boden.

„Hast auch gehört, was sie geredet haben?“ wollte der Forstmeister drängend wissen.

„Nix Genaues . . . Ich wollt net stehenbleiben und zuhören oder gesehen werden. Ich hab den Hühnerschlupf zugemacht und bin in den Stall zurück. Aber dann war ich halt doch neugierig, was er da vom Bauern wollen hat." Ihre Stimme wurde leiser, als sie fortfuhr: „Da bin ich halt in die Futterkammer zwischen dem Roßstall und dem Kuhstall . . . No ja, und da hab ich halt ein wengl zugehört", wie beschämt brach sie ab.

„No und? Was haben sie denn geredet?"

Es war so still in der düsteren Amtsstube, daß man das Ticken der Wanduhr überlaut hörte, ehe sie gepreßt hervorbrachte:

„Vom Geld, daß der Bauer einspannen soll . . . Ja, daß er ihm", sie warf dem Steff einen kurzen Blick zu, „einen Hirsch heimfahren soll."

„Gott sei's gedankt!" stöhnte der Finken-Simmerl plötzlich auf. „Genauso ist's gewesen!"

„Himmiherrgott, Herr Forstmeister, Sie werden ihr das doch net glauben", kam auf einmal wieder Leben in den Steff. „Die lügt doch wie gedruckt. Das hat sie sich alles ausdenkt, um mich einizutauchen."

Erstaunlich gelassen wandte der Forstmeister ein: „Das glaub ich wiederum net, Pfaffinger! Was hätt sie denn für einen Grund?"

„Grund? No ja, halt vielleicht, weil sie . . ., weil sie ihrem Bauern einen G'fallen erweisen will. Ja, akkurat das wird's sein!"

„Ist das wahr, Annamirl?"

Auf diese Frage des Forstmeisters fürchtete sie, man könnte das aufgeregte Klopfen ihres Herzens hören. Sie wagte den Blick nicht zu heben, als sie murmelte: „Alles, was ich gesagt hab, ist wahr! Ich kann's . . ."

Da fiel ihr der Finken-Simmerl vorschnell ins Wort, bestätigte hastig: „Genauso war's!“

Noch einmal unternahm der Steff einen verzweifelten Versuch, Annamirls Aussage unglaubhaft zu machen, sie in die Enge zu treiben, als er drohte: „Das muß sie z'erscht alles beweisen, was sie sich da z'sammgereimt hat, muß es vor dem G'richt beschwören und auf ihren Eid neh . . .“

Plötzlich klang die Stimme der Annamirl glashart, als sie ihm ins Wort fiel: „Ich nehm einen Schwur ernster wie du! Denn du hast schon einmal gesagt, du tätst lieber den Teifi aus der Höll herausschwören, als was zugeben. Oder kannst dich auch daran nimmer erinnern? Ich kann dir schon sagen, wo und wann . . .“

„Was g'hört denn das da her?“ unterbrach er sie mit heiserem Ton.

„Ich laß mich von dir net länger als Lügnerin hinstellen, den Bauern als Wilddieb“, hielt sie ihm zornig entgegen. „Du bist es gewesen, der . . .“

Der Steff sah keinen Ausweg mehr, er mußte gestehen. Besser jetzt, als die Forstleute noch mehr gegen sich aufzubringen. „Also gut, ich hab den Hirsch geschossen“, gab er unvermittelt zu. „Wer gesteht schon gern ein, daß er sich hinreißen hat lassen?!“

Die Spannung, mit der alle diese Auseinandersetzung verfolgt hatten, löste sich in allgemeine Empörung auf. Nur der Finken-Simmerl schnaufte befreit auf.

Genauso grob, wie die Jäger vorher über den Finkenbauern hergefallen waren, beschimpften sie nun den Pfaffinger; hinzu kam noch der Zorn über sein ehrloses, feiges Verhalten.

Indessen trat der Forstmeister zum Simmerl und sagte sichtlich verlegen, zugleich auch erleichtert: „Es tut mir aufrichtig leid, Finkenbauer. Aber in so einem Fall därf man sich net einfach auf sein Gefühl verlassen, da muß man sich an das halten, was halt greifbar ist. Und das hat halt leider alles gegen dich gesprochen, dank der Gewissenlosigkeit und Kaltblütigkeit . . ."

„Ist schon recht", unterbrach ihn der Simmerl mit einem resignierenden Unterton in der Stimme. „Eins werd ich trotzdem net vergessen können: Man traut halt so eine Schlechtigkeit allweil ehnder einem Kleinen zu wie einem Großen!" Er erhob sich, während der Forstmeister beschämt zur Seite trat. „Ich kann ja jetzt wohl heimgehen?!"

Der Forstmeister nickte, wandte sich dem Pfaffinger zu. „Ich muß jetzt die Polizei verständigen, denn ich laß die Sach net gut sein. Deinen Jagdschein wirst los sein, dafür sorg ich! Solchene Jäger können wir net brauchen, können sie uns auch gar net leisten." Er vermied absichtlich, ihn noch mit dem respektvollen Sie anzureden. „Deine Herrschaft wird dafür auch wenig Verständnis aufbringen; hoff ich zumindest!"

„Jetzt wirst halt daheim wieder mit dem Mistkarren fahren müssen", kam es abfällig, mit beißender Schadenfreude vom Weißbacher.

Und akkurat dies wurde nun dem Finken-Simmerl zu viel. „Komm, Annamirl, wir gehen!"

Es war ein giftiger Blick, den der Pfaffinger-Steff dem Madl, das ihn letztlich zu Fall gebracht hatte, zuschoß. Doch sie focht dies nun nicht mehr an; alles, was sie verspürte, war tiefe Erleichterung.

Die schwere Haustür fiel zu, das wütende Stimmengewirr blieb hinter ihnen zurück.

Sie gingen schon eine ganze Weile schweigend nebeneinander her durch die feuchtkalte, finstere Herbstnacht.

Jeder schien mit seinen eigenen Gedanken beschäftigt zu sein.

Unvermittelt und völlig unerwartet fragte der Finken-Simmerl: „Warum hast gelogen?"

„Weil es sein hat müssen!" war die einfache Antwort.

Wieder dauerte es eine Weile, ehe er einwandte: „Und wenn du schwören hättst müssen?"

„Ich weiß net", gab sie zu. „Ich hab g'hofft, es wird net dazu kommen." Und plötzlich brach es aus ihr heraus, leise, aber um so eindringlicher: „Ich hab schon einmal für einen Menschen 'was geschworen, der es net wert gewesen ist, der mich bloß ausgenutzt und hintergangen hat. – Aber wenn ich diesmal schwören hätt müssen, hätt ich's g'wußt, daß es die reine Wahrheit ist und sonst nix als die Wahrheit. Weil du keiner bist, Simmerl", zum ersten Mal nannte sie ihn so, „der lügen kann!" Angewidert setzte sie hinzu: „Dafür hat mir einmal ein anderer glattweg ins G'sicht gesagt, daß er den Teifi aus der Höll herausschwört, wenn's sein Vorteil ist."

„Und? Hat er's getan?"

„Er hat net schwören müssen. Damals net und diesmal auch net", gab sie vielsagend zu.

Der Finken-Simmerl wußte genug, er brauchte nichts mehr zu fragen. Statt dessen tastete er nach ihrer Hand, die er fest umschloß, die sich warm in die seinige schmiegte.

Und während sie mit festen Schritten auf den Finkenhof zuhielten, riß die Nebeldecke über ihnen auf, wurde ein Stück Sternenhimmel sichtbar.